Phillip Gwynne

Der Clan

Ausgeschaltet

Außerdem von Phillip Gwynne bei Boje erschienen:
Der Clan – Renn um dein Leben! (Band 1)

DER

PHILLIP GWYNNE

CLAN

AUSGESCHALTET

Aus dem australischen Englisch
von Kai Kilian

Boje

Dieser Titel ist auch als E-Book erschienen.

MIX
Papier aus verantwortungsvollen Quellen
FSC® C014496

Titel der australischen Originalausgabe:
»The Debt – Turn off the Lights«

Für die Originalausgabe:
Die englischsprachige Originalausgabe erschien erstmals 2013 bei Allen & Unwin, Australien

Für die deutschsprachige Ausgabe:

Umschlaggestaltung: Kirstin Osenau
Umschlagmotiv: © shutterstock/jason2009, © shutterstock/Ensuper, © shutterstock/aarrows, © shutterstock/Matvienko Vladimir, © shutterstock/Potapov Alexander, © shutterstock/Juksy
Satz: Dörlemann Satz, Lemförde
Gesetzt aus der ScalaTurkLF-Regular
Druck und Einband: GGP Media GmbH, Pößneck

Printed in Germany
ISBN 978-3-414-82447-9

5 4 3 2 1

Sie finden uns im Internet unter: www.boje-verlag.de
Bitte beachten Sie auch www.luebbe.de

Für Goldie, für Deine Hilfe

WAS BISHER GESCHAH

Bis vor Kurzem führte Dominic Silvagni, genannt Dom, ein sorgloses Teenagerleben an der australischen Ostküste. Als leidenschaftlicher Mittelstreckenläufer widmete er den größten Teil seiner Freizeit dem Training mit Gus, seinem einbeinigen Großvater und Coach. Den Rest verbrachte er mit seiner besten Freundin Imogen.

Doch mit diesem Leben ist es schlagartig vorbei, als Dom an seinem 15. Geburtstag von einem uralten Familiengeheimnis erfährt: Einer seiner Vorfahren schloss einst einen grausamen Pakt, und seither haben die Silvagnis eine Schuld abzutragen – bei einer ebenso mysteriösen wie mächtigen Mafia-Organisation, die sich der Clan nennt. Wie schon sein Vater und sein Großvater vor ihm muss Dom sechs Aufträge erfüllen, und zwar ohne fremde Hilfe – sonst wird ihm der Clan laut Vertrag »ein Pfund Fleisch nehmen«. Und was das heißt, wird ihm klar, als er hört, dass es nicht der Krebs war, an den Gus als Fünfzehnjähriger sein Bein verlor ...

Gejagt von schießwütigen Gangstern und der Polizei gelingt es Dom tatsächlich, seinen ersten Auftrag zu erfüllen und den Zolt, einen jugendlichen Internet-Rebellen zu fangen, aber der Preis ist hoch: Am Ende liegt sein Schulkamerad und Erzfeind Tristan im Koma, und seine heimliche Liebe Imogen spricht nach den vielen Notlügen kein Wort mehr mit ihm.

Dom sieht sich vor quälende Fragen gestellt: Was hat es mit der goldenen Münze auf sich, die der Zolt ihm hinterlassen hat? Welche Rolle spielt dessen kleine Schwester Zoe? Was verheimlichen ihm sein Vater und Gus? Und welche Gefahren erwarten ihn bei seinem zweiten Auftrag?

DAS ZIKADENGEFÜHL

»Nicht hingucken, Dom«, sagte ich mir, als ich an Imogens Haus vorbeilief.

Aber ich konnte nicht anders: Ich guckte hin, und sie war nicht da, und ich hatte dieses Zikadengefühl. Ich nenne es so, weil sich rund um unser Haus manchmal haufenweise Zikaden tummeln. Bloß dass eigentlich gar keine da sind, denn wenn man eine in die Hand nimmt, ist sie leer, nur eine Larvenhaut, und sie zerfällt einem zwischen den Fingern.

Das Zikadengefühl.

Als ich das Haupttor von Halcyon Grove erreichte, sagte Samsoni, der Wachmann: »Sie sollten lieber im Innern der Anlage laufen, Mr Silvagni«, was haargenau das ist, was er immer sagt.

Ich war schon kurz davor zu antworten, was ich immer antworte – »Hier drin gibt's keine Geländewechsel, Samsoni« –, doch dann zögerte ich.

Vielleicht hatte Samsoni ja recht, vielleicht sollte ich wirklich lieber im Innern der Anlage laufen, Runde um Runde an der Grenze von Halcyon Grove entlang.

Draußen passierten üble Sachen. Draußen näherten sich einem weiße Lieferwagen von hinten, und man verlor vier Minuten seines Lebens.

Draußen wurde man von Proleten beschossen.

Draußen ...

»Hier drin gibt's keine Geländewechsel, was, Mr Silvagni?«, sagte Samsoni.

»Nein, gibt's nicht«, erwiderte ich und lief weiter.

Wenige Minuten später hörte ich hinter mir Schritte.

Wer zur Hölle ist das? Ich warf einen raschen Blick über die Schulter, mein Puls beschleunigte sich.

Es war ein bald kahlköpfiger Mann in einem prallvollen Trainingsanzug. Obwohl er schwer keuchte und schnaufte, wirkte er definitiv nicht wie irgendein großer, böser Wolf. Ich drosselte dennoch mein Tempo und ließ ihn an mir vorbeischlurfen. Normalerweise hätte ich das niemals zugelassen. Ich hätte einen Gang höher geschaltet und ihm die Sohlen von meinen Asics gezeigt. Aber der Clan hatte mich paranoid gemacht, so paranoid, dass ich Glatzen-Per seinen kleinen Altherrentriumph erlaubte. Und ich stellte mir vor, wie er später am Tag bei der Arbeit vor seinen Kollegen angeben würde. »Da gibt's dieses Bürschchen, kommt sich echt toll vor, aber heute hab ich ihm mal so richtig gezeigt, wo der Hammer hängt.«

Ich lief meine Runde zu Ende, doch statt danach zum Frühstück bei Gus vorbeizuschauen, ging ich schnurstracks zurück in mein Zimmer.

Wie gewöhnlich stand der Klotztop auf meinem Schreibtisch. Wie gewöhnlich war er geschlossen, und zwar felsenfest, wie ein Klotz.

Eine der Grundregeln des Clans lautet, dass einem absolut niemand helfen darf. Aber Dad könnte doch sicher ein paar allgemeine Fragen beantworten, dachte ich. Zum Beispiel wie viel Zeit zwischen den Ratenzahlungen liegt.

Ich fand ihn auf dem Laufband beim Training, während er sich eine dieser Morgensendungen im Fernsehen anschaute. Eine Sprecherin der Umweltschutzaktion Earth Hour redete gerade über das bevorstehende Event.

»Zahlreiche Unternehmen hier an der Gold Coast stehen hinter uns«, sagte sie. »Und wir bitten Ihre Zuschauer dringend darum, ebenfalls ihre Lichter auszuschalten. Denken Sie daran, das Ganze dauert nur eine Stunde.«

»Verraten Sie uns das Datum noch mal?«, fragte der Interviewer.

»Samstag, der fünfundzwanzigste März«, antwortete die Frau.

»Womöglich finden in diesem Jahr ja sogar die Bewohner von Halcyon Grove den Lichtschalter«, sagte der Interviewer und kicherte zufrieden über seinen eigenen Witz.

Er hielt ein Luftbild hoch, das während der letzten Earth Hour aufgenommen worden war und ein gleißend hell erleuchtetes Halcyon Grove zeigte. Es sah aus wie irgendwas aus *Star Wars,* wie ein Raumschiff, das durch den tiefen, dunklen Weltraum rast.

Ich richtete meine Aufmerksamkeit wieder auf Dad. Er hatte wirklich einen furchtbaren Laufstil: die Schultern eingefallen, der Oberkörper vornübergebeugt, die Füße beim Aufsetzen heftig nach innen geknickt.

Allerdings würde ich ihm das niemals sagen. Und auch das Laufband würde ihm das niemals sagen.

Das Einzige, was die Maschine zu bieten hatte, war Anfeuerung, mit dieser nervtötend kalifornischen Stimme. »Glückwunsch! Sie haben Ihr erstes programmiertes Ziel erreicht! Weiter so! Champ!«

»Hi, Dad«, sagte ich. »Wie läuft's?«

»Schön, dich zu sehen, Kumpel«, antwortete er.

Wenn mein Dad »Schön, dich zu sehen, Kumpel« sagte, wusste man, dass das nicht bloß ein paar dahingeplapperte Worte waren, sondern dass er es wirklich so meinte.

»Kann ich dir eine Frage über den Clan stellen?«

Sofort hörte Dad auf zu laufen. Die Maschine war darüber nicht glücklich.

»Toller Lauf! Aber Sie haben Ihr zweites programmiertes Ziel nicht erreicht! Champ!«

Ein gereizter Ausdruck erschien in Dads schweißglänzendem Gesicht.

»Du weißt doch, dass ich dir nichts –«, begann er, ehe ich ihn unterbrach: »Ist bloß 'ne ganz allgemeine Frage.«

Der verärgerte Ausdruck wurde von einem gezwungenen Lächeln verdrängt.

»Natürlich, mein Sohn.«

»Wie lange musstest du damals zwischen den Ratenzahlungen warten?«

Dad tupfte sich mit einem schmalen weißen Handtuch den Schweiß von der Stirn.

»Ungefähr zwei Wochen«, sagte er. »Ich bin ziemlich sicher, es waren zwei Wochen.«

Dad stieg vom Laufband, und die Maschine quittierte das mit den Worten: »Klasse Training! Hoffentlich sehen wir uns bald wieder!«

»Ich weiß, dass diese Clan-Sache dich ein bisschen verwirrt hat, und das kann ich dir nicht verdenken«, fuhr Dad fort und legte mir einen Arm um die Schultern. »Mir ging es damals mehr oder weniger genauso. Aber weißt du was? Der Clan und die Schuld müssen nicht zwangsläufig eine Bürde sein. Was ich damit sagen will, ist: Sie müssen nicht zwangsläufig eine Belastung sein. In gewisser Weise sind sie eine Chance. Verwandle das Unglück in einen Vorteil.«

Klar, dann war es also ein Vorteil, eine Schuld begleichen zu müssen, die sich der eigene Urururgroßvater eingehandelt hatte, ja?

Und es war ein Vorteil, mit der ständigen Angst vor einer drohenden Amputation zu leben, ja?

Besonders für einen Läufer wie mich.

»Wie Gus?«, erwiderte ich und dachte an seinen Stumpf und die Beinprothese.

»Dom, ich weiß, du liebst deinen Großvater«, antwortete Dad, und dann drängte sich etwas anderes in seine Stimme, eine Art Stahl, und er fuhr fort: »Aber ich war derjenige, der die Familie aus der Gosse gezogen hat, nicht er. Ist das klar? Und es ist deine Aufgabe, uns auch weiter da rauszuhalten.«

Der Ausdruck in seinem Gesicht veränderte sich erneut, so als erinnerte er sich an etwas, das lange zurücklag.

»Mein' Hand voll Blut, doch ungebeugt«, sagte er, und seine Stimme klang untypisch brüchig.

Aber dann schien er sich wieder zusammenzureißen.

Mit einem prüfenden Blick auf die Uhr sagte er: »Ich beeil mich wohl besser, die Börse in Tokio hat gerade aufgemacht.«

KRANKENHAUS

Den ganzen Schultag lang gingen mir Dads Worte nicht aus dem Kopf: »Mein' Hand voll Blut, doch ungebeugt.«

Aber waren das wirklich Dads Worte? Es klang einfach nicht nach etwas, das er sagen würde.

Also tat ich genau das, was ein Lehrer tut, wenn er glaubt, ein Schüler habe irgendwo abgeschrieben: Ich googelte den verdächtigen Satz. Und der einzige Treffer war dieses Gedicht *Invictus* mit der Zeile: *Mein Haupt voll Blut, doch ungebeugt.*

Ich vermutete, dass er es vielleicht in der Schule oder irgendwo anders gelesen und sich den Vers einfach falsch gemerkt hatte.

Kein großes Ding.

Außerdem musste ich über anderes nachdenken, zum Beispiel darüber, wie ich nach der Schule am besten zu diesem Münzenladen kam.

Das Ganze erwies sich als ziemlich simpel: Nach der Fahrt mit nur einem Bus und anschließendem kurzen Fußmarsch stand ich vor *Coast Münzen und Briefmarken – Ihr Aus-einer-Hand-Spezialist für Numismatik & Philatelie.*

Vermutlich hatte ich einen etwas größeren Laden erwartet, etwas Moderneres, irgendwas, das so ähnlich war wie die Internetseite, doch der Shop selbst war ziemlich klein und ziemlich heruntergekommen.

Ich fühlte das Gewicht der Münze in meiner Tasche, jener Münze, die Otto Zolton-Bander alias der Zolt alias der Facebook-Bandit aus einem Leichtflugzeug punktgenau in unseren Swimmingpool geworfen hatte.

Natürlich hatte ich schon im Netz recherchiert. Egal, wo ich anfing – Google, Wikipedia, diverse Münzen-Websites –, ich landete immer beim selben Ergebnis: Die Münze war ein 1933er Saint-Gaudens Double Eagle.

Laut Wikipedia wurden 445 500 von diesen Zwanzig-Dollar-Goldmünzen geprägt, doch sie kamen nie in Umlauf und wurden auf Anweisung des amerikanischen Finanzministeriums allesamt wieder eingeschmolzen.

Alle bis auf zwei offizielle Exemplare und eine unbekannte Anzahl, die aus der Münzstätte gestohlen wurden.

Bis jetzt hatte man zwanzig dieser gestohlenen Münzen wiedergefunden, und im Jahr 2002 war eine davon bei einer Auktion für 7,59 Millionen US-Dollar versteigert worden. Ja, ganz recht: für 7,59 Millionen!

Spazierte ich also gerade mit 7,59 Millionen US-Dollar in meiner Tasche herum?

Na ja, ehrlich gesagt war ich ziemlich sicher, dass meine Münze nicht echt war. Denn laut den Ergebnissen meiner Recherche waren haufenweise Repliken des 1933er Saint-Gaudens Double Eagle in Umlauf. Und das hier war garantiert eine davon. Oder?

Immerhin konnte ich auf dem Geldstück nirgendwo einen Hinweis darauf entdecken, dass es sich um eine Replik handelte.

Laut Wikipedia war bei einigen dieser Nachahmungen auf dem Bauch des Adlers das Wort *Kopie* eingeprägt, oder es gab so eine Art Stempel unter dem US-Motto. Bei meiner Münze jedoch fehlte beides.

Und das war der Grund dafür, dass ich nun vor dem ziemlich kleinen, ziemlich heruntergekommenen Coast Münzen und Briefmarken stand, während sich in meinem Kopf zwei Debattierklubteams ein Duell lieferten.

Und was ist, wenn das Teil echt ist?, sagte das eine Team. *Wird Dom dann nicht verhaftet oder so was?*

Aber das Teil kann gar nicht echt sein, sagte das andere Team. *Glaubt irgendwer etwa ernsthaft, dass ein Fünfzehnjähriger mit 7,59 Millionen US-Dollar in seiner Tasche herumspaziert?*

Am Ende einigten die beiden Teams sich darauf, dass es vermutlich das Beste war, in den Laden zu gehen und einfach zu fragen.

Besonders da einem auf der Website von Coast Münzen und Briefmarken »absolute Diskretion« zugesichert wurde.

Kaum hatte ich das Geschäft betreten, musste ich dem »ziemlich klein« und »ziemlich heruntergekommen« ein »ziemlich staubig« hinzufügen.

Dermaßen »ziemlich staubig«, dass ich ein paarmal nieste.

»Gesundheit«, sagte die Frau hinterm Ladentisch und sah von dem Buch auf, in dem sie gelesen hatte.

Wie ich bemerkte, handelte es sich um *Die großen Schiffswracks der Weltgeschichte* von E. Lee Marx. Ich kannte den Namen, weil ich in der Woche zuvor auf dem Discovery Channel eine Sendung über ihn gesehen hatte, den berühmtesten Schatzjäger der Welt.

Ich weiß eigentlich nicht, wieso, aber mit einer Frau hatte ich nicht gerechnet.

Und ganz sicher nicht mit so einer Frau: in Samt gehüllt, mit Schals umwickelt, die Augen dick mit Kajal umrandet, ein Kruzifix mit einem sehr gekreuzigt aussehenden Jesus um den Hals. Sie hatte etwas von dieser Wahrsagerin, die ihren Stand immer auf der Hellseher-Messe aufbaut, die jeden Monat im Einkaufszentrum von Chevron Heights stattfindet.

»Danke«, sagte ich.

»Womit kann ich dir helfen?«, fragte sie und legte das Buch auf den Tresen.

»Ähm«, antwortete ich. Gefolgt von noch einem »Ähm« und dann noch einem.

Die ganze Zeit über lächelte die Frau mich mit ihrem Wahrsagerinnengesicht aufmunternd an.

Schließlich begann das Lächeln zu wirken, denn irgendwann bekam ich tatsächlich noch etwas anderes als »ähm« über die Lippen.

»Ich hab diese Münze«, platzte ich heraus.

»Münzen sind meine große Leidenschaft, also bist du am richtigen Ort«, sagte sie.

»Ich bin ziemlich sicher, dass sie gefälscht ist«, fuhr ich fort und tastete mit der Hand nach der Münze in meiner Tasche, fühlte ihre Glätte, ihr Gewicht.

»Tja, falls sie es ist, werde ich's dir ja gleich sagen«, erwiderte sie.

»Hier, bitte«, sagte ich und legte das Geldstück vor sie auf den Ladentisch.

Die Frau machte sich nicht mal die Mühe, es in die Hand zu nehmen, sondern sagte sofort: »Ja, das Ding ist gefakt, absolut.«

»Das können Sie einfach so sehen?«

»Japp. Es gibt eine Menge Double Eagles, die aus China oder Korea kommen. Ein paar von denen sind sogar ziemlich gut. Aber der hier nicht.«

Okay, das war haargenau das, was ich erwartet hatte, aber ich war trotzdem enttäuscht.

Die Frau fuhr fort. »Der erste Anhaltspunkt ist das Auge des Adlers – das dürfte nicht so schwarz sein wie hier.«

»Nicht?« Jetzt schämte ich mich tatsächlich ein bisschen für meinen gefakten Double Eagle.

»Dann entschuldigen Sie bitte die Störung«, sagte ich, schnappte mir die Münze und ließ sie wieder in meiner Tasche verschwinden.

»Du hast mich keineswegs gestört!«, erwiderte sie. »Freut mich, dass ein junger Mann wie du sich für Numismatik interessiert. Wenn du mal wieder auf irgendwas stößt, würde ich sehr gern einen Blick darauf werfen.«

Sie überreichte mir ihre Visitenkarte. Ihr Name war Eve Carides, Numismatikerin.

Ich dankte Eve Carides, Numismatikerin, und ging.

Mein Handy klingelte. *Zoe ruft an ...*

Es war tatsächlich ein kleiner Schock, ihren Namen zu sehen, denn ich hatte nichts mehr von Zoe gehört, seit der Zolt und ich sie am Flughafen von Reverie Island zurückgelassen hatten.

Und sofort fragte ich mich, ob ihr Anruf vielleicht irgendwas mit dem Double Eagle zu tun hatte, der Goldmünze, die ihr Bruder punktgenau in unseren Swimmingpool hatte fallen lassen.

»Zoe!«, meldete ich mich.

»Wo bist du?«, fragte sie.

»Bin auf dem Weg zum Mater Hospital.«

Sie legte auf.

Ich rief zurück, aber sie ging nicht ran.

Eigenartig, dachte ich. Andererseits, Zoe *war* eigenartig.

Glücklicherweise erwischte ich an einer nahe gelegenen Haltestelle einen Bus, der mich direkt zum Mater Hospital brachte.

Durch den Haupteingang, in den dritten Stock, nach rechts, nach links, dann wieder nach links, an der Schwesternstation vorbei, wo Siobhan, die überaus freundliche irische Krankenschwester, gerade irgendwas in ein Formular schrieb.

»Da ist er ja wieder, unser Lieblingsbesucher«, sagte sie und lächelte zu mir herauf.

»Hat sich was getan?«, fragte ich.

Sie schüttelte den Kopf.

Ich ging weiter und klopfte behutsam an die Tür.

»Herein«, hörte ich Mrs Jazys Stimme.

Ich betrat das Zimmer, und da saß Imogen, neben Tristan, ihre Hand auf seiner Hand.

Imogen, die kein Wort mehr mit mir gesprochen hatte seit Tristans Unfall. Imogen, die auf keine einzige meiner SMS oder E-Mails reagiert hatte. Imogen, die nicht mehr am Fenster stand und mir zuwinkte, wenn ich auf meiner Morgenrunde an ihrem Haus vorbeikam. Diese Imogen.

»Hi, Imogen«, begann ich und dachte, dass sie jetzt endlich irgendwas zu mir würde sagen müssen.

Doch da lag ich falsch, denn sie tat nichts weiter, als den Blick abzuwenden und sich wieder auf Tristan zu konzentrieren. Ich hatte nicht die leiseste Ahnung, ob Mrs Jazy wusste, was los war, aber sie sah mich trotzdem mitfühlend an.

»Siobhan meinte, es hätte sich nichts getan«, sagte ich zu ihr.

»Der Facharzt heute Morgen war sehr zufrieden«, antwortete Mrs Jazy.

Ich setzte mich Imogen gegenüber auf die andere Seite des Betts, streckte den Arm aus und legte meine Hand auf Tristans andere Hand. Sie fühlte sich kalt an. Tot. Aber die ganzen Maschinen, an die er angeschlossen war, machten beruhigende Geräusche, die Monitore zeigten beruhigende Zahlen.

»Ich werd dann jetzt besser gehen«, sagte Imogen und stand auf.

»Danke dir sehr, dass du gekommen bist«, sagte Mrs Jazy.

»Wir sehen uns«, sagte ich, als Imogen an mir vorbeiging.

Sie sah mich an, unsere Blicke begegneten sich, und für den Bruchteil einer Sekunde schien es, als würde sie etwas sagen. Pustekuchen. Sie marschierte zur Tür und nach draußen.

Fünf Minuten später ging die Tür wieder auf, und Mr Jazy kam herein, in den Händen einen Strauß Blumen und ein paar Schachteln, die nach thailändischem Essen dufteten. Sein früher so üppiger Bart, dicht wie uralter Regenwald, wirkte nun ausgedünnt, mickrig. Und seine Augen schienen tief in die Höhlen gesunken zu sein.

»Diese unfähigen Polizisten haben endlich meinen Benz aufgetrieben, am Reverie-Flughafen«, sagte er. »Wie's aussieht, hat dieser Jungspund Zolton-Bander ihn benutzt.«

Na dann auf ein Neues. Tu komplett überrascht, Dom.

Ich tat komplett überrascht.

»Echt?«, sagte ich. »Ist das Auto okay?«

Es gab einmal eine Zeit, und das ist noch gar nicht so lange her, da musste ich so was nicht machen: komplett überrascht tun, endlose Lügenmärchen erzählen. Jetzt allerdings, seit dieser Clan-Sache, schien das so ziemlich alles zu sein, was ich tat. Es schien, als bestünde mein ganzes Leben kaum mehr aus etwas anderem.

»Es gab wohl ein paar kleinere Schäden«, antwortete er. »Aber die Polizei hat die Kiste beschlagnahmt, um sie forensisch zu untersuchen.«

Forensisch zu untersuchen!

Selbstverständlich würden sie Spuren von mir darin finden: Haare, Hautpartikel, was auch immer, und dann würde meine DNA irgendwo in einer zentralen Datenbank landen.

Und sollte ich mich irgendwann in der Zukunft je einem DNA-Test unterziehen müssen und sie machen anschließend einen Datenbankabgleich, dann wissen sie, dass ich in diesem Wagen gesessen habe!

»Alles in Ordnung, Dom?«, erkundigte sich Mrs Jazy.

»Können Sie mir bitte eine SMS schicken, sobald sich bei Tristan was tut?«, fragte ich und stand auf.

»Natürlich kann ich das«, sagte sie.

Mrs Jazy erhob sich, und es war Umarmungszeit.

Mir war klar, dass ich sie ihr nicht verwehren konnte, nicht im Angesicht ihres Sohnes, der neben uns im Koma lag, aber das Ganze war ziemlich quälend.

Ich meine, es war nicht meine Schuld, dass es Tristan so ging, wie es ihm ging: Ich habe ihn nicht gezwungen, den Maserati zu klauen, ich habe ihn nicht gezwungen, wie ein Verrückter zu fahren. Nein, es war nicht meine Schuld, aber wenn wir nicht zum Unterschlupf des Zolt gegangen wären, wenn der Kerl mit dem roten Bikerkopftuch nicht auf uns geschossen hätte, dann würde Tristan jetzt vermutlich nicht hier im Koma liegen. Also war es zwar nicht meine Schuld, aber es war meine Schuld. Als Mrs Jazy mit ihrer Umarmung fertig war, verabschiedete ich mich von den beiden und verschwand eilig nach draußen.

ZOE MAL WIEDER

Auf dem Flur stand eine Ärztin, Stethoskop um den Hals, Klemmbrett im Arm, und auch sonst mit allem, was eine Ärztin so braucht.

Keine große Überraschung, auf dem Flur eine Ärztin zu treffen, schließlich war das hier ein Krankenhaus. Überraschend war allerdings die Größe dieser speziellen Ärztin.

Sie war eine ziemlich kleine Ärztin, eine Art Taschen-Doktor.

Außerdem war sie, wie mir auffiel, eine ziemlich junge Ärztin.

Angesichts der Tatsache, dass ein Medizinstudium mindestens sechs Jahre dauert, musste sie bei ihrem Highschool-Abschluss ungefähr sieben gewesen sein.

»Zoe!«, sagte ich und erinnerte mich an das letzte Mal, als ich sie gesehen hatte, an den tragischen Ausdruck in ihrem Gesicht, während ihr Bruder und ich dabei waren, in das Flugzeug zu steigen.

Ein Flugzeug, in dem es kein einziges Klapptischchen gab, kein Bord-Entertainmentsystem, ja nicht mal einen ordentlichen Piloten.

»Schhh!«, machte sie und rückte ihre Brille zurecht. »Gehen wir ein paar Schritte.«

»Ist diese lächerliche Tarnkappe wirklich nötig?«, erkundigte ich mich, während wir nebeneinanderher den Flur entlangmarschierten.

Sie sah mich an, als hätte ich sie soeben gefragt, ob Atmen nötig sei, oder der Besitz eines Mobiltelefons. *Na klar ist das nötig, du Depp.*

Obwohl Zoe diese seltsam spreizfüßige Art zu laufen hatte, legte sie ein gehöriges Tempo vor, und ich musste einen Zahn zulegen, um mit ihr mitzuhalten.

»Wo gehen wir hin?«, fragte ich.

»Dahin, wo viele Leute sind.«

Dieses »wo viele Leute sind« entpuppte sich als die Notaufnahme.

Okay, ich wusste bereits, dass die Gold Coast ein ziemlich gewalttätiger Ort war – die Zeitungen hatten die Region mal die Mord-Metropole Australiens genannt –, aber mir war nicht klar gewesen, dass sie *so* gewalttätig war.

Im Ernst, die Notaufnahme sah aus wie nach einem Bombenanschlag.

Es gab gebrochene Arme, gebrochene Beine, gebrochene Nasen, gebrochene Schädel; es gab blutgetränkte Verbände; es gab schreiende Babys; und zur Krönung des Ganzen wippte ein skelettdürrer Mann in einem langen Mantel ständig vor und zurück und murmelte dabei immer wieder: »Es tut weh, es tut weh, tut so schrecklich weh.«

»Perfekt«, sagte Zoe. »Pärr-fäckt.«

Sie deutete auf zwei freie Stühle in der hinteren Ecke. »Setzen wir uns da hin.«

Nachdem wir uns niedergelassen hatten, schaute ich mir Zoe ein wenig genauer an.

Ihre Brille wirkte noch schiefer als sonst, und sie hatte etwas in ihren Haaren, das nach Sand aussah. Die lächerliche Tarnung, das schiefe Brillengestell: Es war schwer, Zoe ernst zu nehmen, doch ich wusste, dass es ein Fehler wäre, es nicht zu tun.

Eine Frau mit Kopftuch und einem in eine Decke gewickelten Baby im Arm näherte sich.

»Bitte mir helfen, Doktor«, sagte sie. »Baby sehr krank, Doktor.«

»Welche Symptome hat das Kind denn?«, erwiderte Zoe und griff nach ihrem Stethoskop.

»Sie ist keine richtige Ärztin«, sagte ich und zog ihr das Instrument vom Hals. »Sie hat ... Sie wissen schon ... ernsthafte psychische Schwierigkeiten.«

Die Frau schien nicht abschließend überzeugt zu sein, also versetzte ich Zoe einen Stoß.

»Er hat recht«, sagte sie zu der Frau. »Bin nicht ganz richtig im Kopf.«

Widerwillig trug die Frau ihr krankes Baby zurück zu ihrem Stuhl.

»Also, worum geht's?«, wandte ich mich an Zoe, obwohl ich schon einen sicheren Verdacht hatte, wie die Antwort lautete.

Zoe enttäuschte mich nicht. »Um Otto.«

»Ich glaube nicht, dass er bei diesem Flugzeugabsturz gestorben ist«, sagte ich sanft, weil ich fürchtete, sie könnte denken, ihr Bruder sei tot.

»Logisch ist er bei diesem dämlichen Flugzeugcrash nicht gestorben«, erwiderte sie.

Der Mann in dem langen Mantel hatte sein Wehklagen eingestellt, die Babys hatten aufgehört zu schreien, und mit einem Mal war es in der Notaufnahme gespenstisch still.

»Dann hat er also Kontakt zu dir aufgenommen?«

Zoe ignorierte meine Frage, etwas, das sie mit frustrierender Regelmäßigkeit tat.

»Hat mein Bruder dir je irgendwas gegeben?«

»Was zum Beispiel?«, fragte ich zurück.

Zoe bedachte mich mit einem Müssen-wir-ernsthaft-diese-albernen-Spielchen-spielen?-Blick, dann sagte sie: »Eine Münze zum Beispiel.«

»Dann will er sie also wiederhaben?«, erwiderte ich, und meine Hand wanderte unwillkürlich in meine Tasche.

»Hast du sie etwa noch?« Zoe klang ehrlich überrascht.

»Na ja, ist ja nicht grade so, als wäre sie irgendwas wert«, antwortete ich.

Am Empfangstresen wurde es plötzlich laut.

Zwei schmuddelige Teenager von der Straße stritten sich mit der Aufnahmeschwester.

»Ich brauch sofort einen Arzt!«, kreischte der Junge.

Selbst aus der Ferne sah ich seine Spucke fliegen.

Er wirkte allerdings ziemlich krank – sehr dünn und sehr blass.

Das Mädchen schob den Jungen beiseite und beugte sich zu der Schwester über den Tresen. Ich verstand nicht, was sie zu ihr sagte, aber ich konnte erkennen, dass sie wohl deutlich vernünftiger war als ihr Freund. Ein Arzt erschien, und die beiden verschwanden mit ihm durch eine Tür.

»Ich wär mir da nicht so sicher, dass sie nichts wert ist«, sagte Zoe.

»Was soll das denn heißen?«

Zoe gab mir keine Antwort und entwickelte stattdessen auf einmal ein brennendes Interesse an ihren Fingernägeln. Und die sahen für Fingernägel, besonders für Mädchenfingernägel, reichlich marode aus: abgerissen und abgekaut.

Schließlich wandte sie den Blick von ihren Nagelhäutchen ab und wieder mir zu und seufzte: »Na schön, ich hab keinen Schimmer, wieso ich dir traue, aber ich tu's.«

Ich lächelte sie an – *hey, ich bin ja auch ein echt vertrauenswürdiger Typ.*

Sie rückte ihre Brille zurecht und sagte, wobei sie jedes Wort einzeln betonte: »Vielleicht ist diese Münze nicht das, wonach sie aussieht.«

Was zum Henker sollte das denn nun wieder bedeuten? War das Ding etwa hohl? War irgendwas darin versteckt?

»Dann willst du sie also zurück, ja?«, fragte ich.

Darüber musste Zoe erst eine Weile nachdenken.

Dann erwiderte sie, indem sie abermals jedes Wort überdeutlich aussprach: »Wo genau ist die Münze jetzt?«

Sie traute mir, das behauptete sie jedenfalls. Aber traute ich ihr? Ich war mir nicht sicher.

Doch meine Hand traute ihr offenbar, denn sie zog den gefälschten Double Eagle aus meiner Tasche.

»Du schleppst das Teil einfach so mit dir rum?«

»Ist 'ne Fälschung«, sagte ich. »Wieso also nicht?«

Ich wollte ihr nicht verraten, dass die Münze mittlerweile so eine Art Talisman für mich geworden war, dass ich ihr Gewicht in meiner Tasche seltsam beruhigend fand.

»Wohin gehst du von hier aus?«, fragte Zoe.

»Nach Hause.«

»Dann steigst du also gleich, ähm, in 'nen Bus oder so?«

Sie benahm sich zweifellos eigenartig, selbst für jemanden, bei dem »eigenartig« die Standardeinstellung in Sachen Benehmen war.

»Richtig, ich steig gleich in 'nen Bus oder so.«

»Ich hau dann mal ab«, sagte Zoe und stand auf.

Und dann war sie weg.

Einfach so – im einen Moment noch da, ganz eigenartig und zoemäßig, im nächsten verschwunden.

Der skelettdürre Mann in seinem langen Mantel fing wieder an. »Es tut weh, es tut weh, tut so schrecklich weh.«

Ich beschloss, dass es Zeit wurde, mich ebenfalls auf den Weg zu machen.

HINTERLAND

Am Ende entschied ich, zu Fuß nach Hause zu gehen. Als ich nach Chevron Heights kam, klingelte vor der Filiale von Coast Home Loans mein Handy.

Zoe ruft an ..., stand auf dem Display, und um ehrlich zu sein, war ich einigermaßen genervt.

Was war sie eigentlich, so eine Art Stalkerin?

Andererseits, Zoe gehörte nicht gerade zur Ich-ruf-dich-an-wegen-nix-Sorte von Mädchen. Sie gehörte eher zur Ich-ruf-dich-an-um-dir-Spyware-aufs-Handy-zu-schleusen-Sorte von Mädchen.

Also ging ich ran. »Hi, Zoe.«

Doch es kam keine Antwort, bloß eine Menge dumpfer Geräusche, wie wenn einen jemand versehentlich anruft, während sein Handy in der Hosentasche oder im Rucksack steckt.

Und ich nahm an, dass genau das passiert sein musste, bis ich Zoes gedämpfte Stimme hörte: »Und wo bringen Sie mich jetzt hin?«

»Geht dich nix an«, antwortete eine barsche männliche Stimme.

Da begriff ich, was vor sich ging: Zoe hatte mit ihrem Verfolgungswahn tatsächlich richtig gelegen – irgendwer hatte sie gekidnappt, und sie hatte es geschafft, die Wahlwiederholung zu drücken, um mich zu alarmieren.

»Klar geht mich das was an!«, fauchte Zoe.

»Stopf ihr 'nen Knebel rein«, sagte die Stimme, und dann gab es einen dumpfen Schlag, und Zoe schrie.

»Bist du okay, Zoe?«, brüllte ich, ehe mir einfiel, dass das keine allzu schlaue Idee war.

Falls diese Typen herausfanden, was sie getan hatte, setzte es womöglich noch mehr dumpfe Schläge.

Also klappte ich meinen Mund wieder zu.

Die Rauferei ging weiter, doch dann sagte Zoe zwei Worte: Das erste klang wie »iCloud«, das zweite wie »Yamashita«.

Okay, weniger sinnvoll ging es wohl kaum. Der dumpfe Schlag hatte ihr Hirn offenbar ordentlich durchgeschüttelt.

Weitere gedämpfte Geräusche waren zu hören, die geknebelte Zoe blieb danach verständlicherweise still.

Und ich hatte nicht die leiseste Ahnung, was ich tun sollte.

Die Cops, dachte ich. *Clan hin, Clan her, es wird endlich Zeit, die Cops einzuschalten.*

Ich wählte dreimal die Null und lauschte dem Klingeln am anderen Ende der Leitung, ehe ich zur Besinnung kam: Unter gar keinen Umständen konnte ich die Cops einschalten.

Jemand hob ab, just, als ich auflegte.

Mit diesem Schlamassel musste ich selbst fertigwerden.

Aber wie?

Dann fiel es mir wieder ein: Eine Zoe Zolton-Bander gehörte nicht zu irgendeiner beliebigen Sorte von Mädchen, nicht mal eine Zoe Zolton-Bander, der man gerade einen dumpfen Schlag verpasst hatte.

Ich wusste, was iCloud war, aber was zur Hölle hatte das mit Zoes Entführung zu tun?

Ich nahm mein Handy und suchte im Internet.

Es dauerte nicht lange, bis ich auf etwas stieß: iCloud bot eine Funktion an, die *Mein iPhone suchen* hieß.

Ich lud mir die App auf mein eigenes iPhone und startete sie.

Das Programm forderte eine E-Mail-Adresse.

Ich öffnete Thunderbird, fand Zoes Adresse und gab sie ein. Jetzt verlangte die App ein Passwort. Ich probierte es mit *Yamashita*, dem zweiten Wort, das Zoe gesagt hatte.

Es klappte! Ich war in Zoes iCloud-Konto eingeloggt.

Und in der Listenansicht mit der Überschrift »Meine Geräte« stand »Zoes iPhone«.

Ich doppelklickte darauf, und eine Karte erschien.

Zoe und ihr Handy bogen soeben vom Pacific Highway auf die Straße, die nach Tallebudgera Valley führte.

Jetzt brauchte ich ihnen nur noch zu folgen.

Ich streckte die Hand aus, um ein Taxi anzuhalten, doch im nächsten Moment fiel mir ein, dass das wahrscheinlich nicht funktionieren würde.

Höchstens in Kinofilmen sprangen irgendwelche Typen ins Taxi und riefen: »Folgen Sie diesem Wagen!«

Ein Pizzabote auf einem Motorroller hielt auf dem Parkplatz direkt vor Big Pete's. Ich sah zu, wie der Junge abstieg und eilig im Restaurant verschwand.

Du hast jetzt nicht ernsthaft vor ...?, fragte ich mich.

Hatte ich offenbar doch, denn in der nächsten Sekunde sprintete ich über die Straße und wich den fahrenden Autos aus.

Wie erhofft hatte der Pizzabote nicht nur den Helm auf dem Sitz, sondern auch den Schlüssel im Zündschloss gelassen.

Ich war schon mal mit so einem Ding gefahren, letztes Jahr in unserem Urlaub auf Bali, doch damals war ich bloß einen holprigen Feldweg hin- und zurückgegondelt.

Aber was blieb mir für eine andere Wahl?

Ich setzte den Helm auf, schwang mich auf den Roller und ließ den Motor an.

»He, du da!«

Es war der Junge, der Pizzabote, inzwischen beladen mit mehreren Pizzakartons.

Ich gab Vollgas, und der Roller düste los und fädelte sich schlingernd in den Verkehr ein.

Auf Bali hatte ich wesentlich jüngere Kinder als mich auf Motorrädern fahren sehen. Oft mit zwei oder drei weiteren Kids hintendrauf. Aber das hier war Australien, nicht Bali, und ich war ein fünfzehnjähriger Junge, der mit einem Roller auf einer der meistbefahrenen Straßen der Gold Coast unterwegs war. Diesmal fühlte es sich an, als würde mich jeder, und zwar wirklich jeder, misstrauisch anstarren.

Ich warf einen Blick auf mein Smartphone.

Zoe und diese Typen fuhren immer noch auf der Straße nach Tallebudgera Valley in Richtung Hinterland, also beschloss ich, an der nächsten Kreuzung links abzubiegen.

Doch kaum näherte ich mich der Ampel, sprang sie auf Rot, und mir blieb keine andere Wahl, als anzuhalten.

Ich zog den Kopf und die Ellbogen ein, um so klein und so unauffällig auszusehen, wie es nur ging.

Niemand sprach mich an, und als die Ampel wieder auf Grün sprang, konnte ich unbehelligt weiterfahren.

Auf dem Weg Richtung Osten wurde der Verkehr langsam spärlicher.

Nach einer Weile wichen die Häuser einer welligen Hügellandschaft.

Jetzt, in der einsetzenden Dämmerung und dem weniger dichten Verkehr, fühlte ich mich allmählich nicht mehr ganz so verwundbar.

Erneut zog ich mein Smartphone aus der Tasche und checkte die App.

Zoe und ihre Entführer steuerten immer tiefer ins Tallebudgera Valley hinein.

Mit einem Mal kühlte die Luft deutlich ab, als die Straße sich steil in die Hügel hinaufwand.

Der 80 cm^3 große Verbrennungsmotor des Rollers war nicht sonderlich glücklich über die Anstrengung und begann schrill vor sich hin zu jaulen.

Trotzdem schafften wir es bis nach oben.

Und als ich erneut einen Blick auf die Ortungsapp warf und sah, dass die Kidnapper angehalten hatten, fühlte ich mich sogar noch besser – womöglich würde ich diese Typen ja doch nicht den ganzen Weg bis nach Alice Springs verfolgen müssen.

Tallebudgera Valley 7 km, stand auf einem Schild, und unmittelbar darunter hing ein zweites: *Wir erneuern die Fahrbahn, bitte rechnen Sie mit Verzögerungen.*

Um diese Zeit arbeitete jedoch niemand mehr, und die schweren Baumaschinen standen verwaist in der Landschaft.

»Ist nicht mehr weit«, sagte ich zu dem Roller, und im selben Moment bemerkte ich, dass die Tankanzeige auf null stand.

Nicht weiter wild, beruhigte ich mich. *Immerhin brennt das Warnlämpchen noch nicht.*

Drei Sekunden später begann der Motor zu stottern, und wir hielten an: Das Benzin war alle.

Damit konnte ich meiner Sammlung eine weitere Erkenntnis hinzufügen: Nicht alle Motorroller verfügen über ein Benzinwarnlämpchen.

Ich bugsierte das Gefährt von der Straße, versteckte es hinter einem Bulldozer und dachte darüber nach, welche Möglichkeiten mir blieben.

Das dauerte nicht lange, denn es waren nicht allzu viele. Ich konnte entweder laufen oder versuchen, per Anhalter weiterzukommen.

Wenn ich zu Fuß ginge, würde ich mindestens zwei Stunden brauchen, bis ich bei Zoe wäre, und in der Zeit ...

Die Anhalter-Option wäre natürlich schneller. Doch es waren nur wenige Autos auf der Straße, und selbst tagsüber nahmen die Leute kaum fremde Anhalter mit, ganz zu schweigen von abends nach Einbruch der Dunkelheit.

Ich checkte erneut die App – der Punkt hatte sich nicht mehr bewegt.

»Scheibenkleister!«, zischte ich und trat dem Bulldozer mit voller Wucht gegen den Reifen.

Nicht dass er auch nur das Geringste dafürkonnte, aber irgendwas musste ich treten, und er war das erstbeste Irgendwas, das in der Nähe war.

Ich zischte ein weiteres »Scheibenkleister!« und versetzte der Maschine einen weiteren unverdienten Tritt.

Abermals kam mir der Gedanke: *Es wird jetzt wirklich Zeit, die Cops einzuschalten.*

Also wählte ich dreimal die Null.

Ehe ich überhaupt etwas sagen konnte, fragte die Frau am anderen Ende der Leitung: »Haben Sie den Notruf heute schon einmal gewählt?«

»Nicht so richtig, hab aufgelegt«, erwiderte ich. »Aber Sie müssen mir dringend zuhören, meine Freundin ist nämlich entführt worden und –«

Doch weiter kam ich nicht, denn die Frau sagte: »Ein Telefonstreich beim Notruf ist ein sehr ernstes Vergehen, junger Mann.«

»Das hier ist kein Telefonstreich ...«, setzte ich an, begriff dann aber, dass das Ganze sowieso zu nichts führen würde, und legte auf. Schon wieder.

Der Bulldozer fing sich einen weiteren wuchtigen Tritt gegen den Reifen ein.

Erneut checkte ich *Mein iPhone suchen.*

Sie hatten sich nicht gerührt.

Ich musste irgendwas unternehmen.

Musste einen Weg finden, um dorthin zu kommen.

Ich wollte gerade zur Straße marschieren und den Daumen ausstrecken, da hatte ich eine Idee.

Na schön, es war eine ziemlich haarsträubende Idee, doch das gehörte zu den Dingen, die der Clan mich gelehrt hatte: Jede Idee, und sei sie noch so haarsträubend, ist es wert, in Erwägung gezogen zu werden.

Ich hatte zugesehen, wie der Zolt Mr Jazys Mercedes kurzschloss, zugesehen, wie er die Zündkabel herausriss, zugesehen, wie er die Drahtspitzen freilegte und sie miteinander in Berührung brachte.

So viel anders konnte ein Bulldozer ja wohl nicht sein.

Ich kletterte in die unverschlossene Kabine hinauf.

Tastete unter der Instrumententafel herum, dort wo die Zündung war.

Und stieß auf ein wirres Kabelknäuel.

Japp, na sicher!

Otto Zolton-Bander hatte schon als Kleinkind Autos geklaut. Kein Wunder, dass er darin ein Experte war.

Okay, ich hatte gerade einen Motorroller geklaut, aber davon mal abgesehen hatte ich in meinem ganzen Leben so gut wie gar nichts geklaut, ganz zu schweigen von einem Auto oder gar einem Bulldozer.

Kein Wunder, dass ich darin eine Niete war.

Ich ließ das Kabelgewirr wieder los und sackte zurück in den Sitz.

Was hatte ich bloß für eine Nieten-Kindheit gehabt! Privilegiert, aber unterprivilegiert.

Ich zog mein Smartphone aus der Tasche.

Na schön, ich war kein Experte, aber ich kannte jemanden, der einer war.

Ich tippte *wie man einen bulldozer kurzschließt* bei Google ein.

Und landete einen Volltreffer.

Wie sich herausstellte, sind Bulldozer Dieselfahrzeuge – und die schließt man nicht auf dieselbe Art kurz wie Autos mit Benzinmotor. Stattdessen muss man die beiden Anschlussklemmen am Magnetschalter kurzschließen, einem Gerät, das mit dem Anlasser verbunden ist. Ich fand sogar ein Foto von einem Magnetschalter, sodass ich wusste, wonach ich zu suchen hatte.

Gott segne Google, dachte ich, während ich aus der Kabine stieg.

Ich startete die Taschenlampen-App und richtete den Lichtkegel auf den Motor.

Und da war der Magnetschalter. Es war nicht der gleiche wie auf dem Foto, aber er sah ihm ähnlich genug, dass ich ihn erkannte.

Jetzt brauchte ich bloß noch irgendwas aus Metall.

Auch das fand ich schnell. An der Seite des Bulldozers gab es einen Werkzeugkasten, und darin lag ein Montiereisen.

Ich hielt das eine Ende an die erste der beiden Anschlussklemmen und senkte das Werkzeug dann langsam in Richtung der zweiten, bis das Metall sie berührte.

Funken sprühten, der Anlasser surrte, der Motor stotterte ein paarmal, dann sprang er an.

Ich kletterte wieder in die Kabine.

Es gab kein Lenkrad, nur einen Steuerknüppel.

Doch es war noch nicht allzu lang her, dass ich den Zolt mit so einem Ding hatte hantieren sehen.

Also drückte ich den Knüppel nach vorn in die Richtung, in die ich fahren wollte, und drehte am Gasknopf. Der Bulldozer gehorchte.

Nach einer Weile, während der mein Gefährt fröhlich dahinzuckelte und mein Zutrauen allmählich wuchs, gab ich Vollgas, und kurz darauf kroch die Tachonadel über die 50-km/h-Marke.

Seltsamerweise hatte ich das Gefühl, mit der riesigen Baumaschine viel weniger aufzufallen als zuvor mit dem Motorroller, auch wenn sie so ziemlich das auffälligste Fortbewegungsmittel war, das man sich vorstellen konnte.

Denn ich wusste, dass mich dort hoch oben in der Kabine, auf der dunklen, unfertigen Straße niemand sehen konnte.

Und falls die Leute in den vorüberfahrenden Wagen es merkwürdig fanden, noch so spät am Abend einen Bulldozer durch die Gegend kutschieren zu sehen, ließen sie sich davon nichts anmerken.

Ich verwendete einige Zeit darauf, mich mit den übrigen Instrumenten vertraut zu machen, insbesondere mit dem Hebel, mit dem sich der Stahlschild absenken ließ.

Langsam dämmerte mir, dass ich mir nicht nur einen ziemlich passablen fahrbaren Untersatz, sondern auch eine ziemlich praktische Waffe besorgt hatte. Wenn irgendwer mir an den Kragen wollte, konnte ich einfach den Schild senken und die Kerle über den Haufen bulldozern.

Laut der App waren Zoe und ihre Entführer jetzt nur noch einen Kilometer entfernt, aber links von mir, nicht in Richtung der Straße, auf der ich fuhr.

Ich wartete auf eine Kreuzung, irgendeine Abzweigung, damit ich links abbiegen konnte, doch es kam keine.

Die Straße ging einfach weiter, ein schnurgerades Ehrenmal ihrer Erbauer.

Also bog ich ohne Straßenbelag links ab.

Vor mir erstreckte sich niedriges Buschwerk, und der Bulldozer hatte keinerlei Schwierigkeiten, sich hindurchzupflügen.

Und als ich an einen Drahtzaun kam, hielt ich geradewegs darauf zu. Die Zeit war zu knapp, um erst noch nach einem Gatter zu suchen.

Die Drähte dehnten sich immer weiter und gaben ein gespenstisches Schwirren von sich, ehe sie rissen.

Ein halber Kilometer lag noch vor mir, und in der Ferne konnte ich den Schatten eines Gebäudes erkennen, eines typischen alten Queensland-Holzhauses auf Pfählen, in dem Licht brannte.

Direkt daneben stand ein Wagen.

Ich machte den Motor aus.

Und fühlte einen eiskalten, prickligen Schauer durch meine Adern rauschen.

Das hier waren nicht bloß irgendwelche Allerweltsgangster, mit denen ich es zu tun hatte.

Das hier war aller Wahrscheinlichkeit nach der Clan.

Wenn diese Typen dir das Bein abschnitten, obwohl du für sie arbeitest, so wie sie es bei meinem Großvater gemacht hatten, was würden sie dann wohl erst tun, sollten sie rausfinden, dass du gegen sie arbeitest?

Okay, die Antwort darauf war ziemlich simpel: Sie würden dich töten.

Dich langsam töten.

Dich grausam töten.

Dich schmerzvoll töten, Stückchen für Stückchen.

Ich kletterte aus der Kabine und schlich Richtung Haus.

Ohne meinen Bulldozer, ohne meine Waffe, fühlte ich mich wieder auffällig. Und verwundbar. Junge, fühlte ich mich verwundbar.

Als ich näher kam, hörte ich Stimmen.

Und mit einem Mal hatte ich nicht nur Angst, sondern war auch mächtig gespannt: Endlich würde ich erfahren, wie diese Clan-Typen aussahen.

Ich würde erfahren, wer diese Kerle waren.

Noch näher, dann konnte ich verstehen, was im Haus gesprochen wurde.

»Verrate uns einfach, wo dein Bruder ist, mehr wollen wir gar nicht wissen«, polterte eine Stimme, die ich sofort erkannte.

Ich spürte eine Riesenerleichterung und zugleich eine Riesenenttäuschung. Das hier war nicht der Clan. Zoe war von ihrem eigenen Onkel gekidnappt worden!

»Lass mich der Göre ’n paar verpassen«, knurrte eine andere Stimme.

»Nein!«, erwiderte Zoes Onkel.

»Bloß ’n paar winzige Ohrfeigen und schon singt die Kleine wie Kylie.«

Ich hatte genug gehört.

Hastig lief ich zurück zum Bulldozer. Ich ließ den Motor an, drückte den Steuerknüppel nach vorn und gab ordentlich Gas.

Und hielt auf das Haus zu.

Während ich heranrauschte, gingen weitere Lichter an.

Leute kamen nach draußen.

Leute brüllten.

Aber da hatte ich den parkenden Wagen bereits erreicht.

Es war der heiß geliebte Monaro von Zoes Onkel.

Als ich die Kiste das letzte Mal gesehen hatte, hatte sie eher nach etwas ausgesehen, mit dem man Spaghetti abtropft, doch offensichtlich hatte er inzwischen viel Zeit, Mühe und jede Menge Spachtelmasse in sie investiert, denn sie machte nun wieder einen makellosen und glänzenden Eindruck.

»Lassen Sie sie gehen, oder Ihr Auto ist platt!«, brüllte ich aus der Kabine hinunter.

»Wenn ich's tue, versprichst du dann, meinen Schlitten nicht anzurühren?«, antwortete Zoes Onkel.

»Versprochen«, rief ich.

Und damit waren unsere Verhandlungen auch schon so gut wie beendet, denn nur wenige Sekunden später kletterte Zoe zu mir in die Kabine.

Ich zog den Steuerknüppel nach hinten, und der Bulldozer entfernte sich von dem Monaro.

Doch urplötzlich beugte Zoe sich vor und rammte mit beiden Händen den Joystick nach vorn.

»Ich hab versprochen, seine Karre in Ruhe zu lassen!«, rief ich.

»Ich aber nicht«, zischte Zoe. »Diese dämlichen Anfänger hätten beinahe alles versaut!«

Was denn versaut?, dachte ich, aber im nächsten Moment hörte ich ein furchtbares Knirschen, dann ein furchtbares Krachen, vermischt mit anderen, deutlich weniger furchtbaren Geräuschen, zum Beispiel dem einigermaßen melodischen Klimpern von splitterndem Glas.

»Okay, ich schätze, das reicht«, sagte ich und zog den Steuerknüppel wieder zurück.

Ich hatte mir schon gedacht, dass der Wagen beschädigt sein würde, aber mir war nicht klar gewesen, wie sehr beschädigt. Denn der Schlitten von Zoes Onkel sah nicht mehr aus wie ein Auto.

Eben noch dreidimensional, schien er jetzt platt wie eine Briefmarke.

Als wir davonfuhren, hörte ich bloß, wie Zoes Onkel mit einer Stimme, die so ähnlich klang wie die des Es-tut-weh-Typen im Krankenhaus, vor sich hin jaulte: »Mein Schlitten, was haben die mit meinem Schlitten gemacht?«

Auf dem Rückweg erzählte Zoe mir, was passiert war.

Wie sie entführt worden war, von ihrem Onkel und den Mattners.

»Die Mattners!«, staunte ich und erinnerte mich daran, dass es einer der beiden Mattner-Brüder gewesen war, der den Monaro damals in ein Sieb verwandelt hatte. »Ich dachte, die wären mit deinem Onkel verfeindet.«

»Nichts bringt Feinde so schnell zusammen wie die Aussicht auf Geld«, sagte Zoe.

»Welches Geld?«, fragte ich, doch Zoe antwortete nicht, und mittlerweile hatten wir wieder die Stelle erreicht, an der ich mir den Bulldozer ausgeliehen hatte.

Ich stellte den Motor ab.

»Bist du mit dem Teil hergekommen?«, fragte Zoe und deutete auf den Big-Pete's-Roller. »Schick.«

»Hatte keinen Sprit mehr«, erwiderte ich.

»Und warum hast du dann nicht einfach was nachgefüllt?«

»Echt witzig«, fauchte ich, doch im nächsten Moment sah ich genau das, was sie sah: ein Zweihundert-Liter-Fass, auf dem klar und deutlich *Benzin* stand.

»Na schön, und wie kriegen wir das Zeug da raus?«, fragte ich.

»Überlass das mir«, sagte Zoe. »Auf Reverie Island benutzen wir ständig FL-Benzin.«

»FL?«

»Fremde Leute.«

Ich sah zu, wie sie ein Stück Schlauch aufstöberte, wie sie den Fassverschluss öffnete, wie sie fachmännisch ein paar Liter Benzin in den Rollertank abzapfte.

Dank des FL-Benzins waren wir kurz darauf wieder auf der Straße, ich auf dem Fahrersitz, Zoe auf dem Sozius, und fuhren durch die Hügellandschaft zurück Richtung Gold Coast.

Als wir an der ersten roten Ampel hielten, bemerkte ich hinter uns einen schwarzen BMW.

An der nächsten roten Ampel war er immer noch hinter uns.

»Glaubst du, der BMW da verfolgt uns?«, fragte ich Zoe.

»Welcher BMW?«, erwiderte sie.

Ist sie blind oder was?

Kurz vor der nächsten Ampel war der BMW uns immer noch auf den Fersen. Ich bremste plötzlich und bog scharf nach links ab.

»Sind die noch hinter uns?«, erkundigte ich mich bei Zoe.

»Bin nicht sicher«, antwortete sie.

Ein rascher Blick über die Schulter verriet mir, dass sie tatsächlich noch hinter uns waren.

Denk nach, Dom!

Okay, die waren schneller als wir, hatten mehr Wumms als wir.

Aber sie waren auch um einiges größer als wir.

»Festhalten!«, rief ich.

Ein paar Meter weiter gab es einen KFC.

Ich riss den Lenker nach links, holperte über den Bordstein und hinauf auf den Gehsteig.

Der BMW verlangsamte seine Fahrt und hielt jetzt unser Tempo.

Ich bremste, bog in die Drive-in-Gasse ein. Vor uns stand ein Auto, dessen Fahrer sich aus dem Fenster lehnte und in die Bestellsäule sprach.

Reifenquietschen von hinten: Der BMW war ebenfalls in die Gasse eingebogen.

Ich hupte, und dem Fahrer vor uns blieb gerade noch genug Zeit, um den Kopf einzuziehen, ehe wir rechts an ihm vorbeiflogen.

Ein weiteres Auto vor uns, das Mädchen am Ausgabefenster reichte der Frau hinterm Steuer gerade eine Tüte mit Hähnchen und einen übergroßen Getränkebecher.

Wieder hupte ich, doch dieses Mal war die Fahrerin nicht so schnell.

Wir fegten rechts neben ihr durch die Lücke und sammelten Hähnchen und Kaltgetränk ein.

Limonade spritzte in meinen Helm, und das Hähnchen zerstob zu einer fasrigen Masse aus geheimen Gewürzen und Kräutern.

Aber wir hatten es geschafft, und als ich in eine der düsteren Vorstadtstraßen einbog und kurz darauf in noch eine und in noch eine und schließlich in einen unbeleuchteten Park steuerte, war ich mir ziemlich sicher, dass wir unsere Verfolger abgehängt hatten.

»Nicht übel«, sagte Zoe, doch sie klang irgendwie seltsam, fast so, als ob sie enttäuscht wäre.

»Also, wo übernachtest du?«, fragte ich.

»Bei Freunden.«

»Welchen Freunden?«

»Einfach Freunden, okay?«, blaffte sie.

Mir fiel ihr sandiges Haar wieder ein.

»Du hast letzte Nacht am Strand gepennt, oder?«

Als Zoe nicht antwortete, wusste ich, dass ich recht hatte.

An der Gold Coast schliefen nachts eine Menge Leute am Strand, und man hörte eigentlich nie, dass ihnen dabei irgendwas Schlimmes passierte, aber auf eine gewisse Art fühlte ich mich für Zoe verantwortlich. Ich musste ihr irgendwo einen weniger unsicheren, weniger sandigen Schlafplatz besorgen. Bei mir zu Hause? Schied aus. Aber wo sonst? Und dann kam ich drauf.

»Du kannst bei meinem Großvater übernachten«, sagte ich. »Er wird definitiv nichts dagegen haben.«

Zoe war einverstanden, also folgte ich einer Reihe weiterer Seitenstraßen, bis wir einen Park in der Nähe von Halcyon Grove erreichten. Ich stellte den Motor ab und schob den Roller in ein dichtes Gebüsch. Während wir eilig zum Haupttor liefen, begann ich mich wieder verwundbar zu fühlen. Was, wenn diese Typen, wer immer das war in dem BMW, wussten, wo ich wohnte?

Sie könnten ganz einfach auf uns warten, uns abpassen.

Daher war ich ziemlich erleichtert, die untersetzte Gestalt von Samsoni zu sehen, die hohen Mauern, die zahllosen Überwachungskameras.

»Sie gehört zu mir«, sagte ich zu Samsoni und versuchte, Zoe schnurstracks durch den Fußgängereingang zu lotsen.

»Tut mir leid, Sir«, erwiderte er, »wir müssen trotzdem dafür sorgen, dass sie sich in die Liste einträgt.«

Das Letzte, was ich wollte, war, dass Zoe sich irgendwo eintrug, und ich überlegte kurz, Samsoni gegenüber den großen Max zu markieren.

»Wissen Sie eigentlich, wer mein Vater ist?« Die Sorte großen Max.

Aber das konnte ich dem Wachmann nicht antun.

»Okay, du trägst dich wohl besser ein«, wandte ich mich an Zoe.

Also trug Zoe sich ein.

Samsoni warf einen Blick auf das, was sie geschrieben hatte, und fragte: »Und dürfte ich dann bitte noch einen Ausweis sehen, Miss Huntington-Smyth?«

Miss Huntington-Smyth? Was zum Geier dachte Zoe sich bloß?

Sie sah ziemlich genauso unhuntingtonmäßig aus, wie eine Smyth nur aussehen konnte.

Jetzt würde ich also doch noch die Reicher-Rotzlöffel-Nummer abziehen und vor Samsoni den großen Max spielen müssen.

Aber ehe ich irgendwas sagen konnte, hatte Samsoni bereits Zoes Ausweis gecheckt und verkündete: »Wunderbar, Miss Huntington-Smyth. Dann wünsche ich Ihnen einen schönen Aufenthalt in Halcyon Grove.«

Zoe grinste mich an, als wir unseren Weg fortsetzten.

Wieso hatte ich mir überhaupt Sorgen gemacht? Jemand, der dermaßen paranoid war wie Zoe, hatte selbstverständlich einen gefakten Ausweis. Sie hatte vermutlich sogar ein komplettes Polo-Team an gefakten Ausweisen.

»Wow«, sagte Zoe, während sie sich umsah. »Der Kasten da, gehört der etwa bloß einem einzigen Menschen?«

Das Haus, auf das sie gezeigt hatte, gehörte tatsächlich bloß einem einzigen Menschen – dem schrulligen alten Mr Forehan –, aber das wollte ich Zoe nicht auf die Nase binden.

»Nein«, log ich. »Da drin wohnt 'ne ganze Familie. Du weißt schon, eine von diesen Riesenfamilien – samt Großeltern und so. Die halten sich sogar Hühner hinten im Garten.«

Wir gingen weiter, vorbei an Imogens Haus, in dem kein einziges Licht brannte. Vorbei an meinem Haus.

Zoe, bitte sag nichts. Bitte nicht.

Und sie sagte nichts, doch mir schoss durch den Kopf, wie verrückt meine Reaktion war. Zoe wohnte in etwas, das Räder hatte, nämlich in einem klapprigen Wohnwagen, und hier war ich und schämte mich für das Haus, in dem ich lebte.

»Das da ist unseres«, erklärte ich und zeigte darauf.

»Wow!«, keuchte Zoe. »Sieht aus wie aus irgend'nem Film.«

»Und in dem hier wohnt mein Großvater«, sagte ich.

Wir gingen die Auffahrt hinauf.

»Gus, bist du da?«, rief ich, als ich die Tür aufstieß.

Es kam keine Antwort.

Das war eigenartig. Um diese Zeit war Gus eigentlich immer zu Hause.

»Gus?«, rief ich wieder.

Immer noch keine Antwort.

»Komm rein«, sagte ich zu Zoe.

Ich wollte nicht, dass sie draußen herumstand, wo jeder sie sehen konnte.

»Gus?«, rief ich zum dritten Mal, und jetzt hörte ich Schritte.

»Wo bist du denn gewesen?«, fragte ich.

Doch es war nicht Gus, der im Flur erschien.

Es war ein Mann mit einer Sturmhaube über dem Kopf. Ein Mann mit einem Baseballschläger in der Hand. Und dahinter ein weiterer Mann. Ebenfalls mit Sturmhaube. Ebenfalls mit Baseballschläger.

»Her damit!«, sagte der erste Mann zu mir.

»Her womit?«, erwiderte ich.

»Her damit, und zwar sofort, oder wir schlagen deiner Freundin den Kopf ein«, sagte der Mann.

»Sie ist nicht meine Freundin ...«, begann ich, doch Zoe schnitt mir hastig das Wort ab: »Gib ihm einfach den Double Eagle.«

Ich gab ihm den Double Eagle.

»Und jetzt auf den Boden mit euch, alle beide«, sagte der Mann.

Dazu musste er mich kein zweites Mal auffordern – ich warf mich auf den Boden.

Ich wartete, bis sie gegangen waren und ich einen Wagen starten hörte, ehe ich wieder aufstand.

»Alles okay?«, fragte ich Zoe.

Aber sie hatte dieses seltsam zufriedene Lächeln im Gesicht.

»Absolut«, sagte sie.

Ich kapierte nicht das Geringste, und ich musste wohl einen Ich-kapier-nicht-das-Geringste-Blick aufgesetzt haben, denn kurz darauf fügte sie hinzu: »Es liegt an dir, Dom. Ich hab keine Ahnung, wieso, aber jedes Mal wenn du in der Nähe bist, passiert irgendwas. Sieht aus, als wärst du verwanzt oder so.«

Ich kapierte immer noch nichts.

»Alter«, sagte sie. »Irgendwer hat dich echt schwer am Sack.«

Vor nicht allzu langer Zeit hatte mir Miranda eröffnet, dass mich jemand »am Sack« hatte. Jetzt tat Zoe das Gleiche. Und so langsam wurmte mich dieser Gedanke gewaltig.

Niemand hat mich am Sack!

»Dann hast du mich also von vorne bis hinten reingelegt?«, fragte ich und dachte an all die Risiken, die ich eingegangen war, um Zoe vor ihrem Onkel und den Mattners zu retten. »Nach allem, was ich für dich getan habe.«

Sie zuckte die Schultern. »Diese zwei Penner hatte ich nicht mit einkalkuliert.«

Irgendwas polterte gegen die Tür der Gästetoilette, dann kreischte Gus' Stimme: »Holt mich zum Teufel noch mal hier raus!«

Als ich ihn endlich befreit und mir seine Geschichte darüber angehört hatte, wie zwei Typen mit Sturmhauben über den Köpfen ihn verschnürt und im Gästeklo eingesperrt hatten, war Zoe verschwunden.

Ich rannte zum Haupttor hinüber.

»Ist meine Freundin gegangen?«, erkundigte ich mich bei Samsoni.

»Miss Huntington-Smyth?«, erwiderte er.

Trotz allem musste ich grinsen.

»Ganz recht.«

Samsoni warf einen Blick auf die Liste. »Vor etwa fünf Minuten, zu Fuß.«

Ich wandte mich schon zum Gehen, doch dann fiel mir noch etwas ein.

»Ist kurz vorher ein Wagen nach draußen gefahren?«

Abermals warf Samsoni einen Blick auf die Liste. »Richtig, ein weißer Lieferwagen.«

»Dann haben Sie also das Kennzeichen?«

»Natürlich«, sagte Samsoni. Und las von der Liste ab: »OMT437.«

Ich schätze, ich hätte ihn bitten können, mir das Kennzeichen aufzuschreiben, aber vermutlich hätte das allzu eifrig gewirkt – er hätte Verdacht schöpfen können, dass irgendwas vor sich ging.

Und es ging ja auch irgendwas vor sich, aber ich wollte nicht, dass Samsoni davon etwas wusste.

OMT437, OMT437, sagte ich mir immer wieder im Stillen vor, um mir die Zulassungsnummer einzuprägen.

»Alles in Ordnung? Es ist doch hoffentlich nichts gestohlen worden, oder?«, fragte Samsoni.

»Alles in bester Ordnung«, antwortete ich, aber auf dem Rückweg zu Gus' Haus dämmerte mir ziemlich bald, wie falsch diese Antwort war.

Ich nehme an, ich hatte den Leuten von Halcyon Grove immer geglaubt, wenn sie behauptet hatten, die Wohnanlage sei der sicherste Ort auf der Welt. All die Kameras. Die hohen Mauern. Wachmänner wie Samsoni.

Doch die Clan-Typen waren hier einfach aufgekreuzt und hatten getan, was sie tun wollten.

Nein, hier war es nicht sicher.

Das war es nirgends.

Nicht mehr.

DAS IST 'NE RAMBUTAN, DU PENNER

Am nächsten Tag nach der Schule hatten wir Training, doch in Gedanken war ich woanders.

Ich war auf einem Motorroller und jagte durch einen KFC unter Colonel Sanders' verwirrtem Blick.

Ich war in einem Bulldozer, der eine unfertige Straße entlangbrauste.

Ich war bei Männern mit Sturmhauben über den Köpfen.

Und man sah es mir offenbar an, denn Coach Sheeds nahm mich beiseite und fragte: »Stimmt was nicht, Dom?«

»Nein«, sagte ich. »Alles okay.«

»Schule okay?«, fragte sie.

»Okay.«

»Zu Hause okay?«, fragte sie.

»Okay«, sagte ich.

Okay. Okay. Okay.

Coach Sheeds schien allerdings nicht ganz überzeugt zu sein, denn sie sagte: »Vielleicht bist du einfach ein bisschen lustlos. Warum gehst du heute nicht mal früher duschen?«

Es war seltsam, ganz allein unter der Dusche zu stehen, ohne das übliche Geplänkel mit den anderen. Keine peitschenden Handtücher. Kein Deine-Mutter-Gewitzel.

Es war so seltsam, dass ich mir mit meinem eigenen Handtuch einen winzigen Peitschenhieb versetzte.

Und dann zu mir sagte: »Mann, Silvagni, deine Mutter ist dermaßen fett, die musste in Sea World getauft werden.«

Für die Heimfahrt nahm ich den Bus. Und als ich an Imogens Haus vorbeikam, wanderte mein Blick, wie immer, automatisch zu ihrem Fenster.

Die Vorhänge waren zugezogen, doch es brannte Licht. Ich dachte an Imogen, wie sie dort drinnen Imogen-Dinge machte, und mein Herz schlug Purzelbäume.

Ich holte mein Smartphone heraus und schrieb eine Nachricht: *Im, ich denk grad an dich.*

Mein Finger schwebte über dem Senden-Button.

»Mach schon!«, befahl ich, aber mein Finger nahm keine Befehle entgegen, von niemandem.

Er bewegte sich hinunter zur Löschtaste und radierte die Worte Buchstabe für Buchstabe aus.

Ich ging weiter. Als ich Dads Porsche 911 in unserer Auffahrt stehen sah, wusste ich, dass irgendwas los war. Denn Dad kam normalerweise, wie die meisten Wirtschaftsmagnaten, nicht vor neun Uhr abends nach Hause.

Mein erster Gedanke war, dass man mich aufgespürt hatte und es im Haus von Polizisten sämtlicher Größen, Formen und Zuständigkeiten nur so wimmelte. Bereit, mich zu beschuldigen, dass ich den Bulldozer für eine Spazierfahrt entwendet hatte. Dass ich mit dem Zolt in dem Flugzeug gesessen hatte. Bereit, meine DNA mit der abzugleichen, die sie in Mr Jazys Mercedes gefunden hatten. Mit scharfen Verhörmethoden die Wahrheit aus meinem armen alten Großvater herauszuholen. Mein Alibi in der Luft zu zerreißen.

Doch kaum war ich durch die Tür, stellte ich fest, dass meine Befürchtungen dem Himmel sei Dank völlig unbegründet gewesen waren. Aufgeregtes Geplauder, Geklirr von Champagnergläsern; es klang nach einer Feier. Meine Eltern, mein Großvater Gus, meine ältere Schwester Miranda und mein jüngerer Bruder Toby waren in der Küche versammelt. Und es waren noch ein Haufen andere Leute da. Fiona, die persönliche Assistentin von meiner Mom, und die DeClerks, die ein paar Häuser weiter wohnen.

»Was ist los?«, erkundigte ich mich bei Mom.

»Oh, Schätzchen, hast du's noch gar nicht gehört?«

»Nein, hab ich nicht«, antwortete ich und überlegte, wovon sie wohl reden mochte.

Es gab nichts, was Mom mehr Freude bereitete, als die Überbringerin guter Nachrichten zu sein. Und deswegen machte sie wahrscheinlich auch ihren Job als Leiterin dieser Stiftung namens Angel Foundation, die einen Teil von dem Geld, das Dad verdiente, an verschiedene Wohlfahrtseinrichtungen verteilte.

»Toby wird bei *Junior Ready! Set! Cook!* dabei sein!«, sagte Mom.

»Echt?«, erwiderte ich.

»Du weißt doch, dass er bei diesem Casting war?«

Wusste ich das?

Ja, vermutlich wusste ich das. Es war bloß so: Mein Leben verlief in letzter Zeit etwas hektisch. Weil ich irgendwie zu vermeiden versuchte, dass mir jemand gewaltsam mein Bein amputierte und so.

Aber ich verstand absolut, warum diese Fernsehfritzen ihn ausgewählt hatten. Toby war ein ziemlich grandioser Koch. Und völlig versessen auf Lebensmittel. Bei *Ready! Set! Cook!* gab es ein Spiel, bei dem die Kandidaten all diese schrägen Zutaten identifizieren mussten, und Toby kannte sie alle, jedes Mal.

»Das ist 'ne Rambutan, du Penner!«, kreischte er dann und sprang vor dem Plasmafernseher auf und ab – na ja, seine Version von Auf-und-ab-Springen. »Wieso erkennt dieser Kerl nicht, dass das 'ne Rambutan ist?«

Und wenn die Kandidaten beim Kochen waren, sagte er Sachen wie: »Omeingott, ich fass es nicht, die hat ihren Spritzbeutel mit der temperierten Schokolade ernsthaft in den Kühlschrank gelegt!«

Deswegen hatte er es mehr als verdient, dass er bei *Junior Ready! Set! Cook!* dabei sein durfte und dass ein paar Leute zum Feiern da waren und dass Dad extra früh von der Arbeit kam und dass Mom so aufgedreht fröhlich war, fröhlicher, als ich sie seit Ewigkeiten erlebt hatte.

Und es war ja nicht so, als hätten Mom und Dad groß mit dem angeben können, was ich erreicht hatte.

»Ihr solltet mal das hübsche Brandzeichen sehen, das Dom auf dem Oberschenkel hat!« Ein unmöglicher Satz.

»Wenn unser guter Dom nicht gewesen wäre, läge Tristan jetzt nicht im Koma.« Der auch.

»Dom nimmt in letzter Zeit Fahrstunden, müsst ihr wissen. Auf einem Bulldozer.« Dito.

Ich schlug mich zu Toby durch und gab ihm einen Großer-Bruder-Klaps auf den Rücken.

»Klasse gemacht, Rambutan«, gratulierte ich.

Er lächelte mich an und öffnete den Mund, als wollte er etwas sagen. Doch im nächsten Moment scharten sich andere Bewunderer um ihn, und was immer er mir hatte sagen wollen, blieb ungesagt.

Als ich durch die Glasschiebetür nach draußen trat, kam Gus mir nach.

»Wie ist das Training gelaufen?«, fragte er. »Diese Idiotin nimmt dich hoffentlich nicht zu hart ran vor dem Rennen.«

Zwei Coaches zu haben – einen in der Schule, den andern zu Hause – war von Anfang an heikel gewesen, und anscheinend wurde es immer heikler.

Erst gestern allerdings hatte irgendwer sich in Halcyon Grove eingeschleust, war in Gus' Haus eingebrochen und hatte ihn hübsch verschnürt im Gästeklo eingesperrt – und jetzt stand mein Großvater hier und redete übers Training!

Was zum Geier stimmte eigentlich nicht mit ihm?

»Training war okay«, antwortete ich, und dabei dämmerte mir, dass Gus vielleicht recht hatte, dass es in einer durchgeknallten Welt gar keine so schlechte Idee war, normale Dinge zu tun.

Wir plauderten noch ein bisschen über mein bevorstehendes Rennen, bis Gus beschloss, nach Hause zu gehen.

Ich ging zurück ins Wohnzimmer.

»Dann fällt der Kinoabend heute wohl aus, was?«, wandte ich mich an Mom und gab mir alle Mühe, die Verärgerung aus meiner Stimme herauszuhalten.

Freitags war bei uns Kinoabend, und eigentlich durfte uns nichts davon abhalten, nicht mal etwas dermaßen megamäßig und unglaublich Tolles wie *Junior Ready! Set! Cook!*.

»Natürlich nicht, Schatz!«, antwortete Mom. »Wir gehen bloß in eine spätere Vorstellung, das ist alles.«

»Das ist gut«, sagte ich.

In einer durchgeknallten Welt war es gar keine so schlechte Idee, normale Dinge zu tun.

DIE JOHNNY-DEPP-MARKETING-MASCHINERIE

Wie versprochen gelang es Mom, einige Zeit später all ihre Gäste loszuwerden, und kurz darauf waren wir fertig für unseren Kinoabend.

Wir wollten gerade ins Auto steigen, als Dad diesen Anruf bekam.

Wenn ich sage, dass Dad diesen Anruf bekam, ist das ein bisschen so, als würde ich sagen, dass Dad ausatmete oder dass Dad einatmete, denn Dad bekommt ständig Anrufe.

Anrufe zu bekommen ist Teil seines vegetativen Nervensystems.

Ich hörte ihn irgendwas über Coast Home Loans sagen, und dann erklärte er uns, er müsse noch mit ein paar Leuten telefonieren und werde es womöglich nicht rechtzeitig in den Film schaffen, aber er treffe sich definitiv nachher mit uns.

Ich hatte im Grunde nicht die leiseste Ahnung, womit mein Dad seinen Lebensunterhalt verdiente, außer dass er so eine Art Wirtschaftsmagnat war.

Allerdings wusste ich, dass er irgendetwas mit Coast Home

Loans zu tun hatte, weil von der Hypothekenbank ein paarmal in Gesprächen die Rede gewesen war, die ich zufällig mit angehört hatte, jedenfalls teilweise.

Und ich schätze, ich hielt es einfach für ziemlich selbstverständlich, dass er einen Haufen Geld verdiente, dass wir in einem fantastischen Haus wohnten, dass ich auf eine teure Schule ging.

Und wenn er deswegen hin und wieder unseren Kinoabend verpasste, dann mussten wir uns eben schlicht damit abfinden.

Heute war Miranda an der Reihe, den Film auszuwählen.

Und als sie *Alice im Wunderland* sagte, wünschte ich mir, ich würde auch einen Anruf wegen Coast Home Loans kriegen.

»*Alice im Wunderland?*«, jaulten Toby und ich im Chor, weil der Streifen bereits seit ungefähr einer Million Jahren draußen war.

Wozu ins Kino gehen und Geld für einen Film bezahlen, den man sich kostenlos downloaden konnte?

»Im Palace läuft grad 'ne Tim-Burton-Retrospektive«, sagte Miranda.

Wie die meisten sechzehnjährigen Mädchen – und sämtliche weiblichen Nerds – war sie ein hoffnungsloses Opfer der Johnny-Depp-Marketing-Maschinerie. Eigentlich ist es mir ein komplettes Rätsel, wieso diese Fritzen sich überhaupt noch die Mühe machen, Filme zu drehen – sie könnten auch einfach für anderthalb Stunden ein Foto von Johnny Depp auf die Leinwand projizieren, und sämtliche schwärmerischen Mädels würden trotzdem dafür bezahlen. Und würden sich anschließend auf Facebook darüber austauschen, was für eine außergewöhnliche Darbietung das mal wieder gewesen sei, was für ein toller Schauspieler er doch sei, wie sehr sie in ihn »valiiiebt« seien.

Daher war ich wirklich nicht scharf darauf, Johnny Depp mal wieder beim Rumjohnnydeppen zuzusehen, aber eine der Regeln unserer Kinoabende lautete, dass man die Entscheidungen der anderen zu respektieren hatte, selbst wenn sie geschmackloser, elender Mist waren.

Doch kaum war Alice in das Kaninchenloch abgetaucht, war ich gefesselt. Sogar noch mehr gefesselt, als ich es bei Läuferfilmen wie *The Four Minute Mile* oder *Sebastian Coe: Born to Run* oder *Arabian Knight: The Story of Saïd Aouita* gewesen war. So sehr gefesselt, dass ich gar nicht mitbekam, wie Johnny Depp mal wieder rumjohnnydeppte. So sehr gefesselt, dass mich nicht mal das ständige Gemampfe vom Nachbarsitz nervte, wo Toby sich durch zwei Eimer Popcorn wühlte.

Denn *Alice im Wunderland* handelt im Grunde von einer Jugendlichen, die sich vollkommen schuldlos in einer auf den Kopf gestellten Welt wiederfindet, in der die üblichen Regeln schlicht nicht mehr gelten.

Klingelt's?

Als der Film zu Ende war und wir nach draußen schlenderten in das grelle Licht blinkender, flackernder Neonröhren und das Gewühl auf dem Gehsteig, fühlte ich mich immer noch etwas benommen. Doch dann sah ich Dad, wie er dastand und auf uns wartete, hochgewachsen und stattlich in seinem Anzug, mit funkelnder Patek-Philippe-Uhr am Handgelenk, und schlagartig war ich wieder klar.

Mich überkam eine Welle von Stolz auf meinen Dad. Selfmademan, Wirtschaftsmagnat. Der nach wie vor all diese Stunden lang arbeitete, auf diese ganzen Überseetrips ging. Ich dachte an Moms Angel Foundation, an all die Leute, denen die Stiftung half, an all die Sachen, die sie verschenkte. Daran, dass sie ohne Dad nicht existieren würde. Und ich hatte ein bisschen ein schlechtes Gewissen, weil ich meine Zeit inzwischen so oft mit Gus verbrachte.

»Dad!«, rief ich und lief zu ihm hinüber.

Ich hatte das Bedürfnis, ihn zu umarmen, und ich hätte ihn auch fast umarmt, ließ es dann aber. Nicht dort, nicht auf dem Gehsteig, unter all diesen Lichtern, zwischen all diesen Menschen. Stattdessen schüttelte ich seine Hand.

»Wie lief's mit den Anrufen?«, erkundigte ich mich.

Er lächelte sein blendendes Lächeln.

»Nichts hat das Leben den Sterblichen je ohne harte Arbeit gegeben«, zitierte er irgendeinen uralten Römerknilch.

Nachdem er Mom einen Kuss gegeben hatte, fragte er: »Also, Leute, wie bewerten wir den Film?«

»War echt klasse«, sagte ich.

»Ein bisschen enttäuschend beim zweiten Mal«, sagte Miranda.

Und Toby antwortete mit einem Rülpser, worauf der buttrige Duft von halb verdautem Popcorn die Luft erfüllte.

»Wohin gehen wir zum Abendessen?«, fragte Dad.

Nicht Taverniti's, dachte ich. *Bitte nicht Taverniti's.*

»Wie wär's mit Taverniti's?«, flötete Mom und bot all ihre Schauspielkunst auf, um so zu tun, als handelte es sich dabei um eine echt originelle, womöglich sogar komplett abgefahrene Idee.

»Dann also Taverniti's«, sagte Dad.

Wir gingen zu Fuß, die Straßen entlang, vorbei an Theatern, Restaurants, Spielhallen. Vorbei an einer schnatternden Schar japanischer Touristen, die Manny Hans Neonreklame fotografierten. Das Teil selbst war nicht sonderlich spektakulär, bloß ein Werbeschild für einen ortsansässigen Elektriker, auf dem in blinkendem Rot und Blau zu lesen stand *Manny Hans' Makes Lights Work,* als lustige Abwandlung der Redensart »Many hands make light work«. Doch laut dem Guinnessbuch der Rekorde handelte es sich um die älteste ununterbrochen leuchtende Neonreklame auf der kompletten Südhalbkugel. Ein paar Meter weiter verteilte ein Mann in einem Earth-Hour-T-Shirt Flugblätter.

»Mit dem Ding habt ihr letztes Jahr nicht viel Glück gehabt«, sagte Dad, lehnte mit einer abwinkenden Geste das Flugblatt ab und deutete auf die Neonreklame.

Während der letzten Earth Hour hatten einige mit Drahtschneidern bewaffnete Aktivisten versucht, das Manny-Hans-Schild zu sabotieren. Sie waren allerdings nicht weit gekommen. Einer von ihnen hatte sich am Ende sogar im Krankenhaus wiedergefunden.

»Diese Idioten waren keine Mitglieder unserer Organisation«, erwiderte der Mann.

»Hatte einer von denen danach nicht Verbrennungen dritten Grades an seinen Dreadlocks?«, scherzte Dad.

Wir Kinder lachten über den spitzenmäßigen Witz unseres Vaters, doch der Mann fand das Ganze nicht annähernd so amüsant.

»Wie gesagt, das hatte nix mit uns zu tun.«

Im Weitergehen meinte Mom: »Wir werden ja sowieso nicht hier sein.«

»Ach nein?«, wunderte sich Dad.

»Bali, hast du's vergessen? Die Plummers heiraten.«

»Schon wieder?«

»Sie erneuern ihr Eheversprechen.«

»Noch mal?«, stöhnte Dad und verdrehte die Augen.

»Und wer passt dann auf uns auf?«, fragte Miranda.

»Euer Großvater«, antwortete Mom.

Einen Wimpernschlag später hatte Miranda ihr Smartphone aus der Tasche gezogen und tippte drauflos. Und ich wusste genau, was sie schrieb: *grsse prty bei mir erth hr.*

Als wir uns Taverniti's näherten, kamen uns zwei schmuddelige Teenager entgegen, ein Junge und ein Mädchen.

An der Gold Coast trieben sich ständig Kids wie die beiden herum. Sie lebten wahrscheinlich auf der Straße, schliefen am Strand, schnorrten sich irgendwo etwas zu essen.

Erst als sie uns fast erreicht hatten, begriff ich, dass sie das junge Pärchen waren, das ich gestern im Krankenhaus gesehen hatte, als ich mit Zoe in der Notaufnahme saß.

Ich wandte den Blick ab, wechselte in den Ich-kann-euch-nicht-sehen-Modus. Toby, Miranda, Dad, Mom taten dasselbe.

Als das Mädchen fragte: »Haben Sie 'n bisschen Kleingeld übrig fürs Busticket?«, machte keiner von uns einen Mucks.

Aber dann sagte der Junge: »Mrs Silvagni?«

Mom beschleunigte ihren Schritt.

»Mrs Silvagni, ich bin's, Brandon. Wissen Sie noch?«

Dad warf Mom einen Blick zu, und sie blieb stehen.

»Brandon?«, sagte sie. »Dass ich dich wieder auf der Straße sehe.«

Sie schaltete auf hundertprozentigen Profibetrieb, und wir mussten warten, während sie ein paar Nummern anrief und die beiden Jugendlichen kurz darauf in ein Taxi setzte, mit genauen Anweisungen für den Fahrer, sie in ein nahe gelegenes Wohnheim zu bringen.

»Jetzt zufrieden?«, glaubte ich, sie Dad zuraunen zu hören, als sie sich uns wieder anschloss.

Aber das war ein dermaßen seltsamer Satz, dass ich entschied, mich sicher verhört zu haben.

An Taverniti's war eigentlich nichts verkehrt. Es war ein wirklich nettes Restaurant mit wirklich gutem Essen und wirklich freundlichen Angestellten. Und weil sie uns kannten und wussten, dass Dad großzügig Trinkgeld gab, bekamen wir immer einen speziellen persönlichen Service.

»Und, dürfen es heute Abend wieder drei Hauptgänge sein, Toby?«

»Und, bist du schon gespannt auf den brandneuen iMac, Miranda?«

»Und, wie kommt die Läuferkarriere voran, Dom?«

Diese Sorte speziellen persönlichen Service. Doch jedes Mal wenn ich im Taverniti's war, dachte ich unwillkürlich an Imogens Vater, daran, wie er am Abend seiner Wiederwahl zum Parlamentsabgeordneten von Queensland aus dem Restaurant verschwunden war, sich einfach in Luft, in nichts aufgelöst hatte.

Nachdem wir beim Kellner bestellt hatten, kam Rocco Taverniti, der Besitzer, in den Gastraum, um nachzusehen, ob alles in Ordnung war. Jeder an der Gold Coast kannte Rocco Taverniti. Hauptsächlich deswegen, weil ihm die Gold Coast Tritons gehörten, unser örtliches Fußballteam. Aber er machte außerdem noch einen Haufen anderer Sachen. Er war ungefähr in Dads Alter, würde ich sagen. Und sah ähnlich gut aus. Wenn auch auf etwas italomäßigere Art als Dad.

»Buonanotte«, begrüßte er uns. *»Com'è la mia famiglia preferita?«*

»Sie wissen doch, ich nix sprecken Italo«, erwiderte Dad lächelnd und schüttelte Roccos Hand.

»Sie sind wahrhaftig eine Schande!«, gab Rocco in scherzhaftem Ton zurück.

Eine Weile sprach er mit Dad über Fußball, und die beiden waren sich einig, dass die Tritons für die nächste Saison einen neuen Stürmer brauchten.

»Es gibt da ein paar Brasilianer, auf die wir ein Auge geworfen haben«, sagte Rocco.

Kurz darauf wandte sich ihr Gespräch, wie es anscheinend alle Gespräche an der Gold Coast taten, dem Thema Immobilien zu.

»Dieser Smithy hat tatsächlich siebzehn Millionen für die Hütte in Mermaid hingeblättert«, sagte Rocco.

Während sie sich unterhielten, fiel mir wieder ein, was Mr Jazy über das mögliche Platzen der Immobilienblase gesagt hatte, darüber, dass die Sache dann »richtig hässlich« würde.

Anschließend begannen Rocco und Mom, über eine neues Projekt der Angel Foundation zu reden, bei dem das Taverniti's Ausbildungsstellen für benachteiligte Teenager anbieten wollte.

Ich versuchte, mir Brandon in der Küche mit einer von diesen Kochmützen auf dem Kopf vorzustellen, doch ich schaffte es nicht.

»Wenn er dermaßen reich ist«, sagte Toby, als Rocco gegangen war, »wieso arbeitet er dann immer noch in einem Restaurant?«

»Weil er ein Workaholic ist«, antwortete Mom und sah Dad an. »Wie euer Vater.«

Eine Flasche Champagner wurde an den Tisch gebracht.

»Mit Grüßen von Rocco«, sagte der Kellner.

»Glaubt ihr, Mr Havilland ist noch am Leben?«, fragte ich kurz darauf.

Mom warf mir einen Lass-es-Blick zu.

»Nicht wieder die Leier«, maulte Toby.

Miranda verdrehte die Augen.

»Wie ich dir bereits viele Male erklärt habe, ich denke, es wäre möglich«, sagte Dad.

Ich stellte mir Mr Havilland irgendwo an einem Strand vor. Aber warum hätte er Imogen einfach so zurücklassen sollen? Ich stellte ihn mir noch einmal irgendwo an einem Strand vor, diesmal mit totalem Gedächtnisverlust, sodass er nicht mehr wusste, dass er eine Frau und eine Tochter hatte, eine Tochter, die so schön war, dass vollkommen Fremde in Leinenanzügen und mit Hochglanz-Visitenkarten es kaum erwarten konnten, aus ihr das künftige weltweite Supermodel zu machen.

»Erzählt uns noch mal, wie ihr euch kennengelernt habt«, sagte Miranda zu Mom und Dad.

Mom drückte Dads Hand. Dad drückte Moms Hand. Mom glotzte Dad schwärmerisch an. Dad glotzte Mom schwärmerisch an. Ich hätte Miranda erwürgen können.

Mom machte sich an die Geschichte.

»Also, ihr wisst ja, dass ich hierher an die Ostküste gekommen bin, um ein Stück in Sydney zu spielen.«

»*Les Misérables?*«, hauchte Miranda.

»Ja, ganz recht – *Les Misérables.* Wir spielten zwei Shows am Tag, sieben Tage die Woche, und als die Laufzeit zu Ende ging, beschlossen wir, dass wir uns einen Urlaub verdient hatten. Damals war das Internet natürlich noch nicht das, was es heute ist. Also gingen ein paar der Mädels und ich in ein Reisebüro. Und es war gleich der erste Prospekt, den ich sah. Surfers Paradise. Strände. Sand. Brandung. Alles, was ein kalifornisches Mädchen wie ich brauchte.«

»Komm schon, Mom«, sagte Miranda. »Sing das Lied.«

»Ja, komm schon, Mom, sing das Lied«, sagte Toby.

Bitte nicht das Lied, dachte ich.

Dad schenkte Mom einen schmachtenden Blick. *Sing das Lied.*

Also sang Mom das Lied, mit ihrer üppigen Hollywoodstimme, mit ihrem üppigen Hollywoodhaar. Na ja, jedenfalls den Refrain, die Sache mit den California Girls.

Sämtliche Leute starrten uns jetzt natürlich an. Einige Gäste klatschten sogar.

»Zugabe!«, brüllte irgendein Trottel.

»Eine Woche später spazierte ich in diesen Laden«, sagte Mom und deutete mit einem Wink ihrer manikürten Hand auf das Taverniti's. »Auch wenn er damals noch nicht mehr als ein winziger Schuppen war, eine echte Spelunke. Und da saßen diese zwei gut aussehenden Männer an einem Tisch.«

Jetzt war Mom an der Reihe, Dad einen schmachtenden Blick zu schenken.

»Sie waren vielleicht etwas ungepflegt, aber trotzdem sehr gut aussehend.«

Das war der Teil der Geschichte, mit dem ich immer Probleme hatte, denn sosehr ich mich auch bemühte, ich konnte mir meinen Vater einfach nicht »ungepflegt« vorstellen.

»Ich muss mal«, sagte ich.

Dad wirkte verärgert, als glaubte er, ich würde mir bloß den Rest der Romanze nicht mehr mit anhören wollen. Und er hatte recht, das wollte ich nicht. Denn bei dem anderen gut aussehenden, wenn auch etwas ungepflegten Mann, der neben Dad gesessen hatte, als Mom an jenem Abend hereinspaziert war, handelte es sich um den mittlerweile in nichts aufgelösten Mr Haviland.

Ich beachtete Dad nicht weiter und marschierte zu den Toiletten. Als ich wieder herauskam, wandte ich mich nicht nach rechts, wo meine Familie saß, sondern nach links.

Keine Ahnung, warum, ich tat es einfach. Mag sein, dass ich noch immer an Imogens Vater dachte, mich fragte, wie er von einem Moment zum andern so spurlos hatte verschwinden können. Ich kam an eine Tür und stieß sie auf. Dahinter lag eine schmale Gasse.

»*Chi è?*«, sagte jemand.

Ich schloss die Tür hinter mir, und jetzt konnte ich sehen, dass die Stimme einem alten Mann gehörte, der auf einem umgedrehten Speiseölfass hockte. Zu seinen Füßen tummelten sich fünf oder sechs streunende Katzen. Er fütterte sie mit Salamiwürfeln und sprach Italienisch mit ihnen.

»Hallo«, sagte ich.

Er hob den Blick. Da erkannte ich ihn: Es war der alte Mr Taverniti.

Als ich noch ein kleiner Junge war, hatte er die Gäste immer an der Tür begrüßt, sie zu ihren Tischen geführt, ihnen die Tagesgerichte angepriesen. Ich weiß eigentlich gar nicht so recht, wann er damit aufgehört und die nächste Taverniti-Generation übernommen hatte, aber offensichtlich hatte sie das getan.

Ich erinnere mich, dass er mir damals schon alt vorkam. Jetzt war er steinalt, schätze ich.

»*Issettiti*«, sagte er zu mir.

»Tut mir leid, ich kann kein Italienisch«, erwiderte ich.

»Kalabrisch«, krächzte er. »Ich spreche den Dialekt aus Kalabrien.«

»Tja, den kann ich schon gar nicht«, sagte ich.

Er klopfte auf das Ölfass neben ihm. »Ich hab dich gebeten, dich zu mir zu setzen.«

Ich folgte seiner Bitte. Er warf den Rest der Salamistücke auf den Boden, und die Katzen balgten sich darum.

Nachdem er mich für eine Weile gemustert hatte, sagte er: »Und wie geht's deinem Großvater?«

»Meinem Dad, meinen Sie?« Ich dachte, er könne unmöglich von Gus gesprochen haben, denn der mochte es nicht besonders, auswärts zu essen, am wenigsten im Taverniti's; Gus hasste das Taverniti's.

»Giuseppe?«, sagte der alte Mann.

Na schön, er hatte doch meinen Großvater gemeint, auch wenn

Gus es ebenfalls hasste, Giuseppe genannt zu werden. »Dieser dämliche Bauernname«, lästerte er immer.

»Woher kennen Sie denn meinen Großvater?«, fragte ich.

»Er war ein guter Läufer.«

»Das war er«, bestätigte ich und fügte den so ziemlich einzigen Brocken Italienisch hinzu, den ich kannte: *»Buon corridore.«*

»Auf Kalabrisch sagen wir *fui bono*«, krächzte der Alte.

Ich sprach es ihm nach.

»Gut«, sagte er.

Plötzlich hatte ich wieder das Foto vor Augen, das ich vor nicht allzu langer Zeit in Gus' Schublade gefunden hatte.

»Und haben Sie auch die Brüder meines Großvaters gekannt?«, fragte ich. »Die Zwillinge?«

»Gemelli?«, erwiderte er. »Die Zwillinge?«

»Genau«, sagte ich.

Der alte Taverniti sah mich aufmerksam an, mit Augen, die wesentlich jünger zu sein schienen als der uralte Kopf, in dem sie steckten.

Er murmelte irgendwas auf Kalabrisch, sehr leise.

»Wie bitte?«, fragte ich. »Was haben Sie gesagt?«

Ich hörte, wie sich hinter mir quietschend die Tür öffnete.

»Dominic, hier bist du!«

Ich drehte mich um und sah Rocco.

»Wir haben dich schon gesucht«, sagte er. »Deine Vorspeise steht auf dem Tisch.«

Ich wäre lieber geblieben, um herauszufinden, was der Alte gesagt hatte, und noch eine Weile mit ihm zu reden, doch Rocco rührte sich nicht und starrte mich finster an, sodass mir keine andere Wahl blieb, als aufzustehen. Während ich an den Toiletten vorbei zurückschlenderte, hörte ich den alten Taverniti und seinen

Sohn auf Kalabrisch miteinander reden. Natürlich verstand ich kein einziges Wort, aber es war der Sohn, der den Großteil der Unterhaltung bestritt, und seinem Tonfall nach schien er seinen Vater heftig zurechtzuweisen.

»Wo warst du?«, fragte Dad, als ich zurück an den Tisch kam.

»Großes Geschäft«, sagte ich.

»Musch dasch schein?«, beschwerte sich Toby, den Mund voller Mozzarella-Bällchen.

»Das hier ist ein Familienessen«, sagte Dad, seine Stimme klang angespannt. »Und ich denke, wir alle würden deine Anwesenheit zu schätzen wissen.«

»Echt?«, nuschelte Toby.

Mom griff beschwichtigend nach Dads Hand. »Schon gut, Liebling. Dom ist ja jetzt hier.«

»Isst du das da noch oder was?«, fragte Toby und beäugte meine Calamari.

Nach dem Essen gingen wir zu Fuß nach Hause, durch Straßen, die heller, beleuchteter, neonverseuchter zu sein schienen als zuvor.

RECHERCHE

Am nächsten Morgen machte ich mich sofort ans Googeln.

Als Erstes tippte ich *Rocco Taverniti* ein.

Wie erwartet, stieß ich auf eine Menge Zeug über die Tritons. Massenhaft Zeitungsartikel, massenhaft Fotos. Ein strahlender Rocco Taverniti bei der Eröffnung des neuen Tritons-Stadions in Carrara. Ein strahlender Rocco Taverniti Arm in Arm mit dem brasilianischen Stareinkauf Gonzaga. Und ein strahlender Rocco Taverniti als Botschafter der australischen Bewerbung für die Fußball-Weltmeisterschaft 2022. Zwei Dinge wurden schnell klar: Rocco hatte nicht das Geringste gegen Publicity; und er war ganz versessen aufs Strahlen.

Aber es gab auch noch ein paar andere Dinge, denn Rocco Taverniti saß allem Anschein nach bei so ziemlich jeder Organisation an der Gold Coast im Vorstand: Beim Gold Coast Entwicklungskomitee, beim Gold Coast Verband kleiner und mittlerer Unternehmen, beim Gold Coast Italo-Australischen Club. Wo auch immer, er war dabei.

Was mich allerdings überraschte, war, dass er anscheinend

auch etwas mit der Rettet-Ibbotson-Reserve-Kampagne zur Erhaltung des Naturschutzgebiets zu tun hatte.

War Rocco Taverniti womöglich ein Öko?

Es dauerte nicht lange, bis ich Rocco Taverniti und sein Strahlemanngrinsen satthatte, also tippte ich als Nächstes *Graham Havilland* ein, den Namen von Imogens Vater.

Wieder gab es massenhaft Treffer. Ich klickte auf den obersten Link und fing an, einen alten Zeitungsbericht zu lesen. *Der hiesige Parlamentsabgeordnete und Anti-Drogen-Aktivist Graham Havilland ist am gestrigen Abend unter mysteriösen Umständen aus einem Restaurant an der Gold Coast verschwunden ...*

Als ich mit dem Artikel fertig war, wollte ich mich sofort an den nächsten machen, doch dann hatte ich eine andere Idee.

Ich fand Dad auf dem Laufband – er spulte in letzter Zeit wirklich ordentlich Kilometer ab.

»Kann ich dich was über Mr Havilland fragen?«, sagte ich, nachdem er von der Maschine gestiegen war und die kalifornische Stimme ihre kindische Aufmunterungsleier von sich gegeben hatte: »Klasse Training! Champ! Hoffentlich sehen wir uns bald wieder!«

Sofort erschien ein besorgter Ausdruck in seinem schweißglänzenden Gesicht.

»Hör zu, Dom, du solltest diese Graham-Geschichte vielleicht besser ruhen lassen«, sagte er.

»Ruhen lassen?«, erwiderte ich. »Ich dachte, er war so was wie dein bester Freund.«

Dad schwieg einen Moment, als würde er seine Gedanken ordnen. Anschließend setzte er trotzdem ein paarmal vergeblich an, öffnete den Mund, wie um etwas zu sagen, und klappte ihn dann wieder zu.

Schließlich, als er von seiner Goldfisch-Imitation genug hatte, seufzte er: »Graham hat sich seinerzeit eine Menge Feinde gemacht.«

»Weil er gegen Drogen war?«

Wieder schien Dad eine Ewigkeit für eine Antwort zu brauchen.

»Du darfst nicht vergessen, dass die Gold Coast eine, wie soll ich sagen, eine bewegte Geschichte hinter sich hat. Im Grunde genommen ist sie früher so eine Art Wilder Westen gewesen«, sagte er.

Dad hatte jetzt offenbar seinen Schwung gefunden.

»Glücklicherweise hat sich all das inzwischen geändert, und ich kann mit voller Überzeugung sagen, dass hier heute bessere Lebensbedingungen herrschen als in ausnahmslos allen anderen Gegenden in diesem Land.«

»Aber was –«, begann ich, ehe Dad mir das Wort abschnitt: »Lass uns nicht länger darüber reden.«

Er wollte mir einen Arm um die Schultern legen, wie er es schon zahllose Male zuvor getan hatte. Doch jetzt schoss mir plötzlich ein Bild durch den Kopf: Dad mit dem Brandeisen in der Hand, die Spitze glutrot. Dann der Schmerz. Dann dieser Geruch, den ich auf einmal erneut in der Nase hatte.

Ich konnte nicht anders, ich zuckte zurück.

Im nächsten Moment verzerrte Wut das Gesicht meines Vaters und verwandelte ihn in jemanden, den kein Fernsehsender als Moderator eines Lifestylemagazins würde haben wollen.

Doch dann war der Ausdruck wieder verschwunden, und Dad legte mir seine kräftige Hand auf die Schulter.

»Du weißt, ich bin immer für dich da, Dom«, sagte er und verstärkte seinen Griff.

»Ich weiß«, antwortete ich.

Jetzt wünschte ich mir, dass seine Hand blieb, wo sie war, aber ich wusste, das würde sie nicht, denn Dad war ein sehr beschäftigter Mann, war stets auf dem Sprung.

Und tatsächlich, mit einem flüchtigen Blick auf seine Patek Philippe sagte er: »Ich beeil mich wohl besser, hab gleich eine Telefonkonferenz mit Geschäftspartnern aus den Staaten«, und dann waren er und seine Hand fort.

»Klasse Training! Champ! Hoffentlich sehen wir uns bald wieder!«, trällerte das Laufband aufs Neue.

»Idiot«, knurrte ich das Ding an.

Lämpchen blinkten.

»Du hast nicht den blassesten Schimmer, was 'n klasse Training ist«, knurrte ich weiter.

Noch mehr Lämpchen blinkten.

Einige meiner Läuferkollegen hatten nichts dagegen, auf einem Laufband zu trainieren. Gabby zum Beispiel. Und Bevan Milne, der kleine Drecksack, konnte stundenlang auf so einem Teil vor sich hin trotten. Ich hasste Laufbänder. Hasste es, dass man sich nicht vom Fleck bewegte, egal, wie schnell man lief, egal, wie sehr man sich anstrengte. Einfach dablieb und auf den Fernseher starrte oder auf einen Fleck an der Wand oder auf irgendeine Zahl auf dem Bedienfeld.

Doch als immer mehr Lämpchen blinkten, kam mir das wie eine Herausforderung vor, also stieg ich aufs Laufband und drückte den Startknopf.

»Ich zeig dir jetzt mal, was ein Training ist!«, sagte ich.

Ich drückte den Geschwindigkeitsknopf, bis das Tempo auf Maximum stand. Machte dasselbe mit dem Knopf für die Steigung.

Ich fing an zu laufen. Und zugegeben, ich musste mich wirklich einigermaßen ins Zeug legen, damit die Maschine mich nicht hinten ausspuckte. Trotzdem langweilte ich mich ziemlich bald. All diese Anstrengung, und wohin kam man damit? Nicht vom Fleck. Ich war schon drauf und dran, wieder abzusteigen, da erhöhte die Maschine plötzlich das Tempo.

Wie konnte das sein? Ich checkte die Anzeige auf dem Bedienfeld. Alle Einstellungen standen bereits auf Maximum.

Jetzt war es tatsächlich eine Herausforderung, und ich musste mich ziemlich anstrengen, um auf dem Laufband zu bleiben.

»Toller Lauf!«, sagte die Maschine. »Aber Sie haben Ihr zweites programmiertes Ziel nicht erreicht! Champ!«

Es war dieselbe nervtötende Stimme, doch es kam mir so vor, als hätte sich der Ton ein wenig verändert, als würde das Laufband sich irgendwie über mich lustig machen.

»Du bist echt ein Idiot«, keuchte ich zwischen zwei Atemzügen.

Das Teil legte noch einen Zahn zu.

Jetzt hatte das Ganze schon etwas von Sprinten. Und es war unheimlich: Lieferte dieses Ding mir etwa ein Rennen?

Es legte noch einen Zahn zu.

Mittlerweile lief ich so schnell, wie ich konnte, vielleicht sogar schneller. Und klar, ich hätte einfach abspringen können, aber das kam für mich schlicht nicht infrage.

Als das Ding allerdings noch einen Zahn zulegte, beschloss ich, dass es jetzt reichte, und drückte den Stoppknopf.

Das Laufband stoppte nicht.

Ich riss an der Notstoppvorrichtung. Es stoppte immer noch nicht.

Im Gegenteil, es erhöhte das Tempo noch weiter.

Höchste Zeit abzusteigen, dachte ich.

Doch aus irgendeinem Grund tat ich es wieder nicht.

Ich war es gewesen, der die Maschine herausgefordert hatte.

Also hetzte ich weiter, nass geschwitzt und mit rasendem Herzschlag.

Und dann stoppte das Laufband.

»Klasse Training! Champ!«, sagte die Stimme.

Und ich konnte nicht anders, ich lächelte. »Klasse Training!«, bestätigte ich.

Aber als ich absteigen wollte, sagte die Stimme noch etwas anderes, etwas, das sich anhörte wie »Schalte sämtliche Lichter aus während der Earth Hour!«.

Ich versuchte mir einzureden, dass ich halluzinierte. Laufbänder sagten nun mal keine Sachen wie »Schalte sämtliche Lichter aus während der Earth Hour!«. Sie sagten Sachen wie »Gut gemacht!« oder »Klasse Training!« oder »Champ!«.

Andererseits war das hier kein gewöhnliches Laufband.

Und als das Ding den Satz wiederholte – »Schalte sämtliche Lichter aus während der Earth Hour!« –, wusste ich, dass ich mich nicht verhört hatte.

Der Clan hatte gesprochen, zum zweiten Mal. Das hier war meine nächste Aufgabe.

»Aber wo?«, fragte ich die Maschine.

»An der Gold Coast«, antwortete sie. »Für eine Stunde, nicht länger!«

»Das ist unmöglich!«, rief ich, aber das war anscheinend bereits das Ende unserer Unterhaltung.

Denn obwohl ich dem Laufband noch etliche weitere Fragen stellte, bekam ich keine Antwort.

Ich ging zurück in mein Zimmer, auf meinen Balkon.

Der Himmel war wolkenlos. Im Pool lag das Wasser glatt wie ein Spiegel. Ich konnte die Überreste unseres Baumhauses ausmachen, hoch oben in dem alten Feigenbaum. Und der einzige Laut, das Geräusch eines fernen Rasenmähers, verklang.

Es war ruhig, es war still, und in mir kochte die Wut. Wut, die noch mehr Wut erzeugte.

Der Zolt war entkommen, richtig?

Gus hatte sein Bein an den Krebs verloren.

Der Klotztop war nichts als ein Gag.

Wie Alice war ich kopfüber in eine verrückte Welt gestürzt, in der die üblichen Regeln nicht galten. Eine Welt, die Dad und Gus aus irgendwelchen seltsamen, krankhaften Gründen erfunden hatten.

Ich knibbelte an dem schorfigen Brandmal auf der Innenseite meines Oberschenkels herum.

Hör auf!, sagte ich mir, doch ich knibbelte weiter, bis ich den Schorf etwas angehoben hatte und ein schmieriger Blutfilm erschien.

Hör auf!, sagte ich mir erneut, und diesmal gehorchte ich mir und hörte auf zu knibblen.

»He, du!«, schrie ich zum Klotztop hinüber. »Bist wohl nicht sehr gesprächig heute, oder?«

Keine Reaktion.

»Oder?«

Ich marschierte ins Zimmer zurück und brachte meinen Mund so dicht an die mattschwarze Oberfläche heran, dass er beinahe das kühle Metall berührte.

»Oder?«, brüllte ich.

Es kam keine Antwort. Ich trug den Klotztop nach unten. Ich trug ihn nach draußen. Und dann warf ich ihn in unseren Müllcontainer. Nur um sicherzugehen, häufte ich noch etwas Müll darauf, um ihn möglichst tief zu begraben.

PREACHER'S

Der nächste Tag war ungewohnt düster, der Himmel ein grauer Flickenteppich, Sprühregen hing in der Luft.

»Locker wie 'n Zocker vom Hocker«, sagte Seb zur Begrüßung.

Er trug ein Bart-Simpson-T-Shirt, dazu Shorts, die sogar noch schlabbriger waren als sonst.

»Was ist denn mit dem Rocker passiert?«, fragte ich.

»Rocker macht Urlaub«, erwiderte er.

»Und wo machen Rockers, ich meine Rocker Urlaub?«

»Venedig«, sagte Seb. »Rockers gondeln gern.«

Wir grinsten beide, weil das Ganze so albern war.

Kurz vor dem Gut Buster, einer heftigen Steigung, klingelte Sebs Smartphone mit einem Getöse, das mächtig *heavy* und mächtig *metal* klang. Ich wusste zwar, dass er immer ein Handy dabeihatte – ich hatte es oft genug in seiner Tasche auf und ab hüpfen sehen –, aber das hier war das erste Mal, dass es klingelte, während wir liefen, was sofort meine Neugier weckte.

Womöglich würde ich heute endlich etwas über seine Familie erfahren.

Er meldete sich auf Englisch, na ja, so was Ähnlichem jedenfalls: »Yo, wasgeht!«, wechselte dann allerdings sofort in eine andere Sprache. Zuerst dachte ich, es wäre Italienisch, aber im Lauf des Gesprächs änderte ich meine Meinung.

Kalabrisch? Es klang jedoch nicht ganz so wie das, was der alte Taverniti und sein Sohn miteinander gesprochen hatten.

Vielleicht ein anderer Dialekt?

Als Seb aufgelegt hatte, fragte ich: »Welche Sprache war das?«

»Stammt aus der Alten Welt«, antwortete er.

»Schon klar«, sagte ich. »Aber welche Sprache war's?«

Inzwischen hatten wir das Gut Buster erreicht, und Seb grinste: »Verrat ich dir oben.«

Dann zischte er ab, und damit meine ich, er zischte wirklich ab.

Lass ihn laufen, sagte ein Teil von mir, *deine Trainingskurve zeigt nach unten, du hast die Queensland-Meisterschaft vor der Brust.*

Aber ein anderer Teil von mir, ein nicht ganz so besonnener Teil, konnte das auf keinen Fall zulassen.

Also jagte ich Seb hinterher.

In einem Anstieg zu beschleunigen gehört zu den heftigsten Anstrengungen beim Laufen, weil einem das Herz vor lauter Pumperei garantiert sofort bis zum Hals schlägt. Und Seb legte wirklich ein heftiges Tempo vor. Erst ein paar Meter vor der Kuppe gelang es mir, ihn zu überholen.

»Hab dich!«, keuchte ich.

Während wir den Hügel hinuntertrabten und beide erst einmal kräftig durchpusteten, sagte Seb: »Hey, wie wär's, wenn wir heute zur Abwechslung mal durch den Preacher's laufen?«

Durch den Preacher's?

Preacher's Forest war unser Spitzname für Ibbotson Reserve, benannt nach diesem gruseligen alten Knacker, dem Prediger, der sich dort herumtrieb. Und dann waren da noch die Leichen, die verscharrten, verstümmelten, vermodernden Leichen, von denen sich die Jungs in der Schule erzählten. Angeblich wimmelte es im Preacher's Forest nur so von ihnen. Das letzte Mal, als ich dort gewesen war, hatte ich in einem Flugzeug gesessen, neben dem Zolt. Und dieses Erlebnis hatte den Preacher's für mich als Laufrevier noch unattraktiver gemacht, besonders an einem dermaßen düsteren, golfunfreundlichen Tag wie heute.

Seb hatte mir meine Skepsis offenbar angesehen, denn er sagte: »Komm schon, ich bring dir 'n bisschen was übers Crosslaufen bei.«

Mir 'n bisschen was beibringen? Ich war zwei Jahre lang im Crosslaufteam gewesen, erst danach hatte ich auf die Bahn gewechselt.

»Wenn's da irgendwas beizubringen gibt«, erwiderte ich, »dann bring ich *dir* was bei!«

Trotz meiner Prahlerei wurde ziemlich schnell klar, dass Seb sich im Preacher's wesentlich besser auskannte als ich. Also überließ ich ihm die Führung und heftete mich an seine Fersen, während er einen der zahllosen schmalen Pfade entlanglief, die kreuz und quer das verkümmerte Buschland durchzogen. Ich konnte den holzigen Rauch bereits riechen, lange bevor ich ihn sah, lange bevor der Pfad breiter wurde und in eine Lichtung mündete, lange bevor wir das Camp des Predigers erreichten.

Der Prediger trug einen Mantel und kauerte über dem Lagerfeuer. Er sah auf, als wir an ihm vorbeiliefen, und seine Augen blitzten aus dem rußgeschwärzten Gesicht.

Ich war dem Prediger noch nie so nahe gekommen, hatte noch nie sein Gesicht gesehen. Und als ich es jetzt sah, war ich überrascht, denn irgendetwas an ihm kam mir seltsam bekannt vor.

»Die pechschwarzen Reiter der Apokalypse sind hinter euch her!«, gellte sein schrilles Organ durch die Morgenstille.

»Ihnen auch einen guten Tag, Sir!«, rief Seb ihm zu, dann sah er mich an und grinste.

Ich fand den Prediger allerdings nicht ganz so witzig, wie Seb ihn offenbar fand, weshalb ich froh war, als wir ihn und sein apokalyptisches Geschrei wieder hinter uns ließen.

Wir kamen jetzt in einen Teil des Preacher's, der wilder war, dichter bewachsen, und der Untergrund wurde rauer. Während ich mich auf das Gelände konzentrierte, begann ich mich zu fragen, ob das, was ich hier gerade tat, sonderlich schlau war. Warum ging ich das Risiko ein, mir vor einem so wichtigen Rennen womöglich den Knöchel zu verstauchen?

»Fahrräder!«, brüllte Seb und verließ die Strecke.

Preacher's Forest war bei Mountainbikern ziemlich beliebt. Sie gingen unweigerlich davon aus, Vorfahrt zu haben. Und wir Läufer würden uns nicht mit ihnen anlegen: Sie waren größer als wir, metallischer als wir. Drei von ihnen fuhren an uns vorbei, auf pechschwarzen Rädern, in pechschwarzem Leder, mit pechschwarzen Vollvisierhelmen.

»Wow!«, staunte Seb. »Wer waren die denn?«

Der Clan, dachte ich und erinnerte mich an die Motorradfahrer, die damals den Zolt und mich abgeholt hatten, nachdem er das Flugzeug gelandet hatte.

Seb erhöhte das Tempo. Ich war noch nie mit ihm im Gelände gelaufen, aber ich merkte bald, dass er ein Naturtalent war. Es gab bei ihm buchstäblich keinen einzigen Fehltritt, er bewältigte den steinigen Pfad, als liefe er auf einer topfebenen Hightech-Tartanbahn. Obwohl ich Erfahrung im Crosslaufen hatte, fand ich das Terrain ziemlich schwierig, und ein paarmal geriet ich ins Straucheln und konnte mich nur knapp auf den Beinen halten.

»Fahrräder!«, rief Seb.

Wieder verließ er den Weg.

Ich tat dasselbe. Dieses Mal allerdings kamen keine Mountainbiker.

»Komisch«, sagte Seb. »Ich könnte schwören, ich hab ein Stück weiter vor uns einen gesehen.«

Im selben Moment hörte ich den Knall einer Waffe, und irgendwas – ein Pfeil, eine Kugel? – zischte etwa auf Brusthöhe zwischen Seb und mir hindurch. Ein weiterer Schuss, doch wir beide hatten uns schon auf den Boden geworfen, und das Projektil jagte weit über unsere Köpfe hinweg. Wir sprangen auf die Beine und sprinteten los, hetzten zurück den Pfad entlang, rannten, bis wir wieder beim Camp des Predigers waren. Der alte Kauz war immer noch da, war immer noch in seinen Mantel gehüllt, kauerte immer noch über dem Lagerfeuer.

»Hilfe!«, schrie ich. »Sie müssen uns helfen!«

Der Prediger stand auf, und jetzt konnte ich sehen, dass er nicht der Prediger war. Wer auch immer er war, er trug eine pechschwarze Ledermontur. Und er hielt eine Waffe in der Hand. Er zielte und drückte ab. Ich spürte einen stechenden Schmerz im Oberschenkel. Ein brennendes Gefühl breitete sich rasend schnell in meinem Körper aus. Dann wurde alles schwarz.

FLUCHT AUS TRAKT C

Ich erwachte schlagartig aus meiner Ohnmacht, und eine Frau, die ich nicht kannte, beugte sich lächelnd über mich. Ihre blaue Uniform rückte in mein Blickfeld, das Stethoskop, das um ihren Hals hing.

Das muss eine Schwester sein. Ich muss in einem Krankenhaus liegen. Und im nächsten Moment eine dritte, unheilvollere Erkenntnis: *Es muss der Clan gewesen sein, der mich hierhergebracht hat!*

»Warum bin ich hier?«, fragte ich oder versuchte es wenigstens, denn mein Mund war trocken, meine Zunge eine Raupe, fleischig und pelzig.

»Hier, trink das«, sagte die Schwester und reichte mir ein Glas Wasser.

Ich nahm einen Schluck, aber er schmeckte seltsam metallisch.

Urplötzlich fiel mir Gus' Geschichte wieder ein: wie er in der einen Minute noch im Meer geschwommen und in der nächsten in einem Krankenhausbett aufgewacht war, ohne sein rechtes Bein.

Ich wackelte mit meinen Zehen – sie waren da.

Doch ich wusste, das hieß noch gar nichts, denn Gus konnte heute noch mit den Zehen an seinem rechten Fuß wackeln, jenen Zehen, die seit mehr als fünfzig Jahren verschwunden waren.

Mein Bein! In einem Anfall von Panik riss ich die Bettdecke weg. »Mein Bein!«

Ich war nackt. Doch meine Beine waren da. Das rechte mit dem schorfigen Brandmal auf der Innenseite.

»Was passiert mit mir?«, fragte ich.

»Du wirst nachher einen kleinen Eingriff haben«, antwortete sie und legte die Decke zurück.

»Einen Eingriff?«

»Eine Operation.«

»Was für eine Operation?«

Jetzt bemerkte ich, dass die Schwester eine Spritze in der Hand hielt und mein Arm mit einem Tropf verbunden war.

»Der Facharzt wird dir dazu bald alles erklären können«, sagte sie. »Aber bis dahin hast du noch etwas Ruhe nötig.«

Als sie auf den Spritzenkolben zu drücken begann, packte ich den Infusionsschlauch und zog ruckartig – die Kanüle löste sich aus meinem Arm.

»Also wirklich, junger Mann«, sagte die Schwester.

Aber ich war bereits aus dem Bett. Die Schwester betätigte den Alarmknopf.

Ich schnappte nach einem Handtuch, schlang es mir um die Hüfte, riss die Zimmertür auf und lief los. Direkt in die massigen Arme eines vor Kraft nur so strotzenden Wachmanns. Er hielt mich im eisernen Ringergriff, aber ich schaffte es, ihm mein Knie mit voller Wucht zwischen die Beine zu stoßen. Sein Griff lockerte sich ein wenig. Ich bugsierte mein anderes Knie in dieselbe Gegend. Sein Griff lockerte sich noch etwas mehr, genug, dass ich mich befreien und lossprinten konnte. Durch einen Flur, dann durch noch einen, dann durch noch einen. Ohne zu wissen, wohin ich rannte. Ohne zu wissen, ob ich vor dem Clan weg- oder auf den Clan zulief. Ich rannte einfach.

Bis ich ein grünes Ausgangsschild sah.

Bis ich draußen war, mit nichts als einem dünnen Krankenhaushandtuch zwischen mir und einer Anklage wegen Erregung öffentlichen Ärgernisses.

Ein Mülllaster rumpelte vorbei, mit einem Schwarm Fliegen im Schlepptau. Ich spurtete hinterher und sprang auf das Trittbrett an der Rückseite, hakte mich mit den Armen in etwas ein, das wie zwei Kolben aussah.

Der Gestank aus dem Innern des Lastwagens war atemberaubend. Und die Fliegen, die mich offenbar für so eine Art Konkurrenten hielten, begannen mich mit Sturzflugangriffen zu traktieren, um mich zu verjagen.

Ich sah, wie mehrere Wachleute aus den Krankenhaustüren stürmten, doch dann bog der Müllwagen um eine Kurve, und ich war außer Sicht.

Ich hatte geglaubt – oder jedenfalls gehofft –, der Müllwagen würde gemächlich weiterrollen und hier und da Abfälle einsammeln, sodass ich im passenden Moment würde abspringen können.

Pustekuchen.

Wir hielten auf die Auffahrt zur Autobahn zu. Und wir fuhren zu schnell, als dass ich noch hätte abspringen können.

Der Wind gab sich jetzt alle Mühe, mir das Handtuch vom Leib zu reißen. Ich hakte einen Arm aus und hielt mit der Hand den provisorischen Lendenschurz an seinem Platz.

Ein Auto schloss zu uns auf, am Steuer eine alte Dame mit

einem Heiligenschein aus hellblauen Haaren. Ich konnte sehen, wie sie die Augen aufriss, als sie mich auf dem Trittbrett des Müllwagens bemerkte. Ich ließ das Handtuch los, um ihr ein beruhigendes Daumen-hoch-Zeichen entgegenzustrecken.

Alles klar mit mir, Oma.

Doch im nächsten Moment peitschte der Wind mir das Handtuch von der Hüfte.

Ich konnte es gerade so eben noch schnappen, bevor es davonflog und auf der Frontscheibe der alten Dame landete. Sie schenkte mir ein Lächeln und nun ihrerseits ein Daumen-hoch-Zeichen, dann setzte sie den Blinker und zuckelte auf die Überholspur.

Story Bridge, las ich auf einem Schild, und jetzt wusste ich, dass ich in Brisbane war, dass der Clan mich auf welchen Wegen auch immer hierhergebracht hatte.

Und ich wusste auch, warum – er ließ seine Muskeln spielen, bestrafte mich dafür, dass ich den Klotztop auf den Müll geworfen hatte.

Sobald wir die Brücke erreicht hatten, wurde der Verkehr dichter, es ging immer langsamer vorwärts.

Und die Leute fingen an zu hupen. Brisbane und besonders die Story Bridge sind berüchtigt für ihre endlosen Staus. Aber dann begriff ich, dass einige von diesen Leuten mich anhupten. Und direkt hinter uns fuhr ein Mann in einem Lexus, der sein Handy am Ohr hatte. Nur wenige Minuten später hörte ich das Geheul einer Polizeisirene. Mittlerweile ging es nur noch im Schritttempo vorwärts, und mir war klar, dass es Zeit wurde, mich von meinem Müllwagen zu verabschieden.

»Bis dann, ihr Fliegen«, sagte ich. »Ich schwirr jetzt ab.«

Dann sprang ich auf die Fahrbahn und lief im Zickzack zwischen den Autos hindurch zum Brückenrand. Leider hatte ich mir die Seite ausgesucht, auf der es keinen Fußgängerweg gab. Jetzt drückten sogar noch mehr Leute auf ihre Hupen.

»Netter Hintern!«, rief eine Frau.

Nun waren es schon zwei heulende Polizeisirenen.

Ich spähte über das Geländer in die Tiefe, hinab auf das wirbelnde Wasser des Brisbane River. Der Weg bis nach unten schien ziemlich weit zu sein, aber ich sagte mir, so weit nun auch wieder nicht, jedenfalls nicht spring-und-du-bist-tot-weit. Das Sirenengeheul kam näher, und irgendwer, dessen Stimme nach Autorität klang, brüllte: »He, du!«

Ich kletterte auf das Geländer, der Wind riss mir das Handtuch vom Leib, noch mehr Gehupe ertönte, und ich sprang.

Der Weg war weiter, als ich gedacht hatte – es kam mir vor, als wäre ich Ewigkeiten in der Luft. Und als meine Füße die Wasseroberfläche durchschlugen, fühlte sie sich an wie Beton, so heftig schoss mir der Aufprall durch sämtliche Glieder. Durch die Wucht meines Falls sank ich tiefer und tiefer, das Wasser um mich wurde dunkler und dunkler. Schließlich berührten meine Füße den Grund. Ich wollte mich abstoßen, aber da war nicht viel, woran man sich abstoßen konnte, bloß eine glitschige Schlammschicht. Irgendwann, als der Morast mir schon bis zu den Knien reichte, hörte ich auf zu sinken und stieg ganz langsam wieder auf.

Ich wusste nicht so genau, wie lange ich bereits unter Wasser war, aber jetzt brannte meine Lunge. Ich legte den Kopf in den Nacken und sah das Sonnenlicht auf der welligen Oberfläche schimmern.

Nur noch ein kleines Stück, sagte ich mir immer wieder, schlug kräftig mit den Beinen, griff das Wasser wie Leitersprossen mit beiden Händen und zog mich daran in die Höhe, doch mein Hirn beklagte sich lautstark über den Sauerstoffmangel, und allmählich wurde mir schwindelig.

Dann endlich durchbrach ich die Oberfläche.

Der Zustand, in dem ich mich befand, war mir durchs Laufen vertraut – der Drang, nach Luft zu schnappen, die Lunge frisch aufzufüllen. Als ich damit fertig war, bemerkte ich, dass ich ein neues Problem hatte: Die heftige Strömung riss mich mit sich fort, spülte mich Richtung Ozean.

Ich hatte schon einige Male mit heftigen Unterströmungen in der Meeresbrandung Bekanntschaft gemacht und wusste, dass selbst durchtrainierte Schwimmer niemals versuchen durften, dagegen anzuschwimmen, dagegen anzukämpfen. Denn einen solchen Kampf würde unweigerlich die Strömung gewinnen, die unangefochtene Weltmeisterin aller Gewichtsklassen. Selbst der Versuch, quer durch sie hindurch- und an eines der Ufer zu schwimmen, war nicht sonderlich ratsam, wenn der Sog dermaßen stark war wie dieser hier. Man würde ruckzuck müde werden, ruckzuck ertrinken.

Spar deine Kräfte, entspann dich und genieß den Ritt, Dom, sagte ich mir.

Leider gab es nicht allzu viel zu genießen. Okay, das Wasser war warm, aber das war's dann auch schon.

Während ich Richtung Ozean trieb und der Fluss zusehends breiter wurde, rechnete ich damit, dass die Strömung nachlassen würde.

Doch da hatte ich mich geirrt. Wenn überhaupt, dann wurde sie noch kräftiger. War das Wasser zuvor noch einigermaßen ruhig gewesen, so brodelte es jetzt geradezu.

Ich war zwar kein granatenmäßiger Schwimmer wie Tristan, aber ich konnte ohne Probleme einen Kilometer kraulen. Und brustschwimmen konnte ich im Notfall wahrscheinlich den ganzen Tag lang. Also war ich nach wie vor ziemlich zuversichtlich, dass ich genügend Kraft haben würde, um es ans Ufer zu schaffen, sobald die Strömung mich aus ihren Fängen entließ.

Doch dann sah ich den Tanker. Ein großes, gewaltiges Monstrum, das hinter den Containerstapeln an einem fernen Kai auftauchte.

Nicht die Richtung ändern, befahl ich ihm. *Komm bloß nicht hierher.*

Der massige Bug schwenkte herum, und kurz darauf hielt das gewaltige Monstrum direkt auf mich zu. Und nicht nur das, ich hielt auch direkt auf das Monstrum zu. Und vermutlich war ich sogar schneller.

Sollte ich auch nur in die Nähe des Tankers kommen, würde ich in seinen Wirbel hineingesaugt werden, so viel war klar. Und dann gäbe es kein Entkommen – ich würde von seiner riesigen Schiffsschraube in Stücke geschnitten werden.

Warum war ich aus diesem Krankenhaus weggelaufen?

Warum war ich auf diesen Müllwagen gestiegen?

Warum war ich von dieser Brücke gesprungen?

Und noch eine Frage: Warum hatte ich überhaupt einen Fuß in den Preacher's gesetzt?

Doch ehe ich darauf antworten konnte, sah ich sie: Vor mir, etwa auf halber Strecke zum linken Ufer, schaukelte eine Schifffahrtsboje.

Eine Buu-ie, schoss es mir durch den Kopf, weil ich aus irgendeinem komischen Grund immer Moms amerikanischen Akzent im Ohr hatte, wenn ich eine Boje sah.

Die Buu-ie war rot und voller Vogelmist, und auf der Spitze hockte ein Kormoran.

Wenn ich es irgendwie bis dorthin schaffen und meine Beine um die Verankerungskette schlingen könnte, hätte ich vielleicht eine Chance gegen die furchterregende Sogwirkung des Tankers.

Also schwamm ich los.

Nicht direkt auf die Boje zu, denn dann würde die Strömung mich an ihr vorbeitreiben, sondern auf einen Punkt ein Stück weiter vorn.

Ich nahm den Kopf auf die Brust und kraulte mit allem, was meine Arme hergaben.

Ich war Tristan.

Ich war Ian Thorpe.

Ich war Michael Phelps.

Und ich verfehlte die Buu-ie um einen knappen Meter. Ich sah sie an mir vorbeifliegen, und der Kormoran warf mir einen mitfühlenden Blick zu. Verzweifelt versuchte ich, sie doch noch zu erreichen, aber es half nichts. Nicht einmal Tristan, Ian Thorpe oder Michael Phelps hätten gegen diese Strömung irgendwas ausrichten können. Ich drehte mich um und sah, dass der Tanker mich fast erreicht hatte, sah das mächtige V seines Bugs, sah die turmhohen Aufbauten, hörte das bebende Stampfen seiner Motoren.

Es heißt, dass man unmittelbar vor seinem Tod noch einmal sein ganzes Leben an sich vorbeiziehen sähe. Das stimmt nicht. Vor meinem inneren Auge zog gar nichts vorbei. Das Einzige, woran ich denken konnte, war dieser grauenhafte Propeller, der mich in Scheiben schnippeln würde wie eine Salami im Taverniti's.

Und ich dachte an das, was Gus mal gesagt hatte: »Kein Gläubiger hat ein Interesse daran, seine Schuldner zugrunde zu richten, weil es dann nämlich keinerlei Aussicht mehr gäbe, dass sie ihre Restschuld begleichen.«

Tja, es sah ganz danach aus, als hätte der Clan es diesmal verbockt.

Den anonymen weißen Jetski bemerkte ich erst, als er beinahe über mir war. Der Fahrer trug einen pechschwarzen Neoprenanzug, eine dunkle Sportsonnenbrille und eine Baseballkappe.

Er ging längsseits, beugte sich zu mir herunter, packte mich am Handgelenk und zog. Der Kerl war irrsinnig stark, und es fühlte sich an, als würde mein Arm aus dem Schultergelenk gerissen. Doch der Arm blieb heil, und ich schaffte es, auf den Sozius des Jetskis zu klettern. Im nächsten Moment dröhnte das Nebelhorn des Tankers los. Mein Retter gab Gas, und der Jetski reagierte sofort, bäumte sich auf und jagte davon. Ein weiterer Nebelhornstoß, aber wir waren bereits in Sicherheit, und ich sah zu, wie die gewaltige, rostverkrustete Stahlwand an uns vorbeizog.

»O mein Gott, haben Sie vielen Dank!«, rief ich, doch der Wind fegte die Worte fort, während der Jetski aufs Ufer zuschoss.

Als wir nur noch wenige Meter entfernt waren, ließ der Mann das Gefährt austrudeln, und wir glitten auf einen schmutzigen Sandstreifen zu.

»Tausend Dank«, sagte ich. »Was machen wir jetzt?«

Der Fahrer antwortete, indem er urplötzlich Vollgas gab. Wieder bäumte der Jetski sich auf, doch dieses Mal wurden meine Beine in die Höhe gerissen, und ich segelte kopfüber vom Sozius.

Sekunden später hockte ich auf dem schlammigen Grund, während öliges Wasser an meine Hüfte schwappte, und sah dem Jetski nach, der sich schneller und schneller flussaufwärts entfernte. Selbst als er längst außer Sicht war, rührte ich mich nicht. Ich richtete meinen Blick auf den Tanker, beobachtete ihn, bis auch er verschwunden war. Erst als ein toter Fisch mit aufgedunsenem silbrigen Bauch an mir vorbeitrieb, schien mein Hirn seinen Dienst wieder aufzunehmen.

War all das gerade tatsächlich passiert? Wäre ich gerade wirklich beinahe gestorben?

Eigentlich hätte ich nach einem derart bedeutsamen Erlebnis irgendwas fühlen müssen, etwas empfinden müssen, das ähnlich bedeutsam war. Doch nichts dergleichen. Während ich dahockte und mich vom Wasser umspülen ließ, spürte ich nur eine unglaublich große Ruhe, größer, als ich meiner Erinnerung nach je gespürt hatte. Und ich wäre vermutlich einfach dort sitzen geblieben, wenn ich nicht plötzlich begriffen hätte, dass ein Haufen Krabben an meinen Extremitäten nagte, an Fingern, an Zehen, an allem.

Ich stand auf, watete ans sandige Ufer und dachte darüber nach, was ich als Nächstes tun sollte. Ich war splitternackt und weit weg von zu Hause. Wie mir schien, war es ratsam, etwas gegen Ersteres zu unternehmen, bevor ich mich um Letzteres kümmerte. Der Strand – wenn man ihn denn so nennen konnte – war mit Schutt und Abfällen übersät; es sah beinahe postapokalyptisch aus, so als ob die Erde an dem ganzen Müll erstickte.

Zwischen all diesem Zeug, überlegte ich, gab es doch sicher irgendwo ein paar Kleidungsstücke, etwas, das ich anziehen konnte.

Ich hatte recht. Teilweise. Es gab ein Kleidungsstück. Singular. Einen Rock. Mit Falten. Und Schottenmuster. Starr vor Dreck. Aber ich zog ihn an, funktionierte ein Stück ausgefranstes gelbes Nylonseil zum Gürtel um und marschierte los.

Hinter dem sandigen Ufer lagen Mangroven. Ich blieb am Rand stehen, sah den Morast, roch den Morast.

Jenseits davon konnte ich leise das ferne Rauschen von Straßenverkehr hören.

Mir fiel dieses Mitmachlied wieder ein, das unsere Kindergartenlehrerin damals immer mit uns gesungen hatte, dieses Lied über eine Bärenjagd:

»O nein! Glitsch-matschiger Schlamm!

Drüber könn' wir nicht. Drunter könn' wir nicht. Mittendurch müssen wir.

Quitsch, quatsch.

Quitsch, quatsch.«

Wenigstens gibt es hier keine Krokodile, redete ich mir gut zu. *Nicht so weit im Süden.*

Also quitsch-quatschte ich durch den glitsch-matschigen Schlamm Richtung Verkehrsgeräusch.

Während ich vor mich hin stapfte, drangen anscheinend immer mehr beißende Gerüche aus dem Sumpf. Mücken griffen mich an, stachen in meine Haut, saugten mein Blut, als wäre es ihr Frappuccino.

Drüber könn' wir nicht. Drunter könn' wir nicht. Mittendurch müssen wir.

Ein gutes Stück vor mir sah ich jetzt eine Böschung, und oberhalb davon verlief eine Straße.

Ist nicht mehr weit, sagte ich mir, und im selben Moment sah ich das Krokodil.

Na ja, ich dachte zuerst, es wäre ein Krokodil, aber so weit im Süden gab es natürlich gar keine.

In Wirklichkeit war es ein Traktorreifen, der tief im Morast steckte und es irgendwie fertigbrachte, einem Krokodil zum Verwechseln ähnlich zu sehen.

Ich rannte trotzdem los – holper, stolper, holper, stolper –, den ganzen Weg bis zur Böschung, und kraxelte hektisch den steinigen Hang nach oben bis hinauf zur Straße.

Während die Autos an mir vorbeirauschten, überlegte ich kurz, den Daumen auszustrecken. Doch ich entschied mich dagegen – ich müsste zu viel erklären. *Okay, du hast also geglaubt, die hätten dir dein Bein abgeschnitten? Und deswegen bist du auf einen Müllwagen aufgesprungen? Und bist anschließend von der Story Bridge gehüpft? Und wärst dann beinahe von einem Tanker überfahren worden?*

Auf keinen Fall.

Aber dann hielt auf einmal ein Taxi vor mir, und der Fahrer lehnte sich aus dem Fenster.

»Du siehst aus, als könntest du 'ne Mitfahrgelegenheit brauchen«, sagte er mit unüberhörbarem Akzent.

»Luiz Antonio«, antwortete ich, weil ich mich an den Namen erinnerte, den ich einige Wochen zuvor auf seiner Lizenz an der Frontscheibe gelesen hatte.

Er lächelte und sagte: »Spring rein.«

Das tat ich.

Ich war dermaßen dankbar, dass er mich aufgelesen hatte, dass ich nicht allzu viel über die Unwahrscheinlichkeit des Ganzen nachdenken wollte: Was denn, er war einfach ganz zufällig in der Nähe, hier auf dieser Straße?

»Können Sie mich zur Gold Coast bringen? Halcyon Grove?«, fragte ich. »Ich hab im Moment kein Geld dabei, aber sobald wir da sind, kann ich jemanden holen, der Sie bezahlt.«

»Klar«, sagte er. »Ist gar nicht so leicht, 'n Portemonnaie zu verstauen, wenn man solche Klamotten anhat.«

Okay, ich schätze, das war ziemlich witzig, aber ich war nicht gerade in Witzlaune.

»Nein, ist es nicht«, knurrte ich und strich meinen Rock glatt.

Wir fuhren los, und er schaltete das Autoradio um auf CD-Modus.

Die Musik, die kurz darauf aus den Lautsprechen kam, war sehr rhythmisch, sehr perkussiv.

»Magst du Samba?«, fragte Luiz Antonio.

»Ich weiß nicht viel darüber.«

»Kommt aus Brasilien«, sagte er.

Mir fiel wieder ein, dass er bei unserer letzten Fahrt erzählt hatte, er stamme aus Rio.

Jetzt sang er mit.

»Wovon handelt der Text?«, erkundigte ich mich.

»Eigentlich bloß davon, dass alle, die keinen Samba mögen, hohle Köpfe und krumme Füße haben.«

Diesmal lachte ich, froh über alles, was meine Gedanken von den Erlebnissen der letzten Stunden ablenkte.

»Ich schätze, dann mag ich wohl Samba«, sagte ich. »Sie kommen aus Rio, richtig?«

»*Cidade maravilhosa!*«, antwortete er.

Während Luiz Antonio fuhr, erzählte er mir von Rio de Janeiro, von den Stränden, vom Fußball, vom Karneval.

Ich weiß nicht mehr, wann ich eingeschlafen bin oder wie ich überhaupt einschlafen konnte bei der Sambamusik, bei seinen Geschichten, bei all den juckenden Mückenstichen, aber ich schlief, und als ich wieder aufwachte, standen wir am Haupttor von Halcyon Grove und Samsoni linste durchs offene Fenster herein.

»Alles in Ordnung, Mr Silvagni?«, fragte er gerade.

»Klar, alles okay«, sagte ich.

Mal davon abgesehen, dass der Clan mir wahrscheinlich mein Bein abschnitt, wenn ich den Klotztop nicht schleunigst wieder aus dem Müllcontainer fischte.

Samsoni wirkte nicht sonderlich überzeugt, und ich konnte es ihm nicht verdenken.

»Ein paar Kumpels haben mir ’nen heftigen Streich gespielt«, erklärte ich.

Jetzt grinste Samsoni.

»Macht es Ihnen was aus, die Taxifahrt zu bezahlen? Ich geb’s Ihnen später zurück«, bat ich ihn. »Ich muss wirklich schnell nach Hause.«

»Selbstverständlich, kein Problem«, antwortete Samsoni, zog sein Portemonnaie aus der Tasche und nahm einen Zwanzig-Dollar-Schein heraus.

»Es sind leider zweihundertdreiundsiebzig Dollar«, las ich die Summe vom Taxameter ab.

Samsoni stieß einen leisen Pfiff aus, schob den Schein zurück in sein Portemonnaie und wollte dem Fahrer stattdessen seine Kreditkarte reichen, doch Luiz Antonio winkte ab.

»Ich war eh in die Gegend hier unterwegs«, sagte er.

Ich versuchte alles, ihn zu überreden, aber es nutzte nichts. Er wollte mein Geld – oder besser: Samsonis Geld – einfach nicht annehmen.

»Haben Sie eine Karte?«, wollte ich wissen, weil ich dachte, wenn ich seine Kontaktdaten hätte, könnte ich einen Weg finden, ihm sein Geld doch noch zukommen zu lassen.

»Klar«, antwortete er, zog eine Visitenkarte aus seiner Brusttasche und reichte sie mir.

»Zu meinem Haus geht es da lang«, sagte ich und zeigte nach rechts.

Als Luiz Antonio behutsam den Fuß von der Kupplung nahm und der Wagen gemächlich vorwärtsglitt, ging die Ungeduld mit mir durch. »Könnten Sie vielleicht mal ein paar Zähne zulegen, Mr Chauffeur?«

»Du bist der Boss«, erwiderte Luiz Antonio.

Er legte ein paar Zähne zu, und das Taxi quittierte den plötzlichen Gasstoß mit zwei knallenden Fehlzündungen, um dann langsam Fahrt aufzunehmen.

Kaum war mein Haus in Sicht, hatte ich schon die Hand am Türgriff.

»Danke«, rief ich und sprang auf den Gehsteig, obwohl der Wagen noch rollte.

»Gern geschehen«, antwortete Luiz Antonio.

Ich zupfte meinen Rock zurecht und hetzte schnurstracks hinüber zum Müllcontainer. Ich riss den Deckel auf. Der Container war leer!

Augenblicklich schwante mir Übles: Der Klotztop auf einer riesigen Müllkippe. Der Klotztop zu einem Klumpen gepresst. Ich auf einer riesigen Müllkippe. Ich zu einem Klumpen gepresst.

»Master Silvagni«, hörte ich hinter mir eine Stimme.

Ich drehte mich um.

Es war Roberto, der Chefgärtner, der Kerl, den man eigentlich nie irgendwas gärtnern sah. In seiner Hand hielt er eine Tüte, eine von diesen grünen, umweltfreundlichen Einkaufstüten.

»Ja«, sagte ich und gab mir alle Mühe, ein wenig Autorität in meine Stimme zu legen, was nicht einfach ist, wenn man einen vor Dreck starrenden Faltenrock mit Schottenmuster trägt, der nur von einem ausgefransten gelben Nylonseil an seinem Platz gehalten wird.

»Wenn mich nicht alles täuscht, gehört das hier Ihnen«, sagte er und streckte mir die Tüte entgegen.

Ich spähte hinein. Es war der Klotztop.

Zuerst fühlte ich eine ungeheure Erleichterung, aber dann drängten sich mir mehrere Fragen auf: Wo hatte Roberto den Klotztop her? Wieso war er ausgerechnet um haargenau die Zeit hier, zu der ich nach Hause kam? Und die entscheidende Frage: Hatte Roberto, unser Chefgärtner, womöglich irgendwas mit dem Clan zu tun?

»Wo haben Sie den her?«, fragte ich.

»Nehmen Sie ihn«, erwiderte er, in diesem seltsamen Tonfall, so als wäre er jemand, der es gewohnt war, anderen Leuten Befehle zu geben, und damit meine ich nicht, dem Gärtnergesellen zu sagen, er solle den Rasen im Vorgarten mähen.

Jedes Mal wenn Dad mit den Angestellten sprach, klang er beinahe zaghaft, so als wäre es ihm bedeutend lieber, er müsste sie nicht darum bitten, dies oder jenes zu tun. Mom dagegen sagte nie auch nur Bitte und Danke, sie gab bloß unmissverständliche Anweisungen mit ihrer lauten amerikanischen Stimme.

»Ich fragte, wo Sie den herhaben«, versuchte ich, Moms Kasernenton nachzuahmen.

Roberto antwortete nicht, und nun steckten wir in einer Pattsituation, wie wir uns da gegenüberstanden, uns durchdringend anstarrten, die Tüte mit dem Klotztop zwischen uns.

Schließlich brach Roberto den Blickkontakt ab und sagte: »Ich hab ihn gefunden, Master Silvagni. Und Hue Lin hat gesagt, dass er Ihnen gehört.«

Hue Lin war unsere kambodschanische Putzfrau; sie hatte häufig in meinem Zimmer zu tun, weshalb sie durchaus wissen konnte, dass der Klotztop mir gehörte.

Vielleicht also sagte Roberto die Wahrheit, vielleicht hatte er ihn tatsächlich gefunden, vielleicht hatte er mit dem Clan nicht das Geringste zu tun.

Ich griff nach der Tüte.

Wollte Danke sagen, tat es dann aber doch nicht.

Und sagte stattdessen: »Ach, übrigens, Roberto.«

»Ja bitte, Master Silvagni?«

»Ich glaube, der Rasen rund um den Pool müsste mal wieder gemäht werden.«

»Ich werde mich persönlich darum kümmern, Master Silvagni«, antwortete Roberto, dann drehte er sich um und schlenderte davon.

Ich hastete ins Haus und hinauf in mein Zimmer. Mir fiel ein, dass mir nicht einmal mehr eine Woche blieb bis zur Earth Hour!

Was war ich bloß für ein Trottel. Ich hatte nur wenige Tage, um herauszufinden, wie ich das Unmögliche schaffen konnte: sämtliche Lichter an der gesamten Gold Coast auszuschalten.

Ich nahm eine Dusche und schlüpfte in saubere Klamotten.

Dann fuhr ich mit einem schwindelerregenden Gefühl von Hektik meinen Computer hoch, ging online und fing an zu googeln.

Lichter. Elektrizität. Strom. Ich googelte alles und jedes, was mir in den Sinn kam.

Mir war klar, das war nicht der beste Weg, ein Problem wie das hier in Angriff zu nehmen. Mir war klar, dass ich es langsam und methodisch hätte angehen sollen. Aber ich konnte nicht anders. Begleitet vom schrecklichen Dröhnen der Schiffsmotoren, das ich noch immer im Ohr hatte, googelte ich wie wild drauflos, öffnete pausenlos Webseiten, die sich auf dem Bildschirm vermehrten wie die Karnickel.

Dann klingelte mein Handy.

Charles ruft an ... Also hob ich ab.

»Hey, wo bist du?«, meldete er sich.

Obwohl Charles Bonthron in meinem Laufteam ist, würde ich ihn nicht direkt als Freund bezeichnen. Trotzdem funktionierte der vertraute Klang seiner Stimme in diesem Moment wie eine Art Schutzschalter.

Ich warf einen Blick auf den Bildschirm: Er quoll geradezu über von geöffneten Browserfenstern, es mussten buchstäblich Hunderte sein.

»Zu Hause«, sagte ich und sackte in meinen Stuhl.

»Und was machst du?«

»Nichts«, erwiderte ich, was der Wahrheit so nahe kam wie nur möglich. Ich machte tatsächlich nichts, außer das bisschen Zeit zu verschwenden, das mir noch blieb.

»Wir sollten eigentlich an unserm Sozialkundeprojekt arbeiten, schon vergessen?«

»Sozialkunde?«

»Ja, Sozialkunde. ›Die Geschichte der Abwasserbeseitigung an der Gold Coast‹, so was in der Art.«

»Ich hab 'ne Idee«, sagte ich.

»Ach ja?«, erwiderte Charles.

»Wie wär's, wenn –«, setzte ich an, bevor ich von einem drängenden Klopfen an meiner Tür unterbrochen wurde.

»Hey, kannst du 'ne Sekunde warten?«, fragte ich Charles.

»Sicher«, sagte er.

»Wer ist da?«, rief ich und hielt die Hand übers Handymikro.

»In 'ner Viertelstunde ist Toby im Fernsehen«, hörte ich Mirandas Stimme auf der anderen Seite der Tür. »Ist wahrscheinlich 'ne gute Idee, wenn du runterkommst und es dir mit uns ansiehst.«

»Okay, danke«, antwortete ich, dann nahm ich mein Gespräch mit Charles wieder auf. »Also, wie gesagt, ich hab da so eine Idee ...«

GRÜNTEE UND LITSCHI

Als der erste Juror von *Junior Ready! Set! Cook!* einen Löffel von Tobys Grüntee-und-Litschi-Eiscreme probierte, erschien ein Ausdruck der Wonne in seinem riesigen Mondgesicht.

Er öffnete den Mund und sagte ein einziges Wort, indem er jede Silbe betonte, als müsste er auch sie genüsslich auskosten.

»Un-ver-gleich-lich.«

»Toby, mein Goldschatz!«, kreischte Mom Richtung Fernseher.

Und als etwas später alle drei Juroren meinem kleinen Bruder dreimal die Bestnote von zehn Punkten verpassten, brandete in unserem Wohnzimmer, randvoll mit diversen Freunden von meinen Eltern, tosender Beifall auf.

Meine Hände arbeiteten ebenso heftig wie die aller anderen – klatsch, klatsch, klatsch. Wobei, vermutlich arbeiteten meine Hände sogar noch heftiger als die aller anderen – KLATSCH, KLATSCH, KLATSCH –, nämlich um die Tatsache zu überspielen, dass mir eigentlich gar nicht nach Jubel-Trubel zumute war.

Ich freute mich ehrlich für Toby. Wie hätte ich mich nicht freuen sollen? Dreimal die Bestnote – das war der absolute kulinarische Oberknaller! Aber steckte ich gerade nicht auch in so einer Art Wettbewerb? In einem, bei dem eine ordentliche Portion mehr auf dem Spiel stand? Bloß dass für mich niemand klatschen durfte.

Als der Applaus langsam abebbte und ich das Gefühl hatte, ich könnte die Arme beruhigt wieder sinken lassen, nahm Miranda meine Hand und drückte sie.

Sie weiß es, dachte ich. *Sie ist eine fantastische Schwester.*

»Wir haben echt Glück, einen dermaßen talentierten Bruder zu haben«, sagte sie.

In diesem Augenblick vermisste ich Imogen.

Vermisste sie so sehr, dass es wehtat.

Ich hätte ihr nichts über den Clan erzählen können, darüber, was ich schon alles erreicht hatte, aber ich hätte irgendwas Belangloses zu ihr sagen können wie: »Mannomann, Toby und seine Rambutans«, und sie hätte so was geantwortet wie: »Japp, ich weiß genau, was du meinst«, und das wäre genug gewesen – ich hätte mich besser gefühlt.

Kurz darauf wurde verkündet, dass Toby es in die nächste Runde geschafft hatte, und der Applaus fiel diesmal sogar noch begeisterter aus.

Mein Handy klingelte.

Die Nummer kannte ich nicht.

Ich ging trotzdem ran. »Hallo.«

»Hallo, Dom«, meldete sich eine brüchige Stimme.

»Ja, wer ist da?«

»Ich bin's, Mr Jazy.«

Augenblicklich dehnte die Welt sich gleichzeitig aus und zog sich zusammen. All diese Leute, die über Toby sprachen, was für ein Kochgenie er sei, welch große Zukunft er vor sich habe, waren plötzlich meilenweit weg. Doch die Stimme, die aus dem Telefon drang, schien unglaublich nah.

»Ich rufe aus dem Krankenhaus an«, sagte Mr Jazy.

Ich bekam mit, wie ich fragte: »Ist Tristan okay? Ist er okay?«

Am anderen Ende der Leitung war nichts zu hören, bloß Weinen, bloß Schluchzen.

»Nein!«, schrie ich, und alle Augen richteten sich auf mich.

Das Schluchzen am anderen Ende verklang, und Mr Jazy sagte: »Er ist aufgewacht, Dom. Mein Sohn ist aufgewacht!«

Zuerst wollte Mom mich sofort zum Krankenhaus fahren, aber dann entschied sie, dass sie sich vorher noch ordentlich von all ihren Gästen verabschieden müsse. Ersatzweise wollte Dad mich fahren, aber dann entschied er, dass es besser sei, vorher noch Mom zu helfen. Am Ende erklärte Gus sich bereit, mich zu fahren. Und aus irgendeinem Grund beschloss Miranda, uns zu begleiten.

Ich bin sicher, es gibt auf der Welt langsamere Fahrer als Gus. Kürzlich Verstorbene zum Beispiel. Oder Leute mit Blindenstock. Und ja, ich weiß, dass der alte Knabe nur noch ein Bein hat, also sollte ich nicht so gemein sein. Aber seit dem Moment, als Mr Jazy gesagt hatte: »Mein Sohn ist aufgewacht«, wollte ich dort sein, wollte ich Tristan wach sehen.

Äußerlich am Leben, nicht bloß innerlich.

Fast wünschte ich mir, Hound de Villiers würde am Steuer sitzen und Gus' uraltem Pick-up mal tüchtig die Sporen geben. Abgesehen davon, dass mein Großvater quälend langsam fuhr, bestand er auch noch darauf, über das bevorstehende Rennen zu reden. Offenbar hatte er sich ans Telefon gehängt – oder an die »Strippe«, wie er hartnäckig sagte – und mit einigen seiner alten Trainerkollegen gesprochen.

»Diese Kenianer«, knurrte Gus. »Die laufen Zeiten dick unter vier.«

Mein Hirn, mein Verstand oder was immer für solches Zeug zuständig ist, registrierte die Information, dass diese Kenianer Zeiten dick unter vier liefen, was mindestens eine Sekunde schneller war als meine persönliche Bestzeit.

Ich wollte irgendwie reagieren, irgendwas zu Gus sagen wie: »Wow, dann wird die Sache wohl ganz schön hart.«

Aber mein Hirn, mein Verstand oder was immer für solches Zeug zuständig ist, war bereits weitergewandert und spielte nun einen Kurzfilm ab mit dem Titel *Tristan und Dominic: Die Highlights.*

Ich sah Tristan vor mir, wie er in das Haus neben Imogens zog und durch die Gegend stolzierte wie ein gottgleicher Rockstar. Sah Imogen und mich, wie wir uns unser Sprichwort ausdachten: Rap ist Mist, Haie sind cool, unter keinen Umständen sollten Dads hautenge Badehosen tragen dürfen, und Tristan Jazy ist so was von nicht okay. Den Dampframmenhieb in meine Eingeweide. Wie ich mich an Tristan ranschmiss, ihn dazu brachte, mich nach Reverie Island einzuladen. Wie wir den Zolt-Unterschlupf fanden. Wie auf uns geschossen wurde. Wie Tristan mich über Bord gehen ließ. Und dann, ganz am Ende, der Crash. Abblende, Schwärze.

»Hoffentlich ist es nicht nur vorübergehend«, sagte ich. »Hoffentlich fällt er nicht wieder zurück ins Koma.«

Danach gab Gus auf, und während der Wagen weiter die Straße entlangkroch, war im Innenraum nichts mehr zu hören außer Miranda, die auf ihr iPhone eintippte. Als wir zum Krankenhaus kamen, weigerte Gus sich, die Wuchergebühren fürs Parkhaus zu zahlen, sodass wir eine Runde nach der anderen um den Block drehten, auf der Suche nach einem Parkplatz. Und als wir tatsächlich einen gefunden hatten, brauchte Gus Ewigkeiten, um seinen

Pick-up rückwärts in die Lücke zu manövrieren. Irgendwann betraten wir schließlich das Krankenhaus, und ich war sicher, dass Tristan inzwischen bereits wieder ins Koma gefallen war. Oder an Alterschwäche gestorben. Doch als wir auf Tristans Etage aus dem Aufzug stiegen, ahnte ich, dass ich mich geirrt hatte. Überall waren Leute. Und sie alle lächelten, plauderten fröhlich drauflos.

Das müssen Verwandte und Freunde der Jazys sein, dachte ich.

Irgendwo fiel das Wort »Wunder«. Nicht einmal, sondern gleich zweimal.

Und da endlich wusste ich, dass er immer noch wach war. Doch mit einem Mal widerstrebte es mir weiterzugehen, dort einzudringen.

Siobhan, die irische Krankenschwester, erspähte mich durch die Menge und winkte mich zu sich.

»Tristan hat nach dir gefragt«, sagte sie.

Nach mir gefragt?

Mr Jazy erschien.

»Dom«, sagte er und empfing mich mit einer bärigen Umarmung, nur dass er nicht mehr das bärige Wesen von früher war und seine Rippen sich anfühlten wie kleine Ellbogen.

Ich ließ Gus und Miranda im Wartebereich zurück und folgte Mr Jazy in Tristans Zimmer.

Es herrschte Gedränge. Mrs Jazy war da, natürlich. Und Tristans Schwester Briony. Und einige ältere Leute, von denen ich annahm, dass es seine Großeltern waren.

Und dort, neben Tristans Bett, saß Imogen.

Imogen!

Ich lächelte ihr zu. Tristan war wieder wach, und sie konnte mir jetzt doch sicher nicht länger zum Vorwurf machen, was auch immer sie mir zum Vorwurf machte, richtig?

Und als Antwort bekam ich ... na ja, ich würde es nicht gerade ein Lächeln nennen. Es war wohl eher so was wie die Saat, aus der mal ein Lächeln wird. Aber es war immerhin etwas, und wenn ich mich vorher schon gut gefühlt hatte, dann fühlte ich mich jetzt guter als gut.

Während ich mich dem Bett näherte, sah ich, dass Tristans Gesicht immer noch blass war, doch bei Weitem nicht mehr so bleich wie in den Wochen zuvor, als man es von den weißen Kissen in seinem Nacken kaum hatte unterscheiden können. Und die vielen Geräte kamen mir ruhiger vor, sie piepten und blinkten nicht mehr so heftig.

»Tristan, Dom ist gekommen, um dir Hallo zu sagen«, verkündete Mr Jazy.

Tristan drehte den Kopf, bis er mich sehen konnte, und er hatte diesen Ausdruck im Gesicht, so als müsste er sich mühsam erinnern, wer ich wohl war. Wären bei Menschen Festplatten eingebaut, hätte seine jetzt losgesurrt wie verrückt. Aber dann lächelte er, was mich überraschte, denn ich hatte eigentlich immer angenommen, Tristan könnte bloß dreckig grinsen.

»Hey, komm her«, sagte er und klopfte mit der Hand neben sich aufs Bett.

Ich setzte mich auf den Rand der Matratze, direkt gegenüber von Imogen.

Tristan griff nach meiner Hand und drückte sie ziemlich kräftig, wie um sicherzugehen, dass ich wirklich da war. Ich hätte sie gern sofort wieder weggezogen, doch als ich aufsah und in all die lächelnden Gesichter schaute, war mir klar, das konnte ich nicht.

Ich hatte keinen Schimmer, wer mich für diese Rolle gecastet hatte, aber vorgesprochen hatte ich dafür bestimmt nicht. Und jetzt, da ich mittendrin steckte, wusste ich nicht, wie mein Text lautete.

»Ist echt klasse, dass du wieder aufgewacht bist«, hörte ich mich sagen. »Ich bin ziemlich sicher, dass du all die Hausaufgaben, die du inzwischen verpasst hast, nicht nachholen musst.«

Dafür erntete ich ein paar Lacher des Publikums. Allerdings nicht von Tristan. Wieder konnte ich die Festplatte surren hören.

Schließlich erwiderte er halb flüsternd: »Diese Blödmänner haben wirklich auf uns geschossen, oder?«

Sofort wanderte mein Blick durch den Raum. Nichts regte sich in den Gesichtern der Anwesenden, abgesehen von Imogens – außer mir war sie die Einzige, die Tristans Frage verstanden hatte.

»Welche Blödmänner?«, flüsterte ich zurück.

»Diese Proleten damals auf Reverie«, antwortete Tristan.

Mir war klar, wenn ich Nein sagte, wenn ich Tristan erzählte, er hätte sich das Ganze nur eingebildet, würde Imogen mir wahrscheinlich glauben. Und Tristan würde mir wahrscheinlich ebenso glauben. Immerhin hatte er zwanzig Tage im Koma gelegen; wer wusste schon, was für irrsinniges schräges Zeug sich währenddessen in seinem Unterbewusstsein abgespielt hatte.

Aber wer war ich schon, ihm die Wahrheit vorzuenthalten? Genau genommen, wer war ich schon, mir selbst die Wahrheit vorzuenthalten?

»Und ob sie das haben«, sagte ich.

Tristan lächelte mich an.

Lächelte, nicht grinste dreckig.

»Blödmänner«, sagte er.

Und als ich den Blick hob, war Imogens Gesicht wie versteinert.

Kein Lächeln.

Keine Saat.

Bloß die steinernste aller Versteinerungen.

Ich schob meine Hand in die Tasche und zog verstohlen mein iPhone heraus. Entsperrte es. Tippte auf die Fake-a-Call-App. Eine Sekunde später klingelte es. Ich ging ran, tat so, als würde ich eine Weile zuhören.

»Okay, Mom«, sagte ich und legte einen Anflug von Dringlichkeit in meine Stimme. »Ich mach mich sofort auf den Weg nach Hause.«

Dann: »War toll, dich zu sehen, Tristan! Aber ich muss jetzt los.«

Ich löste meine Hand aus seinem Griff und verließ eilig das Zimmer.

DIE EXKURSIONS-SACHE

Mr Ryan, unser Sozialkundelehrer, macht gern diese High-five-Abklatsch-Sache. Erzählt einem gern von den Gigs der Bands, die er sich am Wochenende angeschaut hat. Sieht einem gern direkt ins Gesicht und redet dabei, als wäre man mit ihm auf Augenhöhe.

Außerdem ist Mr Ryan ein Läufer. Der Rekord über die Acht-Kilometer-Distanz im Crosslauf, den er aufgestellt hatte, als er fünfzehn und Schüler an meiner Schule gewesen war, steht noch heute.

Die meisten Leute denken wahrscheinlich, Crossläufer und Bahnläufer würden zusammenhalten, eine gemeinsame Front bilden gegen Cricket, Football, Schwimmen, diese Glamour-Sportarten, die sämtliche Gelder für sich beanspruchen.

Falsch.

Im Grunde hassen wir uns. Sie nennen uns »Bahnratten«, weil wir ständig nur im Kreis laufen, wie Ratten im Laufrad. Angeblich. Wir nennen sie »Schlammspringer« oder abgekürzt »Schlammis«, weil sie es irgendwie spitze finden, durch ekliges, blutegelverseuchtes Brackwasser zu rennen.

Und sie versuchen ständig, uns unsere Läufer abzuwerben.

Ich klopfte an die Tür zu seinem Büro.

»Herein.«

Er saß hinter seinem Schreibtisch, verkabelt mit seinem iPod, vor sich einen Stapel Papiere.

»Hi, Mr Ryan«, grüßte ich, während ich darauf achtete, ihm nicht zu nahe zu kommen, damit er seine High-five-Abklatsch-Sache nicht veranstalten konnte.

»Dom«, erwiderte er und zog sich die Kopfhörer aus den Ohren. »Hast du das neue Dire-Straits-Album schon gehört?«

»Ich dachte, die wären tot«, sagte ich.

»Ah, du bist wohl eher der Guns-N'-Roses-Typ, was?«

»Ich dachte, die wären auch tot«, antwortete ich, obwohl das nicht so ganz stimmte, weil ich erst neulich abends diesen Slash oder Slush oder wie auch immer er hieß im Fernsehen gesehen hatte, wie er Werbung für irgendein Haarpflegemittel machte.

»Na schön, also schieß los – womit bringst du denn deine Anlage in letzter Zeit so zum Glühen?«

»Können wir kurz über das Sozialkundeprojekt reden? Charles und ich wissen schon, was wir machen wollen.«

»Wirklich?« Er gab sich keinerlei Mühe, die Verblüffung in seinem Ton zu verbergen.

»Wirklich«, bestätigte ich und versuchte mich zur Abwechslung selbst mal ein bisschen an dieser Direkt-ins-Gesicht-seh-Sache.

»Also, welches darf's sein?« Er beugte sich über ein Blatt Papier, auf dem die Themenvorschläge aufgelistet waren.

»Eigentlich hab ich mir etwas anderes überlegt. Ich möchte gern was über die Erzeugung und Verteilung von elektrischem Strom machen.«

»Elektrischem Strom?«

Ich war nicht überrascht, dass er überrascht war: Ehrlich gesagt war ich nicht gerade berühmt für die originellen Themen meiner Sozialkundeprojekte. Normalerweise wartete ich immer bis zur letzten Sekunde, bis nichts mehr übrig war außer »Die Geschichte der Kreisverkehre im Großraum Gold Coast« oder irgendwas ähnlich Glanzvolles.

»Wussten Sie schon, dass alle elektrischen Generatoren auf dieselbe Art Strom erzeugen?«, sagte ich. »Im Grunde ist so ein Ding nichts weiter als ein Stück Metall, das sich zwischen zwei magnetischen Polen bewegt.«

»Ja, natürlich«, antwortete Mr Ryan.

»Und wussten Sie auch, dass das Diablo Bay Atomkraftwerk die komplette Gold Coast mit Strom versorgt?«

»Ist mir durchaus bewusst«, erwiderte er.

Meine Intuition sagte mir, dass der Zeitpunkt gekommen war, ab dem ich den Mund halten sollte. Dass kein Lehrer sich irgendwelches Zeug von einem Schüler anhören wollte, schon gar nicht von so einem Blindgänger wie mir. Und, noch wichtiger, dass kein Schlammspringer sich irgendwelches Zeug von einer Bahnratte anhören wollte. Nur konnte ich einfach nicht anders: Ich war absolut fasziniert von elektrischem Strom, stand sozusagen unter Hochspannung.

»Aber wissen Sie auch, wie es funktioniert?«

»Sicher – es findet eine Kernspaltungsreaktion statt, aus der man elektrische Energie gewinnt.«

»So ähnlich«, sagte ich. »Eigentlich wird die bei der Kernspaltung entstehende Wärme dazu benutzt, um Wasser zu erhitzen, wodurch Dampf entsteht, der eine Turbine dreht, die einen Generator antreibt, der den elektrischen Strom erzeugt.«

Mr Ryan starrte mich an, ein Lehrer-Schüler-Starren, ein

Schlammi-Ratte-Starren, und wedelte mit der Liste vor meinem Gesicht herum.

»Bedauerlicherweise sind das hier die Themen, die der Lehrplan vorsieht«, sagte er. »Und daran kann ich nun mal leider nichts ändern.«

Es war die uralte Mir-sind-die-Hände-gebunden-Leier, die scheinheilige Ich-würde-dir-liebend-gern-helfen-aber-ich-kann-nicht-Nummer, und wenn Lehrer erst mal in diesen Modus geschaltet hatten, war dagegen üblicherweise kein Kraut gewachsen.

Bis auf eins: Seb.

Seit Sonntag hatte ich ziemlich oft über meinen Laufpartner nachgedacht, und jedes Mal war ich zu der gleichen unschönen Schlussfolgerung gelangt: Seb hatte mir eine Falle gestellt, er hatte mich in den Preacher's gelockt.

Jetzt und hier allerdings brauchte ich ihn.

»Seb sah echt klasse aus in diesem Ausscheidungsrennen«, sagte ich und rief mir erneut in Erinnerung, dass Seb mir erzählt hatte, wie Mr Ryan danach zu ihm gekommen war, um ihm zu erklären, dass er größere Chancen auf ein Stipendium hätte, wenn er sich dem Crosslaufteam anschließen würde.

Bei der Erwähnung von Sebs Namen flatterten Mr Ryans Nasenflügel. Ein Raubtier, das die Witterung seiner Beute aufnahm.

»Du und Seb verbringt wohl des Öfteren Zeit miteinander?«, fragte er.

»Ich laufe jeden Morgen mit ihm zusammen«, erklärte ich, was ziemlich genau der Wahrheit entsprach.

»Wir sind inzwischen sehr gute Freunde geworden«, erklärte ich, was nicht so ganz der Wahrheit entsprach.

»Irgendwie hört er immer auf das, was ich ihm sage«, erklärte ich, was ganz und gar nicht der Wahrheit entsprach.

Aber es wirkte.

»Elektrischer Strom«, sagte Mr Ryan und legte die Liste beiseite. »Das ist wirklich ein spannendes Thema, oder?«

»Absolut«, antwortete ich. »Besonders wenn wir morgen eine Exkursion machen.«

»Exkursion?« Mr Ryan klang plötzlich beunruhigt.

Sämtliche Lehrer hassten Exkursionen. Hassten es, die Einwilligungserklärungen zu beschaffen, das Geld einzusammeln. Und dann die Exkursion selbst. Das ständige Durchzählen. All die Dinge, die schiefgehen konnten.

»Keine Sorge, mein Dad schickt uns einen Bus, mitsamt Fahrer. Sie brauchen also kein Geld einzusammeln.«

»Ach nein?«, sagte Mr Ryan.

»Und die Einwilligungserklärungen hab ich auch schon«, fuhr ich fort, zog eine Klarsichthülle mit Zetteln aus meiner Tasche und legte sie auf den Schreibtisch. »Das hier sind die von allen aus der Sozialkundeklasse, die mitfahren wollen.«

»Ach ja?«, sagte Mr Ryan.

»Außerdem hab ich bereits mit Mrs Curie gesprochen, der PR-Dame von Diablo Bay. Das Einzige, was sie benötigt, ist eine offizielle Anfrage der Schule für eine geführte Tour durch das Kraftwerk. Hier ist ihre E-Mail-Adresse.« Ich reichte Mr Ryan einen Notizzettel.

»Ach wirklich?«, sagte Mr Ryan und warf einen Blick darauf.

Ich konnte sehen, dass er noch immer nicht ganz überzeugt war.

»Und Seb kommt auch mit«, sagte ich.

»Er geht doch gar nicht auf unsere Schule«, entgegnete Mr Ryan.

»Ich weiß, aber ich habe mit Mr Cranbrook gesprochen. Er

hielt es für gar keine schlechte Idee, einem möglichen Stipendiaten schon mal einen Vorgeschmack auf das zu geben, was wir hier an der Grammar zu bieten haben.«

»Dom«, sagte Mr Ryan. »Du überlässt wahrhaftig nichts dem Zufall, stimmt's?«

Er hielt seine Hand hoch, und wir machten – wieso zum Henker auch nicht? – diese High-five-Abklatsch-Sache.

DER TRANSFORMATÖHR

Ich war mir relativ sicher, dass die acht Schüler, die mit Mr Ryan und Charles und mir auf den Bus warteten, an elektrischem Strom oder Atomkraftwerken nicht annähernd so interessiert waren wie ich.

Sie mochten bloß Busse (Brent Fowler) oder Exkursionen (Chris Montgomery) oder hatten eine derartige Abneigung gegen den Unterricht, dass sie jede Gelegenheit nutzten, um aus dem Klassenraum rauszukommen (die übrigen sechs).

Als der Bus mit Marcus, Dads jamaikanischem Fahrer, schließlich ankam, kriegte Brent Fowler sich kaum ein vor Begeisterung.

»Boah, ein Vantare Platinum Plus!«, jubelte er.

Beim Einsteigen begrüßte uns ein Mann, geschniegelt in schwarzer Stoffhose und weißem Hemd.

»Hallo, mein Name ist Leonardo, ich kümmere mich heute Morgen um Ihre Getränkewünsche«, sagte er. »Wie Sie sehen, verfügen wir über eine Espressomaschine, und ich würde mich glücklich schätzen, wenn ich nun Ihre Bestellungen entgegennehmen dürfte.«

Der Vantare Platinum Plus hatte Bordservice!

Zuerst war mir das Ganze ein bisschen peinlich – *Dad, das hier ist eine Schulexkursion, kein Transatlantikflug* –, doch das dauerte nicht lange. Nicht nachdem alle anderen mich hatten wissen lassen, wie cool sie es fanden, nicht nachdem alle anderen Kaffee bestellt hatten. Selbst Mr Ryan wirkte beeindruckt.

»Machen Sie auch entkoffeinierten Sojamilchkaffee?«, erkundigte er sich bei Leonardo und ließ sich auf den Sitz neben mir fallen.

»Selbstverständlich«, antwortete der Bordkellner. »Ich kann Ihnen heute zwei Sojamilchsorten zur Auswahl anbieten: entweder die Biovariante von Bonsoy oder eine von Rainforest Alliance zertifizierte.«

Ich sagte Marcus, er solle vor Big Pete's kurz anhalten, doch dort wartete niemand.

Mr Ryan sah mich scharf an – *wo ist er?*

»Wir sind zu früh«, sagte ich und warf einen Blick auf meine Uhr. Wir waren tatsächlich zu früh, und zwar ungefähr drei Sekunden.

Als ich Seb am Tag zuvor angerufen und ihm erklärt hatte, ich würde in Sozialkunde durchfallen, wenn er nicht aufkreuzte, hatte er gesagt: »Gebongt, Zwiddeldei, bin dabei.«

»Die Schule ist kein Problem?«, hatte ich gefragt.

»Die Schule ist nie 'n Problem«, hatte er geantwortet.

Und Zwiddeldei hatte ihm geglaubt. Aber mittlerweile fragte ich mich, warum. Immerhin hatte er mir eine Falle gestellt, oder etwa nicht?

Seinetwegen wäre ich um ein Haar zu Hackfleisch verarbeitet worden.

Dann stand er auf einmal da, wie urplötzlich aus dem Boden

gewachsen. Er war ziemlich zurückhaltend gekleidet – für seine Verhältnisse jedenfalls –, in Jeans und T-Shirt, die langen Haare zurückgebunden.

»Ich hab Ihnen doch gesagt, dass er kommt«, raunte ich Mr Ryan zu.

Während Seb einstieg und sich auf den Platz vor uns setzte, wurde das Lächeln im Gesicht des Sozialkundelehrers immer breiter.

»Seb, kann ich dir vielleicht einen Kaffee holen?«, fragte Mr Ryan.

Als wir einige Zeit später von der Autobahn abfuhren und einem Schild folgten, auf dem *Diablo Bay Kraftwerk 12 km Zutritt nur mit Genehmigung* stand, hatte jeder von uns mindestens zwei Tassen Kaffee getrunken. Und die meisten plapperten ziemlich viel.

»Hat bei Ihnen schon mal einer drei Dreifache hintereinander gekippt?«, fragte Kenny McCann Leonardo.

Wir hatten die letzte bewachte Wohnanlage hinter uns gelassen und kamen jetzt an einem großen Friedhof vorbei, der Gold Coast Nekropolis. Es wurden die üblichen Witze gerissen.

»Ist ja echt totenstill hier.«

»Die Leute sterben, um hier reinzukommen.«

Aber ich fand sie nicht lustig. Ich konnte Friedhöfe nicht ausstehen, selbst wenn sie Nekropolis hießen. Ich konnte Friedhöfe so wenig ausstehen, dass Mom mich im letzten Jahr, nachdem ich bei der Beerdigung irgendeines entfernten Onkels vor lauter Panik vollkommen durchgedreht war, zu einem Psychiater geschleppt hatte.

Sein Name war Dr. Juratowitch, und er roch nach Minzbonbons.

»Ihr Sohn leidet an etwas, das wir ›Koimetrophobie‹ nennen«, sagte er, während er das Wort fein säuberlich mit einem Füllfederhalter auf ein Blatt Papier schrieb, das er mir anschließend reichte. »Eine krankhafte Angst vor Friedhöfen. Wahrscheinlich weil diese Orte ihn an die Endlichkeit der menschlichen Existenz erinnern.«

»Und können wir irgendwas dagegen tun?«, fragte Mom.

»Gegen die Endlichkeit der menschlichen Existenz?«, erwiderte Dr. Juratowitch.

Ich merkte sofort, dass das ein Witz sein sollte. Mom nicht.

Sie hatte es nicht so mit Witzen oder mit Witzereißen. Obwohl sie bei *Australia's Funniest Home Videos* ziemlich viel lachte. Besonders wenn irgendein dämlicher Teenager sich auf dem Kinderspielplatz die Wippe ins Gehänge wippte. Oder irgendeine Braut im Wattebauschkleid beim Hochzeitstanz ausrutschte.

»Nein, gegen Doms Phobie«, sagte sie.

Dr. Juratowitch dachte über Moms Frage so lange nach, dass es mir wie eine halbe Ewigkeit vorkam. Dann antwortete er: »Nein, im Grunde nicht.«

Das Blatt Papier hatte ich trotzdem behalten, und von Zeit zu Zeit holte ich es aus meiner Schreibtischschublade. Sah mir das Wort an. Las es mir lautlos vor.

Ich war erleichtert, als die Gold Coast Nekropolis – mitsamt meiner Koimetrophobie – hinter uns lag, abgelöst durch eine grüne, wellige Hügellandschaft.

Auf einmal stoppte der Bus.

»Muh«, sagte irgendwer weiter vorn.

»Hi, Mädels«, sagte irgendwer anders.

Ich stemmte mich aus dem Sitz, um besser sehen zu können. Vor dem Bus stand ein Tross Kühe, von der Sorte mit den großen schwingenden Eutern, und überquerte die Straße zwischen zwei Gattern, eines links, eines rechts von uns.

Zwei Frauen in Overalls und Gummistiefeln gaben den Viechern Anweisungen, indem sie ihnen höflich vorschlugen, eventuell mal ein Zähnchen zuzulegen. Die Kühe schienen es allerdings nicht sonderlich eilig zu haben. Und so dauerte es zehn Minuten, bis wir endlich weiterfahren konnten.

Doch nach kurzer Zeit mussten wir abermals anhalten. Der ganze Kaffee, den wir intus hatten, wollte jetzt wieder extus, und die Bustoilette – oder der Erfrischungsraum, wie Leonardo sie nannte – war dem Ansturm nicht gewachsen, sodass wir einen Rastplatz ansteuerten.

Nach dieser unplanmäßigen Pause bogen wir auf eine schmalere Straße ab, und die Landschaft veränderte sich erneut. Die Hügel verflachten – waren jetzt weder grün noch wellig –, und es gab keine Tiere mehr, jedenfalls keine von der gemächlich dahintrottenden, euterschwingenden Sorte.

Die ganze Zeit über war Mr Ryan nicht müde geworden, Seb über die außerordentlichen Vorzüge des Crosslaufens aufzuklären.

Wir fuhren um eine Kurve, passierten einen verlassenen Straßenverkaufsstand, der früher mal *Frische Tomaten* im Angebot gehabt hatte – und da waren sie, staksten über die Ebene wie riesige stählerne Orks, die Schultern gekrümmt, die knorrigen Finger um dicke Leitungsstränge gelegt.

Ich konnte mich einfach nicht zurückhalten. »Da, Hochspannungsmasten!«

Trotz ihres Koffeinkonsums war keiner der anderen auch nur annähernd so begeistert wie ich. Nicht einmal als die Straße direkt an einem der Masten vorbeiführte.

In jeder einzelnen dieser Leitungen herrschte eine elektrische Spannung von 500 kV, wollte ich ihnen erzählen. Fünfhundert Kilovolt!

»Stellt euch bloß mal vor, der Mast kippt um«, sagte Seb.

Was zum Geier war er, etwa so eine Art Gedankenleser? Denn genau das stellte ich mir gerade vor: wie der Mast einknickte, wie die Leitungen sich berührten, sich verdrehten, wie Funken sprühten, wie Rauch aufstieg – die Urmutter aller Kurzschlüsse.

»Bitte?«, fragte ich, weil ich nicht sicher war, ob ich ihn richtig verstanden hatte.

»Wenn der Mast da umkippt«, sagte Seb, »dann gehen vermutlich an der kompletten Gold Coast die Lichter aus.«

Vermutlich? *Auf jeden Fall* gingen dann an der kompletten Gold Coast die Lichter aus, denn wie ich bei meiner Recherche gelernt hatte, lieferten diese vier Fünfhundert-Kilovolt-Leitungen den Großteil des Stroms für das Netz der Region.

Bloß, für wie lange würden sie ausgehen? Das war mein Problem. Das Netz lahmzulegen war schon schwierig genug. Aber es für genau eine Stunde lahmzulegen? Das schien beinahe der Inbegriff von unmöglich zu sein.

»Eigentlich«, fuhr Seb fort, »bräuchte der Mast dafür nicht mal umzukippen. Ein paar Kids, die ich kenne, haben mal so 'nen Heißluftballon im Miniformat gebaut. Weil sie ausprobieren wollten, wie hoch ihre Katze fliegen kann. Sie haben das Ding also mit, na ja, eben mit Draht gebaut. Und dann hat es sich in 'ner Hochspannungsleitung verfangen, und zappe-di-duster, gab's in der ganzen Stadt keinen Strom mehr.«

Ich wollte nicht, dass dieses Gespräch weiterging – dafür war es mir viel zu unheimlich –, doch ich konnte nicht anders.

»War mit der Katze alles okay?«, fragte ich.

Seb schüttelte den Kopf. »Sie haben sie in 'ner Streichholzschachtel beerdigt.«

Ich sah aus dem Fenster, hinaus Richtung Horizont, wo vier

bauschige Wasserdampfschwaden in den Himmel quollen wie gigantische weiße Pilze.

*

»Du siehst also, Seb«, sagte Mr Ryan, »dass die Crosslauf-Sache eine großartige Möglichkeit für dich ist, besonders wenn du, wie du gesagt hast, deine akademischen Ziele an unserer Schule weiterverfolgen möchtest. Denn wie du sicherlich weißt, suchen unsere schulischen Einrichtungen ihresgleichen.«

»Noch jemand einen letzten Kaffee?«, bot Leonardo an.

Wir hielten an einem Kontrollpunkt, zu dessen beiden Seiten sich jeweils ein hoher, mit Klingendrahtrollen bewehrter Zaun in die Ferne erstreckte.

»Hey, Kumpel, hat bei Ihnen schon mal einer vier Dreifache hintereinander gekippt?«, fragte Kenny mit einer Stimme, die wie ein Nagel auf einer Tafel klang.

»Ich denke, du hattest für heute genug Kaffee, Kenny McCann«, sagte Mr Ryan, mit einem Mal wieder voll im Lehrermodus.

Ein quadratgesichtiger Wachmann bestieg den Bus, spazierte den Gang entlang und beäugte uns mit einer überreichlichen Portion Misstrauen, so als trüge jeder von uns Turban und Bart und hätte außerdem eine verblüffende Ähnlichkeit mit dem verstorbenen Osama bin Laden.

»›Bis zur Unendlichkeit und noch viel weiter‹«, flüsterte Kenny McCann, und ich musste lachen, weil er genau ins Schwarze getroffen hatte: Dieser Securitytyp sah haargenau so aus wie Buzz Lightyear.

»Was ist so lustig?«, knurrte der Wachmann und funkelte mich zornig an.

Im selben Moment bemerkte ich das Holster mit der Pistole an seiner Hüfte.

»›Ich stell meinen Laser von paralysieren auf eliminieren!‹«, flüsterte Kenny.

Wieder musste ich lachen.

Der Securitytyp legte seine Hand an die Waffe.

»Findest du die nationale Sicherheit vielleicht irgendwie komisch?«, fragte er.

»Nein, Sir, absolut nicht«, antwortete ich und warf Kenny einen bösen Blick zu.

Der Wachmann rührte sich allerdings nicht vom Fleck. Jetzt wünschte ich mir, er wäre tatsächlich Buzz Lightyear, denn Woodys bester Freund würde so etwas niemals tun – mit einer schimmernden schwarzen Knarre irgendeinem Fünfzehnjährigen eine Höllenangst einjagen.

»Ich habe sämtliche nötigen Papiere hier«, meldete sich Mr Ryan und wedelte mit einigen Blättern in Richtung des Wachmanns.

Dessen Hand löste sich von der Pistole, verschwand in seiner Tasche, kam im nächsten Moment wieder zum Vorschein und richtete eine Kamera auf mich.

Klick!

»Du bist ab sofort in unserer Datenbank, Freundchen«, sagte der Wachmann, erst dann schnappte er sich die Papiere von Mr Ryan.

In deren Datenbank – das war echt das Letzte, was ich gebrauchen konnte. Ich hätte Kenny McCann killen können. Und ich meine, wirklich killen.

Wir durften den Kontrollpunkt passieren, und nach weiteren zehn Minuten Fahrt über die von Zäunen gesäumte Straße standen wir schließlich vor dem eigentlichen Kraftwerk.

Mrs Curie wartete draußen bereits auf uns.

»Diesös Atomkraftwerk ist ein bevorzugtös Ziel für Terroristön«, sagte sie mit einem derart heftigen französischen Akzent, dass ich zuerst glaubte, er wäre gespielt. »Da'er müssön wir allö dursch den Scannör ge'ön.«

Wir taten wie geheißen und schlenderten durch den Scannör, doch als ich an der Reihe war, ertönte ein Brummton.

»Gürtel? Uhr? Ringe?«, fragte die zuständige Wachfrau.

»Nein, nichts davon«, antwortete ich.

»Herzschrittmacher? Sonstige Implantate?«

»Nein!«

»Komm bitte mal hier rüber.« Ihre Miene war grimmig.

Ich folgte der Aufforderung, und sie fuhr meinen Körper mit einem Handscanner ab. Dieses Mal ertönte kein Brummton.

»Das passiert hin und wieder«, sagte sie und winkte mich weiter.

»Es ist einö solschö Freudö, eusch Kindör 'eute 'ier bei uns zu 'abön«, flötete Mrs Curie, während sie ihre Zugangskarte vor ein Lesegerät hielt, um uns durch die Sicherheitstür zu lassen.

Ich konnte sehen, dass sie diesen Satz trotz der koffeinbedingten Hyperaktivität meiner Klassenkameraden wirklich ernst meinte. Und deshalb war es mir ein wenig unangenehm, als Chris Montgomery kurz darauf fragte: »Produziert diese Anlage nicht riesige Mengen von radioaktiven Abfällen, von denen manche sogar noch in Hunderttausenden von Jahren hochgradig giftig sind?«

Doch Mrs Curie hatte ihre Antwort schon abschussbereit im Köcher.

»In diesön Zeitön globaler Erwärmung ist die Kernenergie die sauberstö aller verfügbarön Energiön.«

Na schön, das war eine Politikerantwort, eine Antwort, die eigentlich keine war, weil sie gar nicht auf die Frage einging. Trotzdem, Mrs Curie schien sehr nett zu sein.

»Und gibt es nicht einen Haufen Leute, denen es mehr als recht wäre, wenn das Kraftwerk stillgelegt werden würde?«, bohrte Chris Montgomery nach. »Zum Beispiel die Taucher, die es gern hätten, wenn das Meeresgebiet vor der Küste wieder zugänglich wäre.«

»In einör Demokratie wie diesör 'ier ist das ihr gutös Rescht«, sagte Mrs Curie.

Wieder so eine Politikerantwort.

Und glücklicherweise verfolgte Chris Montgomery das Thema nicht weiter.

Dem eigentlichen Atomreaktor durften wir nicht allzu nahe kommen, aber das störte mich nicht weiter. Es war ja nicht so, als hätte ich es auf dieses Ding abgesehen, als wollte ich für mein eigenes Tschernobyl sorgen.

Doch als Mrs Curie sagte: »Isch nehmö an, ihr Kindör 'abt keinö Lust, eusch den Transformatöhr anzuse'ön?«, spitzte ich sofort die Ohren.

»Wohl eher nicht«‹, sagte Mr Ryan, der inzwischen ein paar knappe Worte mit Kenny McCann gewechselt hatte und es offenbar kaum erwarten konnte, ihn mitsamt seiner Überdosis Koffein zurück in den Bus zu verfrachten.

»Also ich hätte sogar sehr große Lust, mir den Transformatöhr anzusehen«, imitierte ich unabsichtlich Mrs Curies Akzent.

Mr Ryan warf mir einen Blick zu, und wer hätte es ihm verübeln können? Ich war bisher nie ein besonders begeisterungsfähiger Schüler gewesen, und jetzt stand ich plötzlich hier, begeistert bis in die Haarspitzen.

»Ich könnte Sie und die andern einfach in einer halben Stunde im Bus treffen«, schlug ich vor. »Leonardo hat bestimmt schon einen Imbiss vorbereitet.«

»Kein Problämm«, versicherte Mrs Curie. »Isch werdö ihn dann zurückbringön.«

Mr Ryan war einverstanden – immerhin bekam er so die erneute Gelegenheit, Seb vollzutexten.

Also folgte ich Mrs Curie durch weitere frisch gebohnerte Flure und Sicherheitstüren, während unzählige Überwachungskameras jeden unserer Schritte aufzeichneten.

Wem wollte ich eigentlich etwas vormachen?

Selbst eine Terroristenspezialtruppe in angeblich göttlichem Auftrag hätte gehörige Schwierigkeiten, in diesen Bunker hier einzubrechen, ganz zu schweigen von einem fünfzehnjährigen Jungen wie mir.

Schließlich kamen wir zum Transformatöhr. Wieder gab es nicht viel zu sehen. Ein weiterer Raum voller Computer. Zwei weitere Techniker, ein Mann und eine Frau, saßen an ihren Kontrollpulten. Starrten auf Bildschirme, tippten auf Tastaturen.

»Du willst also wissen, was hier passiert?«, fragte der Mann, den Mrs Curie mir als Gabriel vorstellte.

»Klar«, sagte ich. »Was passiert hier?«

Gabriel deutete auf ein Fenster, durch das man den eigentlichen Transformatöhr sehen konnte, einen riesigen schwarzen Kasten, aus dem spaghettiartige Kabelknäuel heraushingen.

»Der schwere Junge da«, erklärte Gabriel, »ist dafür zuständig, den Saft aus dem Generator in was zu verwandeln, mit dem wir 'n bisschen besser arbeiten können.«

»In fünfhundert Kilovolt«, sagte ich.

»Bist 'n schlauer Bursche«, sagte Gabriel. »Aber außerdem

überwachen wir hier noch den aktuellen Bedarf im Stromnetz. Du musst wissen, das Problem mit dem Saft ist, dass er sich nicht so leicht speichern lässt. Wenn also das Netz mehr Saft braucht, dann geben wir ihm mehr Saft. Mit dem Netz legt man sich nämlich nicht ungestraft an.«

Wie mit dem Clan, dachte ich. *Mit dem legt man sich auch nicht ungestraft an.*

»Dann wird das Ganze hier also ausschließlich über Computer gesteuert«, sagte ich.

Das gefiel Gabriel nicht, so viel konnte ich erkennen.

»Na ja, eigentlich nicht, Kumpel. Es gibt für alles 'ne Überbrückungsfunktion, das heißt, wir Techniker können eingreifen. Computer sind ja gut und schön, aber die Kisten haben im Gegensatz zu mir keinen Schimmer, dass morgen Abend die Mariners gegen die mächtigen Tritons antreten und die halbe Stadt vor der Glotze hockt, um sich das Spiel anzusehen. Hast du 'ne Ahnung, wie viel Saft so 'ne Plasmaglotze verbraucht?«

Schuldbewusst dachte ich an all die Plasmafernseher bei uns zu Hause.

»'ne Menge?«, schätzte ich.

»'ne verteufelt große Menge. Also kitzeln wir den Reaktor kurz vor Anpfiff 'n bisschen, damit er 'n bisschen mehr Saft ausspuckt. Dann haben wir keine Probleme, keine partiellen Stromausfälle.«

»Und wie machen Sie das?«, fragte ich, wünschte mir aber sofort, ich hätte es bleiben lassen.

Die Frage klang viel zu eifrig, viel zu speziell. Doch Gabriel hatte offenbar nichts an ihr auszusetzen.

»Das sind alles bloß Zahlen, Söhnchen«, sagte er. »Ich geb sie hier ein, und dann landen sie in der Anlage.«

Während er sprach, bemerkte ich den WLAN-Router, der neben seinem Kontrollpult stand.

»Wenn Sie wollten, könnten Sie also der kompletten Gold Coast den Saft abdrehen?«, fragte ich und fasste es kaum, dass ich zum zweiten Mal dämlich genug war, eine solche Frage zu stellen.

Gabriel grinste mich an, zuckte die Schultern, sagte kein Wort. Aber es war das Grinsen und das Schulterzucken eines Mannes, der die Macht hatte, der kompletten Gold Coast den Saft abzudrehen.

Wir standen noch eine Weile lang schweigend da und bewunderten den Transformatöhr.

»Bestellst du Pizza?«, hörte ich Gabriel irgendwann seine Kollegin fragen.

»Ist Mittwoch heute, oder?«, erwiderte sie.

»Nun, isch denkö, unserö Zeit ist um«, sagte Mrs Curie und sah auf ihre Uhr.

Nachdem ich mich ausführlich bei Mrs Curie bedankt hatte, stieg ich zu den anderen in den Bus.

Kaum war ich drin, reichte Leonardo mir ein Essenstablett, so eins, wie man sie im Flugzeug bekommt. Anders als das Essen im Flugzeug war das hier jedoch absolut köstlich. Ich bin sicher, da hätte sogar Toby mir zugestimmt.

Auf dem Nachhauseweg ließ Marcus über die Anlage des Busses Reggae laufen.

Und weil Leonardo nicht nur Buskellner, sondern gleichzeitig auch Schauspieler und Musiker und Multimedia-Installationskünstler war, organisierte er ein spontanes Mitsing-Event. Jeder von uns machte mit, allen voran Kenny McCann.

Als wir kurz vor der Autobahnauffahrt an einer Ampel hielten, kam uns ein Motorroller entgegen und preschte in Richtung Diablo Bay Atomkraftwerk davon. Der Fahrer trug die charakteristische blau-gelbe Uniform von Big Pete's Pizza Parlour.

»No woman, no cry«, trällerte Kenny McCann, und sein elefantöser, verblüffend schräger Gesang dröhnte durch den ganzen Bus.

TAI-CHI, TO FU UND WIFI

Als ich in den Pool eintauchte, dachte ich an meinen kürzlichen Sprung in das etwas weniger glitzernde Wasser des Brisbane River.

Es kam mir irgendwie unwahrscheinlich vor, dass mir all das tatsächlich passiert war. War es aber, und merkwürdigerweise hatte ich einen sauberen, wenn auch zerfledderten Rock mit Schottenmuster in einer meiner Schubladen gefunden, der mich daran erinnerte.

Eigentlich wollte ich die kompletten fünfundzwanzig Meter durchtauchen, etwas, das ich schon unzählige Male zuvor geschafft hatte. Doch nach ungefähr der Hälfte der Strecke geschah etwas Seltsames – als schnürte mir etwas die Kehle zu, als hätte ich keine Luft in der Lunge –, und ich hatte das Gefühl, gleich hier und jetzt zu ertrinken. In meinem eigenen Swimmingpool, über mir ein Meter Wasser, und es gab absolut nichts, was ich dagegen tun konnte. Ich würde meinen Mund öffnen, und das Wasser würde in meinen Körper strömen, und ich würde ertrinken.

Sicher, Ertrinken war eine üble Sache. Aber es war auch eine gute Sache, denn als Ertrunkener hätte ich nichts mehr mit dem Clan zu schaffen.

Ich öffnete meinen Mund, sodass Wasser hineinströmte, doch ich schloss ihn sofort wieder und zwang mich prustend zurück an die Oberfläche.

Ich hievte mich auf den Beckenrand, legte mich auf die warmen Fliesen, schloss die Augen und versuchte zu begreifen, was da gerade mit mir passiert war.

»Ich fass es nicht, dass die ihre Garnelen über 'ne Stunde lang kochen lassen«, hörte ich Toby laut schimpfen.

Ich schlug die Augen auf.

Miranda, im Ninja-Outfit, machte gerade ihre Tai-Chi-Übungen. Während Toby, nicht im Ninja-Outfit, auf einem Liegestuhl lag und ein Kochbuch auf seinem Bauch balancierte.

»Dagegen sollte es echt so 'ne Art Gesetz geben!«, plärrte Toby.

Ja, sollte es, Toby. Gibt's aber nicht. Also bringt es nicht das Geringste, deswegen rumzuheulen.

Ich stemmte mich auf die Beine und schlenderte zu Miranda hinüber.

»Hey, ist es eigentlich leicht, sich in ein WiFi-Netzwerk zu hacken?«, fragte ich, während sie die Fliegende-Wildgans-Figur in Angriff nahm.

In Sachen Tai-Chi bin ich kein Experte, aber das hier sah nach einer hervorragenden Fliegenden Wildgans aus.

»Ich meine, das Zeug ist doch dann bloß noch Pampe«, sagte Toby.

»Babykram«, sagte Miranda, Knie gebeugt, Arme ausgestreckt.

Babykram für ein Computergenie wie sie, aber was war mit einem Technik-Normalsterblichen wie mir?

»Echt?«, fragte ich.

»Ich schreib dir ’n Schnüffelprogramm in nicht mal zehn Minuten«, erwiderte Miranda und ging von der Fliegenden Gans zum Hockenden Panda über.

Das Problem war nur, ich durfte sie mir kein Schnüffelprogramm in nicht mal zehn Minuten schreiben lassen, selbst wenn ich das wollte. Der Clan und seine Regeln: keine Hilfe erlaubt.

»Vielleicht meinen die ja, dass man die Schalen dranlassen soll«, überlegte Toby. »Aber dann müssen die das doch auch hinschreiben – Garnelen mit Schale!«

»Verdammt, Toby, kannst du mal fünf Sekunden lang aufhören, von Garnelen zu reden?«, fauchte ich.

»Na sieh mal einer an, wer sich da aufregt«, sagte Toby. »Unser Schottenrock-Freund.«

»Bitte?«, keuchte ich.

»Mom hat gemeint, ich könnte mir von dir ’n Paar Socken leihen, und da hab ich dein kleines Lieblingsstück gefunden, versteckt in der unteren Schublade.«

»Meine Socken sind in der oberen Schublade!«

Ich schaute zu Miranda hinüber – hatte sie auch nur die leiseste Ahnung, wovon unser Bruder da redete? Nein, sie war viel zu beschäftigt damit, sich auf die knifflige Einleitung des Zornigen Makaken zu konzentrieren.

»Was auch immer!«, sagte ich zu Toby.

»Was auch immer!«, wiederholte mein kleiner Bruder, und ich muss zugeben, dass er ein um Längen besserer Was-auch-immerer ist als ich.

Er klappte das Buch zu und erhob sich ungelenk von seiner Liege. »Ach ja, noch was, großer Bruder. Mit dem knalligen Sonnenbrand, den du da hast, würde ich mich an deiner Stelle von jeder Tartanbahn fernhalten«, sagte er, dann watschelte er davon.

»Wem gehört denn das Netzwerk, in das du einbrechen willst?«, fragte Miranda.

»Niemandem. Es war bloß ... du weißt schon, 'ne theoretische Frage«, antwortete ich.

Miranda lächelte ein wissendes Lächeln. »Tja, also fürs Theoretische gibt's im Netz haufenweise Zeug«, sagte sie und nannte mir den Namen einer Website.

Während ich über den Rasen zurücklief, grübelte ich darüber nach, ob ich Miranda womöglich schon zu viel verraten hatte. Ich warf sogar einige rasche Blicke nach links und rechts, um mich zu vergewissern, dass keine Bestrafung im Anmarsch war. Dann ging mir auf, wie verrückt das war und dass ich langsam genauso paranoid wurde wie Gus und Dad. Woher zum Geier sollte der Clan wissen, was ich zu Miranda gesagt hatte? Diese Typen waren ja schließlich keine göttlichen Wesen, waren nicht allwissend, konnten nicht alles sehen, alles hören.

»Alles klar mit dir?«, kam plötzlich eine Stimme von hinten.

Ich wirbelte herum. Es war Roberto, der nichtgärtnernde Chefgärtner. Ich sah ihn zum ersten Mal – jedenfalls aus der Nähe –, seit er mir den Klotztop zurückgegeben hatte.

Ungewöhnlicherweise hielt er ein Werkzeug in der Hand, eine Mistgabel, deren überraschend scharfe Zinken in der Sonne glänzten. Ich stand einfach da, wie gebannt von ihnen, und dachte daran, welche Verletzungen die Dinger anrichten konnten. An Muskeln. An Sehnen. An Knorpeln. An Bändern. An mir.

Ich zwang mich, den Blick abzuwenden, und sagte: »Alles klar mit mir, Roberto«, dann hastete ich ins Haus.

Oben in meinem Zimmer fuhr ich meinen iMac hoch und ging sofort auf die Website, die Miranda erwähnt hatte. Sie hatte absolut recht damit, dass es haufenweise Zeug zu der Sache gab. Als hätten sämtliche wütenden Hacker der Welt sich in einem Aufstand zusammengetan, um Front gegen die wachsende Plage sicherer WLAN-Netzwerke zu machen. Ich lud mir ein PDF mit dem Titel »Erfolgreiches WiFi-Hacking« herunter und fing an zu lesen.

Der Text begann mit einem Zitat: »Jegliches Handeln bedarf vorherigen Wissens«, das angeblich von einem Kerl namens To Fu stammte, einem chinesischen Kriegerkönig aus dem vierzehnten Jahrhundert.

Jau, recht hast du, To Fu!

Im ersten Kapitel ging es ausführlich um WLAN- und WPAN- und WWAN-Netzwerke, um 802.11- und 802.15-Standards, und von all dem kapierte ich so gut wie nichts. Aber ich hielt durch – so wie bestimmt auch To Fu vor siebenhundert Jahren durchgehalten hätte bei seinem Streben nach vorherigem Wissen – und las das Kapitel mehrere Male, bis ich den Eindruck hatte, einigermaßen geschnallt zu haben, worum es ging.

Dann aber las ich – oder versuchte es wenigstens – den ersten Satz des zweiten Kapitels, und ich wusste, ich steckte in Schwierigkeiten.

Mittlerweile haben Sie die verborgene ESSID entdeckt, den MAC-Filter ausgetrickst, das WPA2-Passwort geknackt, eventuell sogar weitergehende Schutzmaßnahmen wie ein eingerichtetes VPN überbrückt ...

Schwierigkeiten, aus denen mich nicht mal ein chinesischer Kriegerkönig aus dem vierzehnten Jahrhundert retten konnte. Trotzdem las ich weiter. Mühte mich weiter, irgendwas zu verstehen. Aber die Worte ergaben partout keinen Sinn mehr, und die Buchstaben, aus denen sie bestanden, wuselten durcheinander wie Würmer. Je länger ich hinsah, je stärker ich mich zu konzentrieren versuchte, desto heftiger wuselten sie. Bis der komplette Bildschirm bloß noch Kompost war, ein Haufen von wuselnden Würmern.

Wem wollte ich eigentlich etwas vormachen?

Ich und ein Hacker? Japp, na klar.

»Leck mich, To Fu!«, brüllte ich, neben anderen, weniger höflichen Sachen.

Mit einem wütenden Mausklick schloss ich das Fenster. Im selben Moment sprang der Klotztop auf. Der Bildschirm erwachte flackernd zum Leben, und die Worte LOKALE DRAHTLOSNETZWERKE erschienen am oberen Rand.

Darunter eine Liste von Namen, Netzwerknamen.

Einige davon kannte ich, weil es dieselben lokalen Netzwerke waren, die auch mein Computer mir immer anzeigte. Allerdings gab es noch einen Haufen weitere, was darauf hindeutete, dass der Klotztop eine wesentlich größere Reichweite haben musste.

Doch als ich mir das Ganze ein bisschen genauer ansah, bemerkte ich, dass alle verzeichneten Netzwerke zu Leuten in Halcyon Grove gehörten, weshalb ich schätzte, dass die Reichweite wohl ungefähr zwei Kilometer betrug.

Der oberste Eintrag, SILVAGNINET, war das Netzwerk bei uns zu Hause. In das konnte ich mich einloggen, weil ich das Passwort kannte, aber die meisten anderen waren verschlüsselt.

Trotzdem scrollte ich mit der Fingerspitze abwärts durch die Liste, indem ich einen Namen nach dem andern hervorhob, bis ich auf HAVILLAND stieß, das Netzwerk in Imogens Haus. Daneben befand sich ein kleines Vorhängeschloss, was bedeutete, dass es gesichert war. Also selbst wenn ich mich mit HAVILLAND hätte verbinden wollen, konnte ich es nicht, weil ich das Passwort nicht kannte.

»Du bist wohl doch nicht ganz so schlau, was?«, knurrte ich den Klotztop an.

Im nächsten Moment erschien in der Mitte des Bildschirms ein Comic-Teufel, der einen Dreizack in der Hand hielt. Darunter blinkte die Zeile *Passwort wird geknackt* ... Der Teufel fing an zu tanzen, hüpfte von einem gespaltenen Huf auf den anderen, stieß seinen Dreizack in die Höhe. Nach etwa zwanzig Sekunden wurde aus *Passwort wird geknackt* ... die Meldung *Passwort wurde geknackt*, und der Teufel hatte ein teuflisches Grinsen auf seiner teuflischen Fratze.

Jetzt konnte ich sehen, dass zwei Computer mit dem HAVILLAND-Netzwerk verbunden waren: MUTTERSCHIFF und SYLVIA. Ich wusste, dass SYLVIA Imogens Laptop war, weil sie all ihre Computer SYLVIA nannte. Ich tippte mit dem Finger auf SYLVIA. Der Name wurde hervorgehoben. Ich tippte noch einmal darauf. Der Bildschirm wurde schwarz, dann erwachte er wieder zum Leben.

Es dauerte eine Weile, bis ich begriff, was ich vor mir hatte. Und als ich es schließlich kapierte, hätte ich beinahe den Blick abgewandt. Denn es war ein Klon von Imogens Computer, von ihrem Desktop!

Photoshop war geöffnet, im Fenster ein Bild, das allem Anschein nach auf irgendeiner politischen Kundgebung gemacht worden war. Leute, die sich untergehakt hatten, Leute mit Plakaten. Etwa die Hälfte von ihnen, beginnend auf der linken Seite der Aufnahme, hatte bunte Gesichter. Ich beobachtete, wie der Cursor über dem Gesicht einer weiteren Person schwebte, beobachtete, wie das Gesicht plötzlich hellblau wurde.

Jetzt verstand ich: Es war das Gleiche, was Imogen mit den Fotos in den Zeitungen machte – sie suchte nach ihrem Dad. Ich starrte auf den Bildschirm, wie hypnotisiert, verfolgte, wie der Cursor sich weiterbewegte. Als Imogen fertig war und alle Gesichter unterschiedliche Farben hatten, spürte ich, wie sich meine Augen mit Tränen füllten. Das Foto war abgrundtief traurig, all diese Leute, die nicht ihr Dad waren, die niemals ihr Dad sein würden, egal wie lange und aufmerksam sie nach ihm suchte, doch auf sonderbare Weise war es auch schön.

Imogen schloss das Photoshop-Fenster und klickte auf Windows Mail. Diesmal schaute ich weg. *Du hast kein Recht, dir das anzusehen*, sagte ich mir. *Du bist ein dreckiger Hacker. Ein Spanner.* Aber mein Blick wanderte wie von selbst wieder Richtung Bildschirm.

Imogen begann, eine neue Nachricht zu schreiben.

Ruby, ich bin zu dem Schluss gekommen, dass die E-Mail-Petition, die ich angehängt habe, der beste Weg ist, um die Verwaltung dazu zu bringen, die Lichter in Halcyon Grove während der Earth Hour auszuschalten, schrieb sie.

Ich griff nach meinem Handy und scrollte durch die Kontakte, bis ich bei Imogens Nummer war.

Mein Daumen schwebte über dem Anrufen-Button.

Sollte ich?

Sollte ich nicht?

Sollte ich?

Sollte ich nicht?

Es gab nicht den Hauch einer Chance, dass ich heute noch eine Entscheidung treffen konnte, zumindest nicht bei etwas dermaßen Wichtigem, also beschloss ich, sie jemand anderen für mich treffen zu lassen.

In diesem Fall die Fliege, die auf dem Fensterbrett hockte.

Sollte sich diese Fliege innerhalb der kommenden zehn Sekunden bewegen, werde ich Imogen anrufen.

Zehn. Neun. Acht. Sieben. Sechs. Die Fliege spreizte die Flügel.

Dann hob sie ab, flog mehrere brummende Loopings und verschwand schließlich nach draußen.

Die Fliege hatte gesprochen.

Ich drückte auf Anrufen.

Stellte mir Imogens Handy vor, wie es auf Imogens Schreibtisch lag und Imogens Lieblingsklingelton spielte.

Und spielte.

Und spielte.

Und spielte.

Die Fliege hatte gesprochen, aber die Fliege war ein Idiot – es war einfach demütigend.

Denn ich konnte mir ja schlecht einreden, dass sie bloß deswegen nicht ranging, weil sie gerade unter der Dusche stand oder kurz ein paar Runden im Swimmingpool drehte. Ich wusste ja, dass sie da war, ihre E-Mails checkte. Nein, sie ging nicht ran, weil ich es war, der sie anrief.

Der Typ, wegen dem Tristan im Koma gelegen hatte.

Der ihr nicht erzählt hatte, dass man auf uns geschossen hatte.

Und dann ging sie ran.

»Hi«, sagte sie.

Okay, es war vielleicht nicht das allerbegeistertste Hi in der Hi-Geschichte, aber ein Hi war es trotzdem.

Und es war ein Imogen-Hi, das erste, das ich seit Wochen gehört hatte.

»Hi«, antwortete ich und versuchte, ein bisschen mehr Pep in mein Hi zu legen, doch das war gar nicht so einfach – es ist immer das erste Hi, das den Ton macht. »Das mit Tristan ist toll, oder?«

»Klar ist das toll«, erwiderte sie.

Und dann herrschte Schweigen, also sagte ich: »Ich überlege

gerade, ob ich dieses Jahr eine Petition aufsetze wegen der Earth Hour. Ist echt beschämend gewesen, was in Halcyon Grove bei der letzten passiert ist.«

Mehr Schweigen am anderen Ende, und ich fragte mich, ob ich womöglich zu heftig vorgeprescht war.

Doch schließlich sagte Imogen: »Dom, das ist total gruselig! Weil ich nämlich genau das gerade mache.«

»Nee, oder?«

»Oder«, sagte sie, und jetzt klang sie wieder ganz nach der alten Imogen.

»Wenn das so ist, kannst du mir die E-Mail dann mal rüberschicken?«, fragte ich. »Die ist garantiert besser als meine.«

»Klar.«

Nachdem wir aufgelegt hatten, richtete ich meine Aufmerksamkeit erneut auf den Bildschirm, auf Imogens geklonten Desktop.

Der Weiterleiten-Button leuchtete auf.

Ich drehte mich wieder zum iMac. Öffnete Thunderbird, mein E-Mail-Programm.

Lade Nachricht 1 von 1 herunter, meldete es.

Imogens E-Mail erschien im Eingangsordner.

Ich lehnte mich in meinem Stuhl zurück, die Arme vor der Brust verschränkt. Allmählich dämmerte mir, womit ich es hier zu tun hatte, wie machtvoll es war. Das Ganze war wie ein Handbuch *Hacking für Dummies,* bloß dass es dann auch noch aktiv wurde und die Sache für einen erledigte.

Aber ist das schon alles, was das Ding kann? Ist das schon alles, was ich kann?

Ich widmete mich wieder dem Klotztop. Imogen hatte das Windows-Mail-Fenster minimiert und begann, sich ein neues Foto in Photoshop vorzunehmen.

Mit dem Finger tippte ich zweimal auf das Windows-Mail-Icon. Es klappte, das Programmfenster öffnete sich! Ich maximierte es, sodass es den ganzen Bildschirm ausfüllte. Dann nahm ich mein Handy und rief abermals Imogen an.

Sie meldete sich mit: »Du schon wieder.«

»Ist dein Computer okay?«, fragte ich.

»Sicher, alles okay.«

»Und du sitzt gerade davor?«

»Dom, ich sitze direkt davor, und mit der Kiste ist absolut alles okay.«

Ich tippte zweimal auf *Neue Nachricht verfassen*.

Eine virtuelle Tastatur erschien auf dem Bildschirm.

»Dann macht sie also keine komischen Sachen?«, fragte ich, während ich meine Adresse ins Empfängerfeld tippte.

»Der Einzige, der hier komische Sachen macht, bist du«, sagte Imogen.

Ins eigentliche Textfeld schrieb ich nur ein paar wahllose Worte.

»Ganz sicher?«, hakte ich nach.

»Alles klar mit dir?«, erwiderte Imogen. »Hat irgendeine außerirdische Lebensform dir das Hirn ausgesaugt oder so was?«

»Mir geht's gut«, sagte ich und tippte auf Senden. »Übrigens, deine E-Mail-Petition sieht wirklich cool aus.«

Ich lehnte mich zum iMac hinüber. Klickte auf *Nachrichten abrufen*. Die E-Mail von Imogen erschien in meinem Eingangsordner, die wahllosen Worte, die ich geschrieben hatte. Da stand: *Dom, ich liebe Dich.*

Ich fühlte mich auf seltsame Art wie berauscht, schwindelig wegen der Macht, die ich plötzlich hatte.

»Kannst du die Petition dann vielleicht noch heute Abend unterzeichnen?«, fragte Imogen. »Und sie an alle weiterleiten, die du so kennst?«

»Darüber würde ich mir keine Sorgen machen«, antwortete ich.

»Wieso nicht?« Imogen wirkte verärgert. »Ich dachte, du wolltest mir bei dieser Sache helfen.«

»Die Lichter werden ausgehen«, sagte ich.

»Du solltest dich echt mal hören, du klingst wie 'ne Figur aus 'nem Harry-Potter-Film.«

»Vertrau mir, Imogen. Sie werden ausgehen.«

»Werden sie nicht, es sei denn, wir sorgen dafür, Lord Voldemort. Und weißt du, was ich sogar noch gruseliger finde? Dass du heute schon der Zweite bist, der mir erzählt, ich soll mir darüber bloß keine Sorgen machen, weil die Lichter auf jeden Fall ausgehen werden.«

»Wirklich? Wer war der Erste?«

»So ein Typ von den Geißeln der Erde.«

»Wer zur Hölle sind die denn?«

»Das ist diese Öko-Initiative. Ich schätze, man könnte sagen, die sind ziemlich radikal. Letztes Jahr haben sie auf einen Schlag zwanzigtausend Legebatteriehühner freigelassen. Ich hab sie angerufen, weil ich dachte, sie hätten Erfahrung damit, wie man E-Mail-Petitionen aufsetzt. Jedenfalls hat mir dieser Kerl am Telefon gesagt, ich bräuchte mir keine Sorgen zu machen, weil die Lichter auf jeden Fall ausgehen würden.«

Im selben Moment spielte Imogens Computer eine kurze Melodie. Sie hatte Post.

Wieder sah ich unwillkürlich hin.

Und wünschte, ich hätte es nicht getan.

bizeps&sixpack@hotmail.com konnte nur Tristan sein.

»Hat Tristan deine Petition eigentlich schon unterzeichnet?«, fragte ich.

»Wer?«‹

»Tristan.«

»Wieso fragst du das?«

»Na ja, immerhin wohnt er in Halcyon Grove, oder nicht? Ich hab einfach bloß überlegt, ob er deine Petition schon unterzeichnet hat.«

Erneut herrschte Schweigen am anderen Ende, ein tiefes Schweigen, bis Imogen sagte: »Tristan ist gerade erst aus dem Koma aufgewacht.«

Ich sah auf den Bildschirm, auf Windows Mail, auf Tristans noch ungeöffnete Nachricht.

Tu's nicht, sagte ich mir.

Du wirst es bereuen, sagte ich mir.

Ich tat es, und ich bereute es auf der Stelle.

kann nich aufhörn an dich zu denkn, lautete die Nachricht.

»Hey, ich muss los«, sagte ich zu Imogen.

Und legte auf. Warf das Handy aufs Bett. Warf mich selbst aufs Bett. Und fing an zu heulen.

Was mir reichlich lächerlich vorkam. Als der Tanker mich vor ein paar Tagen beinahe in Sashimi verwandelt hätte, hatte ich nicht mal ansatzweise auch nur eine Träne vergossen.

Trotzdem, hier lag ich, ein menschlicher Rasensprenger.

Dann klopfte es an meine Tür, doch bevor ich noch irgendwas sagen konnte wie »Hau ab!« oder »Verzieh dich!«, platzte Miranda ins Zimmer.

»Wie kommst du mit dieser WiFi-Geschichte voran?«, fragte sie, aber als sie näher trat, musste sie wohl meine verweinten Augen bemerkt haben, denn sie sagte: »Was ist los, Dom?«

Ich durfte mit ihr nicht über den Clan reden, aber hier ging es nicht um den Clan, sodass es fast eine Erleichterung war, als ich antworten konnte: »Es ist Imogen. Sie und Tristan sind ein Paar.«

»Woher weißt du das?« Sie kniete sich neben mein Bett, legte mir eine Hand auf die Schulter. »Hat sie's dir gesagt?«

»Nicht direkt, ich weiß es eben.«

»Hmmm«, machte Miranda, dann schwieg sie.

Der sanfte Druck ihrer Hand fühlte sich gut an, er fühlte sich tröstlich an, und mein Rasensprenger hörte auf zu sprengen.

Irgendwann sagte Miranda: »Ich schätze, das Problem mit euch beiden ist, dass ihr schon dermaßen lang beste Freunde seid und deshalb genau so aneinander denkt: als beste Freunde, nicht als Freund und Freundin.«

»Und warum hab ich dann geheult?«, erwiderte ich.

»Weil das, was du denkst, und das, was du fühlst, nicht immer dasselbe ist«, sagte Miranda.

»Wow!«, staunte ich. »Woher weißt du so viel über diesen Kram?«

»Hey, ich bin schließlich 'n Mädchen«, sagte Miranda. »Und außerdem guck ich 'ne Menge Filme.«

»Und was soll ich jetzt machen?«‹

Wieder schien Miranda eine Ewigkeit für ihre Antwort zu brauchen. »Ist 'ne harte Nuss. Tristan ist 'n ziemlicher Aufreißer, aber wenn Imogen mit ihm rumhängen will, hat sie jedes Recht dazu. Und wahrscheinlich tut er ihr leid, nach all dem, was er durchgemacht hat.«

Verräterin, dachte ich. Das war definitiv nicht das, was ich hören wollte.

Miranda sprach weiter. »Und was Imogen und dich betrifft,

kann es gut sein, dass du erst aufhören musst, ihr bester Freund zu sein, bevor du ihr Freund werden kannst.«

Wieder entfuhr mir ein staunendes »Wow!«.

»Mädchen, denk dran«, sagte Miranda. »Plus Filme.«

DURCHBRUCHSPIZZA

»Dom!«, brüllte Coach Sheeds durch ihr Megafon. »Was zum Donnerwetter veranstaltest du da draußen?«

Nachdenken, das veranstaltete ich. Der Klotztop hatte, trotz seiner mehr als beeindruckenden Fähigkeiten, eine entscheidende Schwachstelle: die Reichweite.

Ich hatte inzwischen herausgefunden, dass der weiteste Umkreis, innerhalb dessen er sich in Netzwerke hacken konnte, tatsächlich bei ungefähr zwei Kilometern lag. Der Sicherheitszaun rund um das Diablo Bay Atomkraftwerk befand sich jedoch mindestens fünf Kilometer vom Transformator entfernt. Ich musste irgendwie diesen Zaun überwinden. Aber wie zum Donnerwetter – danke, Coach – sollte ich das anstellen? Mich drunter durchgraben? Oder obendrüber fliegen?

»Dom, gib mal 'n bisschen Stoff!«, megafonte Coach Sheeds. »Du bist auf 'ner Fünfundsechziger!«

Wir waren mit etwas beschäftigt, das der Coach »anaerobes Training« nannte.

Vierhundert Meter in fünfundsechzig Sekunden, dann zweihundert Meter joggen, dann wieder vierhundert Meter in fünfundsechzig Sekunden und so weiter.

Bedauerlicherweise bekommt das Gehirn beim anaeroben Training nicht die Portion Sauerstoff, die es eigentlich braucht, sodass man nicht allzu klar denken kann.

Daher ließ ich es langsam angehen und lief aerob, indem ich den Sauerstoff von meinen sauerstoffhungrigen Muskeln in mein sauerstoffhungriges Hirn umleitete.

Und Coach Sheeds war damit alles andere als zufrieden.

»Dom, ich sagte, gib Stoff!«

Ich folgte der Aufforderung, ich gab Stoff, verlängerte meine Schritte.

Was bedeutete, dass mit dem Nachdenken erst mal Schluss war.

Als ich kurz darauf Rashid in der Kurve überholte, sagte er: »Pizza!«

Und wann immer Rashid »Pizza« sagte, klang das für mich genauso, wie ich mir vorstellte, dass ein Vampir »Blut« sagen würde.

»Pizza!«, bestätigte ich und versuchte dabei, Rashids Leidenschaft nachzuahmen, doch es klappte nicht. Ich mochte Pizza, aber ich war nicht versessen auf Pizza, und das merkte man, denn mein »Pizza« war nicht mal entfernt so vampirisch wie Rashids.

Wir duschten, zogen uns um und marschierten in den Doug-Bonthron-Raum, benannt nach Charles' Großonkel, der Bronze über die Meilendistanz bei den Commonwealth Games in Auckland gewonnen hatte. Die Wände waren mit Ehrentafeln bedeckt, und in den Vitrinen standen haufenweise Pokale. Auch hier dominierte der Name Bonthron. Ich fragte mich, ob Charles wohl jemals diesen Druck spürte, den Drang, dafür zu sorgen, dass der Graveur niemals vergaß, wie man »Bonthron« buchstabierte.

Mr Cranbrook, unser Direktor, war bereits da. Glänzender Anzug. Glänzendes Gesicht. Er hielt eine reichlich gezierte Ansprache über die großartige Tradition des Mittel- und Langstreckenlaufs an unserer Schule. Sprach über das, was wir schon erreicht hatten. Und über das, was wir noch erreichen würden.

Während er uns erklärte, dass die Queensland-Meisterschaft eine fantastische Gelegenheit sei, um, und ich zitiere, »das Markenprofil unserer Schule zu schärfen«, fing Charles meinen Blick auf, und wir grinsten uns an. Nachdem der Direktor mit seiner Ansprache fertig war, kam Coach Sheeds an die Reihe.

Es gab keins ihrer typischen Hakuna Matatas. Kein »Der Schmerz ereilt alle, das Leiden nur den, der es ruft«.

Sie wirkte ungewöhnlich nervös. Vielleicht war an den Kabinengerüchten was dran: Sollte sie diese Saison keine Resultate vorweisen können, würde Coach Sheeds nach allen Regeln der Kunst abserviert werden.

Kaum war sie mit ihrer Rede fertig, klopfte es an der Tür.

»Pizza!«, sagte Rashid.

»Blut!«, sagte Dracula.

Er hatte recht, die Tür ging auf, und herein kamen drei Pizzaboten, bekleidet mit den blau-gelben Uniformen von Big Pete's Pizza, in Händen die blau-gelben Big-Pete's-Pizza-Kartons.

Ein käsiger, hefiger Duft erfüllte den Raum.

»Los geht's«, sagte Rashid mit gefletschten Reißzähnen.

Doch ich rührte mich nicht.

Denn plötzlich kapierte ich, dass ich jetzt wusste, wie zum Donnerwetter ich es anstellen würde, auf die andere Seite dieses Sicherheitszauns zu kommen.

DIE GEISSELN DER ERDE

Die Geißeln der Erde machten mir Sorgen.

Ich hatte ein paar Nachforschungen angestellt und herausgefunden, dass Imogen recht gehabt hatte: Die Initiative hatte tatsächlich die Verantwortung übernommen für die »Befreiung« von zwanzigtausend Legebatteriehühnern aus einer Farm in der Nähe von Ballina.

LASST HENNEN LAUFEN, hatten sie in zwei Meter hohen, blutroten Buchstaben auf eine Seite des gigantischen Stalls gesprayt.

Dass der Großteil der befreiten Hennen anschließend von Wildkatzen gefressen worden oder in Bächen ertrunken oder von Autos platt gefahren worden war, hatte die Geißeln der Erde anscheinend nicht weiter gestört. Die Hennen waren gelaufen. Jedenfalls für eine Weile.

Die Geißeln waren außerdem dringend verdächtig, noch in mehrere andere Fälle von Öko-Terrorismus verwickelt zu sein, obwohl sie dafür nicht offiziell die Verantwortung übernommen hatten. Da war der Brandbombenanschlag auf die Büros einer Exportfirma, die mit lebenden Schafen gehandelt hatte. Da war das

Versenken eines japanischen Langleinenfischereischiffs, das in Cairns Harbour vor Anker gelegen hatte. Und schließlich war da die Sabotage von Holzerntemaschinen in Far North Queensland, bei der ein schlafender Holzarbeiter in der Kabine eines Planierers, den die Angreifer in die Luft gejagt hatten, schwer verletzt worden war.

Wir haben eine Reggae-Band bei uns an der Schule. Die Typen sind grauenhaft schlecht – ich finde, zum Reggaespielen sollte man eine Lizenz brauchen, und diese Lizenz sollte a) verflucht teuer und b) verflucht schwer zu kriegen sein –, aber sie haben einen tollen Namen: Die Rücksichtslosen Fanatiker.

Na ja, und genau das schienen mir auch die Geißeln der Erde zu sein: rücksichtslose Fanatiker. Und sie machten mir Sorgen. Denn falls sie tatsächlich das Stromnetz lahmlegen wollten, dann würden sie dabei sicher nicht zimperlich vorgehen. Nicht bei einer solchen Hennenbefreiungs- und Holzarbeiterverstümmelungs-Vorgeschichte.

Ich fand ihre Nummer auf einer Website und schnappte mir mein Telefon.

»Guten Tag«, meldete sich eine Frau mit englischem Akzent. »Geißeln der Erde.«

»Ich rufe an wegen der kommenden Earth Hour«, sagte ich.

»Nun, das ist keine Aktion von uns«, antwortete sie. »Obwohl wir sie natürlich unterstützen.«

Ich lenkte unser Gespräch auf das Thema Legehennen, und wie sich schnell zeigte, war das etwas, bei dem die Frau sich leidenschaftlich gut auskannte.

»Wo genau ist denn Ihr Büro, falls ich mal vorbeikommen möchte, um mir ein paar Materialien abzuholen?«, schaffte ich es irgendwann zu fragen.

»Das meiste davon steht online«, antwortete sie.

»Papier ist mir irgendwie lieber«, gab ich zurück. »Meine Freunde halten mich deswegen schon alle für hoffnungslos altmodisch.«

»Wir sitzen in Nimbin. In der kleinen Einkaufsgalerie neben der Hanf-Botschaft.«

»Klasse«, erwiderte ich und legte auf.

Sie hatte so ruhig geklungen, so vernünftig, weder rücksichtslos noch fanatisch, und ich sagte mir, dass ich mir wegen nichts Sorgen machte.

Doch dann erinnerte ich mich wieder an das, was Imogen mir erzählt hatte, und in meinem Kopf lief ein Film ab: ein im Funkenregen kippender Hochspannungsmast, das Stromnetz tagelang lahmgelegt.

Ich drückte auf Wahlwiederholung und hoffte, dieses Mal würde der Mann rangehen, von dem Imogen gesprochen hatte.

Aber es war wieder die Frau mit dem englischen Akzent.

»Hi, ich bin's noch mal«, sagte ich, nur um anschließend all das wiederzukäuen, was sie mir schon vor ein paar Minuten über die Sittenwidrigkeit der Käfighaltung von Hennen verklickert hatte.

Irgendwann unterbrach sie mich, noch immer in diesem ruhigen, vernünftigen Ton: »Sagen Sie mal, Sie sind doch nicht etwa 'n Cop oder so was?«

»Nein, definitiv kein Cop«, antwortete ich, auch wenn mir sofort in den Sinn kam, dass ich mich vielleicht besser wie einer verhalten sollte.

Wenn die Polizisten im Fernsehen einen Verdächtigen in die Mangel nahmen, kamen sie manchmal ganz unvermittelt zur Sache und fragten geradeheraus, ob er der Mörder oder Vergewaltiger oder was auch immer sei.

»Hätten Sie gern eine Tasse Tee?« Unmittelbar gefolgt von: »Haben Sie Daphne McFadden getötet?«

Also beschloss ich, genau diese Taktik mal auszuprobieren.

»Eigentlich will ich bloß wissen, ob Ihre Organisation vorhat, während der kommenden Earth Hour das Stromnetz lahmzulegen«, sagte ich.

Eine Pause folgte, dann antwortete die Frau: »Wie ich Ihnen bereits gesagt habe, unterstützen wir die Aktion zwar, haben ansonsten aber nichts damit zu tun.«

Die Stimme klang immer noch ruhig und vernünftig, doch irgendetwas an ihr war jetzt anders, und ich wusste sofort, dass die Frau log. Keine Ahnung, woher, ich wusste es einfach.

Mir blieb keine Wahl – am nächsten Tag würde ich mich nach Nimbin begeben müssen, in die kleine Einkaufsgalerie neben der Hanf-Botschaft.

DIE UNSCHWÄNZBARE SCHULE SCHWÄNZEN

Am nächsten Morgen, als Mom Toby und mich vor der Schule absetzte, gab ich ihr einen Kuss auf die Wange und schloss mich dem Gedränge der Schüler an, die auf das Eingangstor aus hochfestem Stahl mit der Traube von Sicherheitskameras darüber zustrebten.

War man erst einmal durch das Tor und im Innern der stolzen Mauern, kam man nicht einfach so ohne Weiteres wieder nach draußen. Es sei denn, man ging auf irgendeine Exkursion oder es hatte um zwanzig nach drei zum Schulschluss geläutet. Die Coast Boys Grammar School brüstete sich schon seit Urzeiten mit ihren Sicherheitsvorkehrungen, damit, unschwänzbar zu sein, die einzige Schule zu sein, »die kein Schüler schwänzen kann«.

Und seit Jason Walker sich unbedingt hatte kidnappen lassen müssen, waren die Überwachungsmaßnahmen sogar noch verstärkt worden. Seitdem gab es pro Schicht ganze sechs Wachleute oder, wie die Schulverwaltung sie bevorzugt nannte, SSOs (Schüler-Sicherheits-Offiziere): zwei am Eingang, zwei an der großen Haltebucht, dort wo die Schüler abgesetzt wurden, und weitere zwei, die dazwischen hin- und herpendelten.

Trödelnd wartete ich, bis Mom wieder losgefahren war. Ich ließ sogar Toby an mir vorbeischlurfen.

Jetzt konnte ich meinen Plan in die Tat umsetzen. Verzweifelt tastete ich meine Taschen ab und rief: »Oh nein, ich hab mein iPhone vergessen!«

Ich war zwar ziemlich sicher, dass mein kleiner Auftritt mir keine Hauptrolle im nächsten Schultheaterstück einbringen würde – dem Himmel sei Dank –, aber er lieferte mir die Ausrede, die ich brauchte, um kehrtzumachen und zurück Richtung Straße zu laufen, wo gerade ein grauer Mercedes in die Haltebucht rollte.

Die hintere Tür wurde geöffnet, und Charles stieg aus. Unsere Blicke trafen sich, und er machte Anstalten, irgendetwas sagen, doch ich legte einen Finger auf meine Lippen. *Psst!* Er verstand, schnappte sich ohne ein Wort seine Tasche vom Rücksitz und machte sich auf den Weg zum Tor.

Ich duckte mich hinter den Wagen, einigermaßen sicher, dass die SSOs mich nicht gesehen hatten. Jetzt kam der knifflige Teil: Ich musste auf die andere Seite des Gold Coast Highway hinüber, was bedeutete, ganze vier Fahrspuren zu überqueren. Und zwar so, dass ich kein einziges Mal angehupt wurde, dass es keine quietschenden Bremsen gab, keinen scheußlichen Aufprall von Metall auf menschliches Fleisch, nichts, was die Aufmerksamkeit der SSOs erregte oder das Ausrücken eines Notarztwagens erforderte.

An diesem Morgen floss der Berufsverkehr zügig und dicht; wenn ich auf eine komfortable Lücke warten wollte, würde ich in einer Stunde noch immer dort stehen.

Auf die Plätze!, sagte ich mir, eine imaginäre Starterpistole in meiner Hand.

Fertig!

Los!

Als Mittelstreckler hatte ich vermutlich nicht den allerexplosivsten Start, doch die erste Fahrspur ließ ich mit Leichtigkeit hinter mir. Die zweite war etwas schwieriger, weil sich ein Bus näherte und ich mich im Bruchteil einer Sekunde entscheiden musste, ob ich noch vor ihm hinüberlief oder wartete, bis er an mir vorbei war. Ich entschied mich für Ersteres und erntete zu meinem Glück kein verärgertes Hupen. Jetzt kam der Verkehr aus der anderen Richtung. Ich musste anhalten, denn auf der dritten Spur fuhr alles Stoßstange an Stoßstange.

Wenn ich einfach hier stehen blieb, würde mich bald irgendwer abräumen.

Ich musste weiter.

Plötzlich entdeckte ich zwischen einem riesigen Allrad-Monster und einem Betonmischer-Lkw eine Lücke.

Die gehört mir, dachte ich.

Ich raste hinein, hetzte hindurch, und mein Schwung trug mich bis auf die vierte und letzte Spur. Wo ein Motorrad, der Sturzhelm des Fahrers voll gelbroter Flammen, auf mich zuschoss, mich fast erreicht hatte.

Keine Bewegung, befahl ich mir. *Lass ihn dir ausweichen.*

Ich blieb ruckartig stehen, kniff die Augen zu und machte mich so klein und so unüberfahrbar wie möglich.

Swuusch!

Das Motorrad rauschte haarscharf an mir vorbei.

Ich riss die Augen wieder auf und sprintete auf den Gehsteig, in eine Seitenstraße und in einen Park. Kleinkinder ließen sich auf den Schaukeln anschubsen, andere rutschten die rutschigen Rutschen hinunter, während ihre Mütter – und auch einige Väter – milchigen Kaffee aus Pappbechern tranken.

Es folgte die erste Panne bei der Ausführung meines Plans: Die öffentliche Toilette, die ich mir so unglaublich clever auf Google Earth ausgeguckt hatte, um mich darin umzuziehen, war abgeschlossen. Ich konnte mir hier ja wohl schlecht unter freiem Himmel die Klamotten vom Leib reißen, nicht vor den ganzen Kleinkindern. Ich stellte mir den Chor der Entrüstung vor. »Anmach-Alarm! Anmach-Alarm! Anmach-Alarm!«, würden die Eltern brüllen und dabei ihre Latte macchiatos verschütten.

Also krabbelte ich ins Gebüsch. Wie sich schnell zeigte, war ich mit Sicherheit nicht der Erste, der auf diese Idee kam, denn es lagen dort alle möglichen Dinge herum, von ekelhaft bis zu echt ekelhaft. Ich ignorierte sie, schälte mich aus meiner Schuluniform und streifte mir eine No-Name-Shorts und ein No-Name-T-Shirt über – ich wollte so unauffällig aussehen, wie es nur ging. Dann entfernte ich mich wieder aus dem Gebüsch mit seinen echt ekelhaften Innereien, setzte mich auf eine Bank und zog den Klotztop aus meiner Schultasche.

»Öffnen«, befahl ich, worauf er sofort reagierte und aufsprang.

Verfügbare Drahtlosnetzwerke, stand auf dem oberen Teil des Bildschirms.

GRAMMARNET war der Name, der mich interessierte, also tippte ich zweimal darauf.

Wie erwartet, war das Netzwerk gesichert. Augenblicklich erschien der Passwortknacker, und das rote Teufelchen führte seinen teuflisches Tänzchen auf, während unter ihm die Zeile *Passwort wird geknackt* ... blinkte.

Nach ungefähr fünfzehn Sekunden fing das Teufelchen an zu grinsen, und die Zeile verwandelte sich in *Passwort wurde geknackt.*

Bei einer so großen Schule war es nicht weiter verwunderlich, dass jede Menge Computer mit dem Netzwerk verbunden waren. Die Liste war allerdings alphabetisch sortiert, sodass ich nicht allzu lang brauchte, um nach unten zu scrollen und den Laptop von Mr Travers zu finden. Ich konnte meinen Lehrer beinahe vor mir sehen, wie er an seinem Pult hockte und mit raumluftzersetzender Stimme die Namen der Schüler vorlas.

»Albrechtson?«

»Hier, Sir.«

»Betts?«

»Hier, Sir.«

Als ich seinen Desktop vor mir hatte, sah ich, dass Facebook geöffnet war. Ah, deshalb also war er im Unterricht ständig an seinem Rechner zugange! Und außerdem sah ich das offene Programmfenster der computergestützten Anwesenheitsliste, in dem bereits neben jedem Namen ein digitales Häkchen gesetzt war, mit Ausnahme von meinem. Ich tippte mit dem Finger auf die noch leere Box, und zack, erschien dort ein Häkchen. Und zwar gerade noch rechtzeitig, denn kaum einen Wimpernschlag später leuchtete der Daten-absenden-Button auf. Die Liste, die im nächsten Moment auf einen Computer im Sekretariat geladen wurde, zeigte jetzt an, dass ich trotz meines leeren Stuhls in der Schule war. Was bedeutete, dass nun keine automatische SMS – *Wie unsere Anwesenheitskontrolle ergeben hat, ist Ihr Sohn Dominic Silvagni am heutigen Tag nicht zum Unterricht erschienen. Wir bitten Sie schnellstmöglich um eine Erklärung.* – an die Handys meiner Eltern geschickt werden würde. Ich verstaute den Klotztop, warf mir meine Tasche über die Schulter und marschierte los.

Ich glaube, ich habe so ziemlich alle James-Bond-Filme gesehen, die es gibt, und bei keiner einzigen seiner Missionen hat 007 je eine To-do-Liste aus seinem Jackett gezogen.

Das Einzige, was man ihn tun sah, war das wahnsinnige, spektakuläre Zeug – und gelegentlich das sexy Zeug –, aber nie das alltägliche Zeug wie Einkaufengehen bei Coles, oder dass er sein Auto in die Werkstatt brachte oder vor Wut schnaubte, weil der Apparat, den er bei eBay erstanden hatte, nicht die leiseste Ähnlichkeit mit dem Produktfoto aufwies.

Andererseits hatte er natürlich seinen Stab von Gehilfen, um all das für ihn zu erledigen.

Aber ich hatte keine Miss Moneypenny. Keinen Q. Und definitiv keine Lizenz zum Töten.

Also zog ich ein gefaltetes DIN-A4-Blatt aus meiner Tasche – meine To-do-Liste.

Uniform, hieß der erste Punkt.

Ich schnappte mir mein Smartphone und wählte eine Nummer.

»Hallo, Big Pete's Pizza. Darf ich Ihre Bestellung aufnehmen?«

Sie klang asiatisch, allerdings irgendwie asiatisch-mit-amerikanischem-Akzent asiatisch.

»Ich möchte eigentlich gar keine Pizza bestellen«, sagte ich.

»Wir haben auch eine ganze Reihe von Nicht-Pizza-Gerichten auf unserer Karte, Sir«, erwiderte sie. »Und falls Gluten das Problem ist, kann ich Ihnen unseren leckeren neuen glutenfreien Pizzateig anbieten.«

»Nein danke, ich möchte wirklich gar nichts bestellen, sondern hab bloß eine Frage zu Ihren Uniformen.«

»Unseren Uniformen?«

»Genau, also, wir haben da diese Kostümsache an der Schule«, legte ich mir aus dem Stand eine Geschichte zurecht. »Und ich würde mich gerne als Pizzabote verkleiden. Und da wollte ich einfach mal fragen, ob ich eine von Ihren Uniformen kaufen kann.«

»Warten Sie einen Moment«, sagte die Frau, und dann hörte ich alle möglichen Geräusche.

»Entschuldigung, sind Sie noch dran?«, erkundigte ich mich nach einer Weile.

Ihre asiatisch-aber-irgendwie-amerikanische Stimme drang wieder aus dem Hörer. »Ich musste nur kurz mein Shirt ausziehen, um aufs Label zu gucken, Sir.«

Jetzt fühlte ich mich wie irgend so ein Perversling, einer von der Sorte, die bei Pizzerien anruft und weibliche Angestellte dazu bringt, ihre Shirts auszuziehen.

»Der Hersteller heißt Acme Uniforms, Sir«, sagte sie.

»Ernsthaft? Acme? Wie in den Road-Runner-Cartoons?«

»So steht's auf dem Label, Sir.«

Ich bedankte mich herzlich, googelte »Acme Uniforms« auf meinem Smartphone und hielt ein Taxi an.

Acme Uniforms war leicht zu finden; das große, lagerhallenartige Firmengebäude lag nur einen Steinwurf vom Gold Coast Highway entfernt. Um einiges schwieriger war es, einen Weg zu finden, um in das große, lagerhallenartige Firmengebäude hineinzukommen.

Schließlich fand ich ihn: in Form einer unscheinbaren Tür an der Rückseite.

Ich öffnete sie und stand in einem kleinen, mit Glaswänden unterteilten Büro.

Eine Frau, deren aufgetürmtes Haar von zwei Dingern zusammengehalten wurde, die verdächtig nach Essstäbchen aussahen, saß mit dem Rücken zu mir an einem Schreibtisch und tippte irgendetwas in einen uralten Computer.

»Was kann ich für dich tun, Schätzchen?«, fragte sie, ohne von ihrem Bildschirm aufzusehen.

»Ich würde gern eine Big-Pete's-Uniform kaufen«, antwortete ich.

»Big Pete versorgt seine Angestellten stets eigenhändig mit ihren Uniformen«, sagte sie, und dann, mit einer ordentlichen Portion Sarkasmus: »Hat 'n Herz so groß wie 'n Kürbis, unser Big Pete.«

Sie hatte sich immer noch nicht zu mir umgedreht. Doch dann merkte ich, dass ich ihr Spiegelbild auf einer der gläsernen Trennwände sehen konnte. Was bedeutete, dass sie auch mein Spiegelbild sehen konnte.

Die Geschichte mit der Kostümsache in der Schule, wo ich als Pizzabote auflaufen wollte, hatte bei der Frau am Telefon funktioniert – sie hatte sogar ihr Shirt ausgezogen, oder etwa nicht? –, aber ich hatte den leisen Verdacht, hier würde die Story nicht ziehen.

Ich musste mir irgendwas anderes einfallen lassen, irgendwas, mit dem ich mir den Umstand zunutze machte, dass diese Frau den kürbisherzigen Big Pete offenbar für einen Geizkragen hielt.

Also erzählte ich ihr, dass mein älterer Bruder bei Big Pete's arbeiten würde und dass er sich seine Uniform heftig mit Tinte bekleckert hätte, als er mir dabei half, die Patrone an meinem Drucker nachzufüllen, und dass seine Uniform jetzt komplett ruiniert wäre und dass Big Pete meinen Bruder garantiert rausschmeißen würde, wenn er davon erfahren würde, und dass wir dann nicht mehr genügend Geld hätten, um die Medikamente zu kaufen, die meine kranke Mutter so dringend bräuchte.

Die Frau betrachtete mein Spiegelbild eine gefühlte Ewigkeit lang, bevor sie sagte: »Welche Kleidergröße hat denn dein Bruder?«

»Ungefähr meine, schätze ich.«

»Na, wieso überrascht mich das nicht?« Die Frau erhob sich von ihrem Stuhl, dann verschwanden sie und ihre Essstäbchen durch eine Tür.

Würde sie jetzt den Geschäftsführer anrufen? Oder den Sicherheitsdienst? Oder am Ende sogar den Geizkragen höchstpersönlich, Big Pete?

Doch kurz darauf hörte ich irgendwas leise rascheln, und die Frau kam zurück, mit einer in Folie verpackten Uniform in der Hand.

Sie warf das Paket auf den Empfangstresen.

»Bitte sehr«, sagte sie. »Ich nehme an, dass jemand, der so verzweifelt ist, mit 'ner dermaßen wirren Geschichte ums Eck zu kommen, sich 'ne Belohnung verdient hat.«

»Wie viel macht das?«, fragte ich.

Die Frau winkte ab. »Versprich mir bloß, dass du in dem Ding keine Bank ausraubst«, sagte sie und schlenderte zu ihrem Schreibtisch zurück. »Sonst grillen die mich auf ganz großer Flamme.«

Ich schnappte mir das Paket, stopfte es in meine Schultasche und machte, dass ich wegkam, bevor sie sich die Sache noch mal überlegte.

Dann checkte ich die To-do-Liste, die, die James Bond nie benutzte. Der zweite Punkt darauf lautete: *Mehr Übung auf Mrad.*

Sicher, ich war mit dem Roller bereits bis hinauf in die Hügel und wieder zurück gefahren – allerdings in reichlich gemächlichem Tempo.

Ich wollte noch ein bisschen mehr üben, besonders wie man eine Hochgeschwindigkeitsflucht hinlegte.

Also hielt ich erneut ein Taxi an und ließ mich vor einer Spielhalle in Surfers absetzen.

Nachdem ich dem buchstäblich tierisch behaarten Mann hinter dem Tresen einen Fünfzig-Dollar-Schein übergeben hatte, sagte ich: »Zwei-Dollar-Münzen, bitte.«

Er hielt den Schein gegen das Licht und prüfte ihn gründlich von allen Seiten.

Offenbar war ihm der verwunderte Ausdruck in meinem Gesicht nicht entgangen, denn er brummte: »Du siehst aus wie 'ne ehrliche Haut, aber in letzter Zeit hatten wir hier 'n paar fragwürdige Scheinchen.«

»Fälschungen?«

»Wenn man die Fetzen mal bloß so nennen könnte – die meisten davon sind nix weiter als Fotokopien. Echt erbärmlich, diese Kriminellen heutzutage.«

Er reichte mir eine Rolle Münzen, und ich ging zum Motorrad-Simulator hinüber.

Ich legte mich mal in Links-, mal in Rechtskurven. Ich beschleunigte und beschleunigte und beschleunigte. Und allmählich hatte ich den Bogen raus, wie man mit hoher Geschwindigkeit fuhr. Mit meiner allerletzten Münze schaffte ich es sogar, beim Italien-Grand-Prix hinter dem großen Valentino Rossi Zweiter zu werden.

Als ich, ziemlich zufrieden mit mir, die Spielhalle wieder verließ, hörte ich den tierisch behaarten Mann knurren: »Du willst mich doch wohl verscheißern!«

Ich drehte mich um. Am Tresen stand ein schäbig aussehender Teenager, dem der haarige Mann einen Geldschein dicht vor die Nase hielt.

»Wasnlos?«, erwiderte der Junge. »Is doch 'n astreiner Fuffie!«

»Der ist auf einer Seite knallweiß, du Fritte!«, polterte der Haarige, lehnte sich über den Tresen und verpasste dem Jungen eine mächtige, sehr mächtige Ohrfeige.

Der Teenagerschädel klappte zur Seite, dann fiel der Bursche der Länge nach um.

Im selben Moment ging mir auf, dass es Brandon war, der Typ aus dem Krankenhaus, der Typ, den Mom kannte.

Für einen kurzen Moment überlegte ich, ihm zu helfen, aber ich entschied mich dagegen – ich hatte noch eine Menge zu tun.

Draußen zog ich wieder mein Blatt Papier aus der Tasche.

Der letzte Punkt auf der Liste hieß *G der E.*

War es tatsächlich nötig, dass ich mich auf den Weg nach Nimbin machte?

Ich meine, würde James Bond sich etwa auf den Weg nach Nimbin machen?

Nein, natürlich nicht. Er würde sich auf den Weg in die Schweiz machen oder nach Tansania oder nach Monaco, jedenfalls an einen Ort, wo das Ambiente um Längen kinotauglicher war.

Aber andererseits war ich ja nicht James Bond. Nicht mal annähernd. Also marschierte ich los Richtung Busbahnhof.

Vor ein paar Wochen hatte ich mich dort mit Zoe in der Cafeteria getroffen, aber davon mal abgesehen war ich bisher noch nie in dem Gebäude gewesen.

Warum auch?

Wenn meine Familie irgendwohin musste, fuhren wir entweder mit dem Auto oder wir flogen. Langstreckenbusse waren was für, na ja, andere Leute. Und in der riesigen Halle wimmelte es jetzt nur so von diesen, na ja, anderen Leuten, die aus Bussen ausstiegen, in Busse einstiegen, auf Busse warteten. Sie aßen Junkfood aus Styroporverpackungen. Sie zogen bis zum Platzen vollgestopfte Koffer auf wackligen Rädchen hinter sich her. Sie lagen ausgestreckt auf dem Boden, mit dem Rucksack als Kopfkissen, schliefen in einer muffigen Wolke aus Körperausdünstungen. Und pausenlos plärrten Durchsagen aus den Lautsprechern über Busankünfte und Busabfahrten.

Ja, es gab einen Haufen Gründe, weshalb man den Busbahnhof einfach mögen musste.

Und mir kam der Gedanke, dass der Clan mir mit einer Sache sogar einen Gefallen getan hatte: Er hatte mich an Orte geführt, die ich sonst nie betreten hätte. Aufregende Orte, coole Orte, wie diesen hier.

»Ein Hin- und Rückfahrtticket nach Nimbin, bitte«, sagte ich zu dem Mann mit dem Zungenpiercing, der hinter dem Schalter stand.

»Hier hat's keinen Bus nach Nimbin«, erwiderte er.

»Hat's nicht?«, fragte ich.

»Nein, nicht direkt. Du müsstest rüber nach Byron und dort dann umsteigen. Aber da hat's 'ne Stunde Wartezeit.«

Der Mann konnte mir meine Enttäuschung offenbar vom Gesicht ablesen, denn er fuhr fort: »Wie wär's mit Trampen?«

»Bitte?«

»'ne Menge Leute steigen drüben am Pacific Highway aus, bei der Ausfahrt. Und dann halten sie den Daumen raus, alles klar? Von da kriegt man immer 'ne Mitfahrgelegenheit bis nach Nimbin – Hippie-Kaff eben.«

»Ist das nicht gefährlich?«, fragte ich und wünschte mir im selben Moment, ich hätte es gelassen, weil ich wie ein Waschlappen klang.

»Tja, hab jedenfalls nix gehört, dass da irgendwer abgemurkst wurde«, antwortete er und fügte hinzu: »In letzter Zeit wenigstens.«

»Okay«, sagte ich. »Dann einmal hin und zurück zu dieser Ausfahrt.«

»Wär günstiger, wenn du nur die einfache Fahrt nimmst«, wandte er ein.

»Wieso das?«

»Bloß für den Fall, dass dich doch einer abmurkst«, sagte er und verzog keine Miene. »Dann hättest du ja die Rückfahrt umsonst bezahlt.«

Doch im nächsten Moment fing er an zu grinsen.

»Kumpel, du hättest grade mal echt dein Gesicht sehen sollen! Absolut unbezahlbar!«, kicherte er. »Hör zu, kann gut sein, dass du in Nimbin irgendwen auftreibst, der dich zurück an die Coast bringt. 'ne Menge Leute von hier fahren da runter, um ihre Einkäufe zu erledigen, wenn du verstehst, was ich meine. Und wenn du niemanden findest, kannst du das Ticket ja dann einfach im Bus kaufen.«

Schließlich befolgte ich seinen Rat und entschied mich für die einfache Strecke zur Highway-Ausfahrt. Ich saß neben einem jungen japanischen Backpacker, der mich fragte, ob er sein Englisch an mir ausprobieren dürfe.

»Klar«, antwortete ich, »wenn ich dafür mein Jiu-Jitsu an dir ausprobieren darf.«

Er kapierte den Witz nicht so recht, und nach ungefähr einer Stunde wurde es ziemlich anstrengend, jemanden neben sich sitzen zu haben, der sein Englisch an einem ausprobierte, sodass ich erleichtert war, als der Bus endlich anhielt, der Fahrer verkündete: »Ausfahrt nach Nimbin«, und ich aussteigen konnte.

Ich stellte mich unter das Schild, auf dem *Nimbin 47 km* stand, und streckte den Daumen aus, und schon der erste Wagen, der vorbeikam, ein Hilux Pick-up mit einem aufgeregt kläffenden Kelpie im Heck, stoppte neben mir.

»Wo soll's hingehen?«, fragte der Fahrer.

»Nimbin«, sagte ich und kam mir von Kopf bis Fuß vor wie ein profimäßiger Tramper.

»Na, meine Farm ist zwar bloß 'ne Handvoll Kilometer die Straße runter, aber ich schätze, jedes kleine Stück zählt«, erwiderte er.

»Logisch«, sagte ich und stieg ein.

Fünfzehn Minuten später stand ich wieder mit ausgestrecktem Daumen am Straßenrand, doch diese Stelle war um einiges abgeschiedener als die letzte. Der dichte Regenwald zu beiden Seiten ragte über die Fahrbahn und bildete über mir ein geschlossenes Kronendach. Außerdem war die Luft feucht und schwül und angefüllt mit einer bunten Auswahl an fremdartigen, beunruhigenden Regenwaldgeräuschen: Schnalzen und Grunzen und Krächzen. Allmählich begann ich die Jedes-kleine-Stück-zählt-Theorie des Macadamia-Bauern ernsthaft in Zweifel zu ziehen.

Autos fuhren an mir vorbei, eine ganze Menge sogar, bis schließlich eins bremste. Ein pausbäckiger Teenager mit Sommersprossen und roten Haaren lehnte sich aus dem Fenster und fragte: »Willste wohin, Kollege?«

»Klar«, sagte ich.

»Dann trink 'n Red Bull!«, rief er und raste mit seiner Karre davon.

Dämlicher Feuermelder.

Weitere Autos fuhren vorbei, und ich fing gerade an, mich zu fragen, ob ich nicht besser versuchen sollte, irgendwie zurück zum Pacific Highway zu kommen, als ein alter Holden-Kombi neben mir auf dem Randstreifen hielt.

Dem Himmel sei Dank, dachte ich.

»Wo soll's denn hingehen?«, fragte der Mann auf dem Beifahrersitz.

Er war ungefähr Mitte dreißig, womöglich ein bisschen älter, und hatte ein hartes, gemeines Gesicht.

»Nimbin«, sagte ich.

»Na, da hast du Glück«, erwiderte er, während seine Augen zwischen meiner Tasche und mir hin- und herzuckten. »Spring rein.«

Ich näherte mich dem Wagen und machte die Rücksitztür auf. Jetzt konnte ich auch den Fahrer sehen. Sein Gesicht war so sanft, wie das seines Beifahrers hart war, so freundlich, wie das des andern gemein.

»Viel zu heiß, um da draußen rumzustehen«, sagte er und lächelte mich an.

Als ich mich ans Einsteigen machte, witterte ich abgestandenen Zigarettenrauch. Witterte abgestandenen Schweiß. Und witterte Gefahr.

Was auch immer du tust, steig auf keinen Fall in diesen Wagen, sagte ein Teil von mir.

Aber ein anderer Teil sagte: *Du bist ein mitten im Nirgendwo gestrandeter Anhalter, und genau das hier tun mitten im Nirgendwo gestrandete Anhalter eben, sie steigen in wildfremde Autos.*

»Wenn sie dich stören, kannst du die Sachen da auf dem Sitz auch ganz einfach zur Seite räumen, Kleiner«, sagte der Fahrer.

»Wissen Sie was?«, sagte ich und machte die Tür wieder zu. »Ich hab's mir noch mal überlegt, und ich glaube, ich werd doch lieber zurück nach Byron trampen. Aber trotzdem vielen Dank.«

Damit lief ich auf die andere Straßenseite, reckte den Daumen nach oben und flehte mit aller Willenskraft einen Wagen herbei.

Der Holden-Kombi rührte sich nicht vom Fleck, und aus dem Augenwinkel konnte ich erkennen, dass der Fahrer mich beobachtete.

Der Regenwald machte noch mehr Lärm als zuvor: mehr Schnalzen, mehr Grunzen, mehr Krächzen. Ich wünschte mich zurück an die Gold Coast, zurück nach Halcyon Grove, in den

Schutz der gewaltigen Steinmauern mit Klingendraht obendrauf. Okay, die Sturmhaubentypen hatten einen Weg hineingefunden, aber Samsoni würde auf keinen Fall zulassen, dass zwei Kerle wie diese hier in die Anlage kämen. Auf keinen Fall. Und wenn doch, so würde er jeden einzelnen ihrer Schritte auf den unzähligen Überwachungsmonitoren verfolgen.

Der Kombi kroch Stück für Stück vorwärts, rollte auf den Asphalt, fuhr langsam in Richtung Nimbin.

Dem Himmel sei Dank, dachte ich wieder.

Dann wendete er, beschleunigte und hielt geradewegs auf mich zu.

Ein guter Wettkampfläufer muss nicht nur schnell laufen können, sondern auch in der Lage sein, unter Hochdruck Entscheidungen zu treffen: Wann stecke ich zurück, wann teile ich aus.

Ich schätzte, dass mir ungefähr zehn Sekunden blieben, bis mich der Kombi erreichen würde. Die erste Option war der Regenwald, aber ich fürchtete, das Gestrüpp könnte zu dicht sein, wenn ich mich einfach blindlings hineinstürzte – ich würde nicht allzu weit kommen. Die zweite Option war das Ausweichen. Ich war schnell, hatte schnelle Reflexe, würde mir einen schwerfälligen alten Kombi sicher vom Leib halten können.

Doch während der Holden näher kam und ich seine beiden Insassen immer besser erkennen konnte, wurde mir klar, dass ich mir bloß etwas vormachte, dass ich gar keine Wahl hatte, denn der Beifahrer mit dem harten, gemeinen Gesicht hielt ein Gewehr in der Hand.

Ich wollte mich gerade in den Regenwald stürzen, da sah ich einen Wagen aus der anderen Richtung kommen.

Als der Kombi mich fast erreicht hatte, sprintete ich haarscharf an ihm vorbei und stellte mich dem anderen Auto in den Weg.

Mit quietschenden Reifen kam der Wagen zum Stehen.

Ich schätze, ihm blieb gar nichts anderes übrig – entweder das, oder er hätte mich in einen Kadaver am Straßenrand verwandelt.

Mit röhrendem Auspuff jagte der Holden davon.

Ich erklärte der Fahrerin, einer dunkelhaarigen Frau um die dreißig, was passiert war, und staunte darüber, wie ruhig ich blieb. Sicher, mein Puls schlug mir bis zum Hals, aber er schlug mir nicht bis zur Schädeldecke.

»Du steigst wohl besser ein«, sagte die Frau.

Ich sprang auf den Beifahrersitz, und sie gab zügig Gas.

»Was will denn der komische Junge da in unserm Auto?«, fragte ein kleines Mädchen von einem Kindersitz auf der Rückbank.

»Wir nehmen ihn nur ein Stück mit, Lauren«, antwortete die Frau.

»Ich mag nicht, dass er mit uns hier drin ist«, sagte ein noch kleineres Mädchen von einem zweiten Kindersitz neben Laurens.

»Na, na, kein Grund, unhöflich zu werden, Rosie«, erwiderte die Frau.

Sie wollte eigentlich gar nicht nach Nimbin – ihre Töchter hatten Schwimmunterricht in einer anderen Stadt –, aber sie sagte, sie werde mich trotzdem dorthin fahren.

»Wie alt bist du?«, fragte sie.

»Sechzehn«, antwortete ich.

»Nein, bist du nicht«, sagte sie, nachdem sie kurz mein Gesicht gemustert hatte.

»Okay, ich bin fünfzehn, aber bald werde ich sechzehn.«

»Du bist doch nicht von zu Hause weggelaufen, oder?«

»Nein«, sagte ich.

»Und du nimmst keine Drogen oder so was?«

Wieder verneinte ich.

Sie schien sich damit zufriedenzugeben und schwieg für den Rest der Fahrt, bis sie in der Hauptstraße von Nimbin anhielt, direkt vor der Polizeiwache.

»Du erzählst ihnen also haargenau, was passiert ist, richtig?«, fragte sie.

»Klar«, erwiderte ich.

»Brauchst du Geld?« Sie griff nach ihrer Handtasche.

»Nein, alles okay«, sagte ich. »Danke fürs Mitnehmen.«

Kurz bevor ich die Tür ins Schloss fallen ließ, krähte Rosie: »Bis dann, du komischer Stinke-Junge.«

Ich schlenderte auf die Polizeiwache zu, doch kaum war der Wagen von Lauren und Rosie mit ihrer Mum außer Sicht, machte ich kehrt und marschierte die Hauptstraße hinunter. Der Clan erlaubte ausdrücklich keine Polizei. Und selbst wenn ich die beiden Kerle im Kombi anzeigen würde, war es doch ziemlich fraglich, ob die Beamten deswegen irgendwas unternehmen würden.

Ich meine, diese Typen hatten mir ja nicht wirklich was angetan.

Ich ging weiter die Straße hinunter.

»Hey, willste 'n bisschen Koks?«

»Hey, willste 'n bisschen Gras?«

»Hey, willste 'n bisschen E?«

Als ich es bis zur Postfiliale geschafft hatte, waren mir ganze sechs verschiedene Drogen angeboten worden, von vier verschiedenen Leuten.

»Nein, danke«, sagte ich jedes Mal, aber so langsam ging Nimbin mir ordentlich auf die Nerven.

»Können Sie mir zufällig sagen, wo das Büro der Geißeln der Erde ist?«, fragte ich eine Frau mit tief ausgeschnittener Bluse und Minirock, die an einer Ecke stand.

Sie starrte mich mit Vampiraugen an und antwortete: »Japp, kostet dich aber zehn Mäuse.«

»Nein, danke«, sagte ich und ergriff die Flucht.

Ihre Stimme folgte mir. »Die Straße runter, dann die zweite links rein, und nach ungefähr fünf Minuten siehst du 'ne kleine Einkaufsgalerie hinter dem Laden von Coast Home Loans.«

Ich hielt mich an ihre Beschreibung, schlenderte an der Hanf-Botschaft vorbei, und da war das Büro, gegenüber von einem Café namens Bong.

Ich hatte mich bereits dagegen entschieden, einfach so dort hineinzuplatzen, weil ich erst einmal unauffälliges Beobachten für angebracht hielt, also bestellte ich mir im Café einen Bengalen-Chai.

Da mir wieder einfiel, dass James Bond niemals irgendwo mit dem Rücken zur Tür oder zum Fenster saß, wählte ich einen Tisch, von dem aus ich eine gute Sicht auf das Büro der Geißeln der Erde hatte, hinter mir eine mit Postern zugepflasterte Wand.

Eine Stunde und zwei Bengalen-Chais später schwang die Tür des Büros auf, und eine Frau kam heraus, von der ich vermutete, dass es sich um die Besitzerin der ruhigen, vernünftigen Stimme handelte.

Sie saß im Rollstuhl.

Nachdem sie die Tür abgeschlossen hatte, zog sie ihr iPhone aus der Tasche und fing an, darauf herumzutippen.

An dem liebevollen Blick, mit dem sie es ansah, und an der Zärtlichkeit, mit der sie das Display berührte, erkannte ich sofort, dass sie, wie meine Schwester, ein tragischer iFan war.

Nachdem sie fertig getippt hatte, schenkte sie ihrem iPhone noch einen letzten schmachtenden Blick, dann steckte sie es wieder ein und rollte die Galerie entlang außer Sicht.

Ich nehme an, es war durchaus möglich, dass eine Frau in einem Rollstuhl dazu fähig war, ein Schiff zu versenken oder zwanzigtausend Legehennen zu befreien oder einen Haufen Holzerntemaschinen plus einen Arbeiter in die Luft zu jagen.

Es kam mir nur nicht allzu wahrscheinlich vor, das ist alles.

In mir regte sich schon der Verdacht, dass ich mich vielleicht einfach getäuscht hatte, dass ich völlig umsonst den weiten Weg hierhergekommen war und völlig umsonst diesen ganzen Gewürztee getrunken hatte, da kehrte die Frau in Begleitung zweier Männer zurück.

Beide waren groß, kräftig gebaut. Beide trugen Bärte. Aber keine Schuhe. Beide hatten Dreadlocks. Doch während sie darauf warteten, dass die Frau die Bürotür aufschloss, bemerkte ich, dass einer von ihnen eine große Stelle am Hinterkopf hatte, die dreadlockfrei war.

Ich holte mein iPhone heraus, aktivierte die Kamera und zoomte die Stelle näher heran. Wie erwartet, handelte es sich um eine Mondlandschaft aus Narbengewebe. Mir fiel wieder ein, was Dad gesagt hatte, damals an unserem Kinoabend: »Hatte einer von denen danach nicht Verbrennungen dritten Grades an seinen Dreadlocks?«

Allem Anschein nach hatte ich also zwei hennenbefreiende, schiffeversenkende, holzarbeiterverstümmelnde Öko-Terroristen aufgetrieben.

»Darf's für dich noch ein Chai sein, Süßer?«, fragte die Kellnerin.

»Haben Sie noch irgendwas anderes zu trinken?«

»Du hattest den Bengalen, stimmt's?«

Ich nickte.

»Na ja, es gibt noch den Pandschab.«

»Okay, dann nehme ich einen davon, danke.«

Ich schlürfte den Pandschab so langsam wie möglich, doch weiterhin tat sich bei den Geißeln der Erde nicht das Geringste. Ich fragte mich, ob es nicht langsam Zeit wurde, vom unauffälligen Beobachten zum auffälligen Beobachten überzugehen, ob ich also nicht einfach unter dem Vorwand, mir Informationsmaterial über Legebatteriehühner besorgen zu wollen, in das Büro stiefeln sollte, um nachzusehen, was dort vor sich ging.

Doch kaum hatte ich mich entschlossen, genau das zu tun, öffnete sich die Bürotür, und die Frau rollte heraus, gefolgt von den beiden Männern. Sie schloss ab, dann verschwanden die drei die Straße hinunter.

Nur keine Zeit verlieren, dachte ich. Falls es sich, wie ich annahm, nur um eine verspätete Mittagspause handelte, hatte ich dreißig Minuten, maximal eine Stunde. Ich zahlte meine Rechnung und ging.

Während ich vor der Bürotür stand und so tat, als würde ich die Aushänge lesen, zog ich mein Portemonnaie aus der Tasche, nahm meine Athletics-Australia-Plastikkarte heraus, schob sie in den Spalt zwischen Türblatt und Zarge und erhöhte langsam den Druck. Es klickte, dann sprang die Tür auf.

Ich schlüpfte hinein und schloss hinter mir wieder ab. An den Wänden hingen Poster von toten Tieren: toten Seehunden, toten Walen, toten Kängurus. Alles in allem ein reichlich gruseliger Raum, und erst jetzt, wo ich hier war, dämmerte mir, dass ich eigentlich nicht so recht wusste, wieso ich hier war oder wonach ich überhaupt suchte.

Von einem Tisch schnappte ich mir ein Faltblatt mit Fotos von ausgehungerten, federlosen Hühnern, die in randvolle Käfige gepfercht waren.

Noch mehr Gruseliges.

Doch dann fiel mir etwas auf: Die Telefonnummer auf dem Faltblatt war nicht dieselbe, die ich gestern angerufen hatte.

Sondern eine Handynummer.

Vielleicht die der Frau? Ausgehungerte, federlose Hühner, die in randvolle Käfige gepfercht waren, schienen immerhin so was wie ihr Spezialgebiet zu sein.

Ich schob das Faltblatt in meine Hosentasche.

Abgesehen vom Eingang gab es in dem Raum nur eine einzige Tür. Ich öffnete sie. Dahinter lag die Toilette. Na ja, die eine Hälfte der Kammer war die Toilette, die andere wurde als Lager genutzt. Ich sah Pappkartons, zusammengerollte Banner, Gevatter-Tod-Masken, allerlei schräges Aktivisten-Zeug.

Dann hörte ich etwas: einen Schlüssel im Türschloss, gedämpfte Stimmen, Schritte.

Sie waren zurückgekommen!

Ich hechtete hinter die Pappkartonstapel, deckte mich mit einem Banner zu und vergewisserte mich, dass meine Schultasche nicht zu sehen war.

Die gedämpften Stimmen waren jetzt gut zu verstehen.

»Also, um fünf sammelt Mandy uns ein, und dann fahren wir rüber zur Farm und holen die Ausrüstung.«

»Herrgott, Thor – Mandy?«

»Sie will mitmachen, Mann.«

Jemand betrat die Toilette.

Durch einen Spalt zwischen den Kartons konnte ich erkennen, dass es der Typ mit der Mondlandschaft war. Plötzlich kam mir ein Gedanke: *Mein Handy ist an!*

»Ich weiß, aber ...«, sagte er, brachte den Satz jedoch nicht zu Ende.

Er schnallte den Gürtel auf, schob die Hose nach unten und hockte sich auf die Schüssel.

Behutsam versuchte ich, an die Tasche zu kommen, in der mein Handy steckte, doch dabei raschelte irgendwas, also ließ ich es bleiben.

»Keine Diskriminierung, Mann«, sagte der andere. »Wenn sie mitmachen will, macht sie mit. Und wir wissen, dass wir ihr trauen können.«

»Ich meine ja bloß, die Sache wird 'ne verdammt harte Nuss. Der Mast steht locker zweihundert Meter neben der Straße. Und das Gelände da draußen ist rau, Alpha.«

Dann war also Thor der Typ mit der Mondlandschaft und Alpha der ohne.

»Entspann dich, Thor. Du hast doch gehört, was sie gesagt hat, sie will uns fahren, mehr nicht.«

»Trotzdem, ich muss das erst mit dem Boss klären. Er hat das letzte Wort«, sagte Thor.

Ich rief mir in Erinnerung, was ich über die Geißeln der Erde gelesen hatte: Ihr Anführer war ein mysteriöser Unbekannter, den sie gern Dr. E nannten.

Thor grunzte zweimal. Ich hörte eine Reihe von Platschern, und im nächsten Moment flutete ein bestialischer, atemberaubender Gestank die Kammer.

Wieder versuchte ich, an mein Handy zu kommen. Wieder raschelte irgendwas.

»Mann, das riecht echt nach Verwesung, hast du etwa schon wieder Tier gegessen?«, sagte Alpha.

»Na, dann mach doch die Tür zu, wenn dir das gegen dein Zartgefühl geht«, erwiderte Thor.

Alpha tat genau das.

Der Gestank wurde mit jeder Sekunde schlimmer, und er schien irgendwie dicker zu werden, suppiger.

Ich hielt mir die Nase zu, doch er kroch von überallher in meinen Körper, durch meine Ohren, durch meine Augen, durch meine Haut.

Warum nur hatte Thor wieder anfangen müssen, Tier zu essen, warum war er nicht einfach bei Luzernensprossen und Tofu geblieben?

Thor grunzte weiter, es folgten weitere Platscher, und ich hatte das Gefühl, gleich in Ohnmacht zu fallen. Schließlich hörte ich, wie Papier zusammengeknüllt wurde, wie die Klospülung rauschte, und ich begann mich für meine ausgezeichnete Undercoverarbeit zu beglückwünschen.

Und genau in diesem Moment plärrte mein Handy los.

Ich checkte automatisch die Anruferkennung. Ich meine, wer zum Henker würde schon probieren, mich anzurufen, wenn ich eigentlich noch in der Schule war?

Gus ruft an ...

Hunderttausend heulende Höllenhunde!

ZUNGENREDEN

Ich hockte auf einem Stuhl mit senkrechter Rückenlehne, und eine Lampe schien mir grell ins Gesicht, während die drei mich durch die Mangel drehten.

»Sie können mich hier nicht festhalten«, sagte ich und versuchte aufzustehen.

»Da solltest du nicht drauf wetten«, erwiderte Alpha, packte mich mit seiner riesigen Pranke am Kragen und drückte mich zurück auf den Stuhl.

Ich dachte an die Sache in Far North Queensland. Hatten sie gewusst, dass der Holzarbeiter in diesem Planierer schlief, als sie die Erntemaschinen in die Luft gejagt hatten? So langsam hielt ich das für durchaus möglich.

»Okay, noch mal von vorn«, knurrte Thor. »Was treibst du hier?«

»Hab ich doch schon gesagt, ich hab nach Geld gesucht«, antwortete ich.

Alpha hatte inzwischen den Reißverschluss meiner Tasche geöffnet und die noch eingeschweißte Big-Pete's-Uniform gefunden.

»Und was ist hiermit?«, fragte er.

Ich zuckte die Schultern.

Er zog meinen Schulblazer ans Licht.

»Grammar?«, sagte er mit einem Blick auf das Abzeichen.

»Bockmist, von wegen nach Geld gesucht«, sagte Mandy mit einer Stimme, die jetzt nicht mehr so ruhig, so vernünftig klang.

»Gibt's Dr. Chakrabarty noch?«, fragte Thor.

»Ja«, sagte ich und überlegte, woher zur Hölle er Dr. Chakrabarty kannte, den brummigen alten Latein- und Griechischlehrer.

»Der muss doch inzwischen schon mindestens tausend Jahre alt sein«, fuhr er fort, und jetzt kapierte ich: Thor war auf die Grammar gegangen. Thor war ein Ehemaliger!

»Mindestens«, bestätigte ich.

»Du hast gestern hier angerufen, stimmt's?«, keifte Mandy, während sie näher an mich heranrollte.

»Nein«, erwiderte ich. »Das war nicht ich.«

»Noch mehr Bockmist«, fauchte sie und schnappte sich mein iPhone.

Nach ein paar Sekunden hielt sie Thor das Display vor die Nase. »Siehst du? Er lügt, hier ist unsere Nummer.«

Thor hatte sich mittlerweile den Klotztop vorgenommen und drehte ihn ratlos hin und her.

»Was zum Geier ist das?«, fragte er.

»Warum bist du hier?«, legte Mandy nach. »Wer hat dich geschickt?«

Zu viele Fragen, mein Kopf fühlte sich bereits an wie ein Karussell.

»Misch ihn ein bisschen auf«, sagte Mandy zu Alpha. »Dann wird er schon reden.«

Alpha trat einen Schritt auf mich zu und holte aus – mit einer riesigen Pranke, die sich in eine riesige Faust verwandelte.

Ich kauerte mich auf meinem Stuhl zusammen, bedeckte mein Gesicht mit den Armen.

»Ich glaub echt nicht, dass wir die Sache auf diese Art regeln sollten«, hörte ich Thor sagen.

»Knall ihm eine!«, zischte Mandy.

»Der Knilch ist ’n Grammar Boy, nicht irgendein Straßenkid, um das sich keiner schert«, widersprach Thor. »Wenn du ihn anrührst, gibt’s mächtigen Ärger.«

»Da hat er recht«, sagte ich und spähte durch einen Spalt zwischen zwei Fingern. »Mächtigen Ärger.«

Alphas Faust verwandelte sich wieder in eine Hand und sank Richtung Hüfte.

»Bockmist«, fauchte Mandy. Dann schob sie ihren Rollstuhl an und rollte mir über beide Füße, meine empfindlichen Läuferfüße.

Winzige Knochen knirschten, und ich schrie: »Du Freak!«

»Wieso, etwa weil ich geh-handicapt bin?«, kreischte Mandy.

»Nein, sondern weil du mir über die Füße gerollt bist, du Freak!«

Sie machte Anstalten, gleich noch mal darüberzurollen, aber ich zog meine Beine weg.

»Na schön«, sagte Thor und verstaute den Klotztop wieder in meiner Tasche. »Du verschwindest jetzt hier, sofort.«

»Aber –«, begann Mandy, doch Alpha schnitt ihr das Wort ab: »Thor hat recht, wir müssen ihn laufen lassen.«

Und genau das taten sie auch, allerdings erst nachdem Mandy mein Portemonnaie von sämtlichem Geld befreit hatte.

»Das ist Diebstahl«, beschwerte ich mich.

»Und du, Grammar Boy, bist hier eingebrochen«, erwiderte sie.

Draußen hievte ich mir meine Tasche über die Schulter und marschierte los. Nicht sonderlich schnell, denn meine Füße pochten noch immer vor Schmerz.

Ich fragte mich ernsthaft, ob Mandy an ihnen nicht irgendeinen dauerhaften Schaden angerichtet hatte.

Die Tür der Filiale von Coast Home Loans öffnete sich, und vier Männer, alle in Anzügen, traten heraus und kamen auf mich zu. Sie waren in ihr Gespräch vertieft, achteten nur auf sich, sodass sie mich nicht bemerkten.

Den Mann ganz links kannte ich einigermaßen gut: Es war Rocco Taverniti. Den Mann neben ihm kannte ich nur aus den Nachrichten: Er hieß Ron Gatto und war unser hiesiger Parlamentsabgeordneter, derjenige, der nach dem Verschwinden von Imogens Vater neu gewählt worden war. Den Mann rechts neben Ron kannte ich nicht, aber er war silberhaarig, elegant, älter als die anderen. Den Mann ganz rechts kannte ich so gut wie kaum jemanden sonst: Es war mein Vater.

»Dad!«, wollte ich gerade rufen, ehe mir aufging, dass das vermutlich keine allzu tolle Idee war, denn eigentlich hätte ich ja in der Schule sein sollen. Also kehrte ich ihnen den Rücken zu und tat, als würde ich mich brennend für die Backsteinwand vor mir interessieren.

Rocco Taverniti sagte etwas in einer Sprache, von der ich inzwischen wusste, dass es sich um Kalabrisch handelte.

Wieso redest du mit meinem Dad auf Kalabrisch?, schoss es mir durch den Kopf, und ich erinnerte mich an Dads Worte damals im Restaurant: »Ich nix sprecken Italo.«

Aber dann antwortete Dad ihm – auf Kalabrisch. *Unmöglich, das bilde ich mir sicher bloß ein*, dachte ich und sah von der Backsteinwand auf. Doch ich bildete es mir nicht ein. Mein Vater, jetzt mit dem Rücken zu mir, sprach tatsächlich fließend Kalabrisch.

Die vier Männer verschwanden um eine Straßenecke, und ich hatte das dringende, beinahe überwältigende Gefühl, dass ich aus diesem Ort rausmusste. Irgendwas war verkehrt an Nimbin, es war wie ein bösartiges Wunderland, in dem Hippies einem vorübergehend die Lichter auspusten wollten und der eigene Vater in fremden Zungen redete.

Aber wie sollte ich ohne Geld nach Hause kommen?

Trampen konnte ich nicht. Nicht wenn die Möglichkeit bestand, dass Dad mich auf seinem Rückweg erwischte. Nicht solange der Holden-Kombi noch da draußen war.

Ich fand die Karte in meiner Tasche, wählte die Nummer. Er meldete sich. »Luiz Antonio.«

»Hi, hier ist Dom. Hören Sie, ich hab mich gefragt, ob sie mich eventuell noch mal abholen könnten?«

»Ist zufällig genau das, was wir Taxifahrer so den ganzen Tag machen«, antwortete er.

Ja, ja, sehr witzig, Luiz Antonio.

»Wo abholen?«, fragte er.

»In Nimbin, direkt vor der Post.«

Ein leises Pfeifen am anderen Ende der Leitung, dann: »Du kommst echt ganz schön rum, was?«

»Also, können Sie mich abholen oder nicht?«

»Bin in zehn Minuten da.«

Ich war dermaßen froh, Luiz Antonios Taxi zu sehen, mich auf den Beifahrersitz fallen zu lassen und aus Nimbin herauszukommen, dass ich mich wegen der zehn Minuten kein bisschen wunderte.

Und während der langen Heimfahrt dachte ich über anderes nach.

Zuallererst über Dad. Darüber, dass er mir plötzlich wie ein vollkommen Fremder vorkam. Der Dad, den ich kannte, der Dad, den ich liebte und der mich liebte, der Dad, der mir mein ganzes

Leben lang vertraut gewesen war, sprach nur eine einzige Sprache: Englisch. Also wer war dann dieser andere, Kalabrisch sprechende Dad?

Ich machte mir auch Gedanken über die Geißeln der Erde. Falls sie erfolgreich wären, dann könnten tatsächlich morgen um punkt zwanzig Uhr sämtliche Lichter ausgehen. Allerdings würden sie dann höchstwahrscheinlich nicht um einundzwanzig Uhr wieder angehen. Nicht wenn der Mast umgeknickt wäre. Es würde Stunden, vielleicht sogar Tage dauern, das Netz wieder ans Laufen zu kriegen.

Und ich dachte darüber nach, dass es für mich auch nicht nur darum gehen konnte, meinen Plan früher als sie in die Tat umzusetzen – denn der Rücksichtslose-Fanatiker-Plan der drei würde meinen auf jeden Fall scheitern lassen. Also musste ich ihren Plan sabotieren, ehe er meinen Plan sabotieren konnte. Bloß wie? Wäre ich ein skrupelloser Terrorist gewesen, so einer mit göttlichem Auftrag, dann hätte ich die drei ganz einfach aus dem Weg räumen können. Und wäre ich James Bond gewesen, Geheimagent mit der Lizenz zum Töten, dann hätte ich dasselbe tun können. War ich aber nicht. Außerdem wurde mir bei dem Gedanken, jemanden aus dem Weg räumen zu müssen, und sei es jemand dermaßen Unausstehlichen wie Mandy, einigermaßen übel. Und bei dem Gedanken, wieder nach Nimbin zurückzukehren, wurde mir sogar noch übler.

Doch als wir an einem Einkaufszentrum vorbeikamen, hatte ich eine Idee.

»Könnten Sie hier mal kurz anhalten?«, bat ich Luiz Antonio.

»Du bist der Fahrgast«, erwiderte er.

Als ich in dem großen Gebäude stand, widmete ich mich einer schnellen Google-Suche auf meinem Smartphone und ergänzte im Stillen die Einkaufsliste, die ich im Kopf hatte.

Nichts davon war schwer zu finden, aber nach dem, was andere Leute im Netz geschrieben hatten, wusste ich, dass es nicht sonderlich schlau wäre, alles am selben Ort zu kaufen.

Also trottete ich von Laden zu Laden, bis ich sämtliche Zutaten beisammenhatte, die ich für eine USBV brauchte, dann ging ich wieder zurück nach draußen, wo Luiz Antonio auf mich wartete.

Erst sehr viel später, als ich bereits im Bett lag, fiel es mir plötzlich auf: Wieso war Luiz Antonio nur zehn Minuten von der Post in Nimbin entfernt gewesen?

Die einfachste Erklärung wäre, dass er irgendwo in der Nähe einen Fahrgast abgesetzt hatte, aber war das wirklich wahrscheinlich?

Und was war mit dem Nachmittag, als er mich nach meinem Abenteuer im Brisbane River aufgesammelt hatte?

Er war mir gefolgt.

Aber warum?

Und wie?

PIZZABOTE

Samstag, zwei Stunden vor der Earth Hour, und die Dinge hätten nicht besser laufen können. In aller Frühe hatten Mom und Dad die Maschine nach Bali bestiegen, um zu dieser Die-Plummers-erneuern-schon-wieder-ihr-Eheversprechen-Zeremonie zu fliegen. Am Dienstag würden sie wieder zurück sein, rechtzeitig zu meinem Rennen am Mittwoch. Und bis dahin passte Gus auf uns auf.

Als Coach war Gus ein Zuchtmeister. Als wachhabender Enkelkinderbeaufsichtiger war er keiner. Was bedeutete, dass Miranda mit einem ganzen Trupp ihrer Nerdfreunde oben in ihrem Zimmer hockte, Getränke verschiedenster Art zu sich nahm und irrsinnig laut Musik hörte. Was bedeutete, dass Toby eine Jamie-Oliver-Uncut-DVD nach der anderen in den Player schob und sich währenddessen systematisch durch unsere Speisekammer mampfte. Was bedeutete, dass Gus, als ich ihm mitteilte, ich würde jetzt ausgehen, zwei Antworten für mich parat hatte.

Die erste war die des nichtzuchtmeisterlichen Großvaters: »Okay, bis dann.«

Die zweite war die des zuchtmeisterlichen Coachs: »Aber komm ja nicht zu spät zurück.«

An meinem Schreibtisch warf ich einen letzten Blick auf Google Earth. Ich wollte gerade den Klotztop in meinen Rucksack packen, da hielt ich inne. Ohne den Klotztop und seine erstaunlichen Hacker-Fähigkeiten wäre mein Plan für die Katz, also beschloss ich, mich noch ein letztes Mal zu vergewissern, dass er einwandfrei funktionierte. Ich öffnete ihn. Sofort aktivierte er den WLAN-Modus und zeigte die lokalen Drahtlosnetzwerke an.

SILVAGNINET, HAVILLAND: Sie waren alle da.

Perfekt.

Doch anstatt den Klotztop wieder zuzuklappen und ihn zu verstauen, starrte ich auf HAVILLAND und malte mir aus, wie Imogen an ihrem Computer saß, wie ihr das Haar ins Gesicht fiel, wie sie eifrig drauflostippte.

Ich hackte mich in das Netzwerk ein. Öffnete SYLVIA, Imogens Rechner, und hatte kurz darauf den Klon ihres Desktops vor mir. *Das ist völlig bescheuert,* sagte ich mir. *Keine zwei Stunden mehr bis zur Earth Hour, und du schnüffelst in einem fremden Computer herum.* Aber ich konnte nicht anders. Ich öffnete Windows Mail. Dann den Posteingang. Überflog die Absender.

bizeps&sixpack@hotmail.com. bizeps&sixpack@hotmail.com. Und noch mehr bizeps&sixpack@hotmail.com!

Ich las die letzte Nachricht, gesendet vor einer Stunde.

treffen uns dort wenns dunkel ist!

Mein erster Gedanke war, dass ich jetzt unmöglich noch sämtliche Lichter ausschalten konnte, nicht wenn das hieß, Tristan und Imogen jenes Dunkel zu liefern, für das sie sich verabredet hatten. Aber mir dämmerte bald, dass das kompletter Unsinn war.

Ich zückte mein Handy, tippte auf Imogens Nummer.

»Tu's nicht«, wollte ich ihr sagen.

Triff dich nicht mit Tristan. Er liebt dich in Wirklichkeit überhaupt nicht. Er ist bloß scharf auf eins, und auf sonst gar nichts. Geh nicht hin. Tu's nicht. Tu's nicht. Tu's nicht!

Doch kaum hatte ich Imogens Stimme gehört, kaum hatte sie sich mit »Dom!« gemeldet, war mir klar, dass ich all das nicht sagen durfte, denn sonst hätte sie sofort gewusst, dass ich mich in ihren Computer gehackt hatte.

»Wie ist deine Petition gelaufen?«, erkundigte ich mich also stattdessen.

»Die haben sich nicht mal bei mir zurückgemeldet«, antwortete sie. »Faschisten.«

Ich wollte ihr sagen, dass ich eigenhändig die Lichter ausschalten würde. Und dass ich es sein würde, nicht Tristan, der das für sie tat.

Aber auch das durfte ich nicht.

»Nur keine Sorge«, sagte ich. »Die Lichter werden ausgehen.«

Mit übertrieben gespieltem englischen Akzent fragte sie: »Bist du das schon wieder, Harry Potter?«

»Nein, im Ernst, hör mir zu. Die Lichter werden ausgehen. Ich versprech's dir.«

»Okay, jetzt bist du wieder komisch.«

»Und Im?«

»Ja, Dom?«

Halt dich von Tristan fern, sagte ich nicht.

»Ich hab dich sehr gern, weißt du?«

»Und ich hab dich auch sehr gern«, antwortete sie, »obwohl du mir grad ziemlich komisch vorkommst.«

»Um ehrlich zu sein, wahrscheinlich liebe ich dich sogar«, sagte ich, legte allerdings auf, ehe ich den Satz zu Ende brachte.

Ich stopfte den Klotztop in meinen Rucksack, vergewisserte mich, dass ich Geld im Portemonnaie hatte, und rief ein Taxi.

»Zahlen Sie bar, oder geht das auf Rechnung?«, fragte die Telefonistin.

»Auf Rechnung«, erwiderte ich und nannte ihr Dads Kundenkonto.

Erst kurz danach ging mir auf, wie dämlich das war – ich hatte soeben eine nachvollziehbare Spur hinterlassen. Und ich hatte genügend Cop-Serien gesehen, um zu wissen, dass man Spuren wie diese am besten nicht hinterließ.

Ich sagte dem Taxifahrer, er solle mich in der Nähe des Kinos absetzen, und ging dann von dort aus zu Big Pete's Pizza. Allerdings betrat ich den Laden nicht, sondern stellte mich auf die andere Straßenseite und beobachtete.

Beobachtete, wie die Pizzaboten, die Helme schon auf den Köpfen, aus der Tür traten, Pizzakartons in Händen. Beobachtete, wie sie die Kartons auf ihren Rollern verstauten. Beobachtete, wie sie davonfuhren. Beobachtete, wie andere Roller ankamen. Beobachtete, wie die Botenjungs abstiegen und sich nicht die Mühe machten, die Zündschlüssel abzuziehen. Beobachtete, wie sie in den Laden eilten, die Helme noch auf den Köpfen.

Ich warf einen Blick auf die Uhr: Es war fast sieben. Zeit, das Beobachten einzustellen. Zeit, endlich zur Tat zu schreiten.

Ich zog mich in eine schattige Nische zurück, zog Pullover und Trainingshose aus und stopfte sie unter den Klotztop in meinen Rucksack.

Darunter trug ich die blau-gelbe Uniform von Big Pete's.

Ich zog den Motorradhelm aus dem Rucksack und setzte ihn

auf. Kein Zweifel, ich sah jetzt genauso aus wie jeder andere Big-Pete's-Pizzabote, bis auf eine Sache: meine Größe. Okay, für einen Fünfzehnjährigen war ich tatsächlich recht groß, aber ein recht großer Fünfzehnjähriger machte eben noch keinen Achtzehnjährigen. Bloß dass ich dagegen nicht viel tun konnte.

Ich setzte den Rucksack auf und überquerte die Straße. Es wäre ein Leichtes gewesen, sich einfach auf einen Roller zu schwingen und loszudüsen. Allerdings hätte mir dann etwas gefehlt: eine Pizza. Und wer glaubhaft einen Pizzaboten spielen will, sollte am besten auch eine Pizza zum Abliefern dabeihaben.

Ich folgte einem anderen Boten in den Laden. An der Wand gab es eine Reihe von Stühlen, deren drei erste von wartenden Pizzaboten besetzt waren. Der Typ, dem ich gefolgt war, nahm den nächsten Stuhl, ich den übernächsten.

»Tour nach Halcyon Grove«, plärrte es kurz darauf aus dem Lautsprecher.

Der Bote ganz vorn stöhnte auf.

»Null Trinkgeld, so viel steht fest«, sagte der zweite Bote. »Hat irgendwer Lust?«

»Keine Chance«, sagte der dritte Bote.

»Nicht mit mir«, sagte der vierte Bote.

»Ich mach's«, sagte ich und gab mir dabei alle Mühe, meine Stimme ein paar Oktaven tiefer klingen zu lassen.

»Die Tour gehört dir, Quietscheentchen«, sagte der erste Bote.

Ich stand auf und marschierte in den Raum nebenan, wo bereits zwei Pizzakartons auf dem Tresen standen. Ich schnappte sie mir und wandte mich gerade zum Gehen, als ich hinter mir eine Stimme hörte: »He, du!«

Ich drehte mich wieder um.

Die Stimme gehörte Bryce Snell. Dem Typen, der mit mir auf

der Grundschule gewesen war. Dem Schlägertypen, der mit mir auf der Grundschule gewesen war. Einer der Gründe, weswegen ich überhaupt mit dem Laufen angefangen hatte, war der, dass ich vor Bruce Snell und seinen gefürchteten Kopfnüssen flüchten wollte.

»Ja?«, sagte ich.

Ich war sicher, dass ich aufgeflogen war, dass mein Plan gescheitert war, ehe ich noch richtig Gelegenheit hatte, ihn auszuführen.

»Hast den Kassenzettel vergessen, du Knalltüte.«

Ich griff nach dem Zettel in Bruce Snells Hand und machte, dass ich wegkam.

Draußen lud ich die Pizzakartons auf den nächstbesten Roller und stieg auf.

Ich drehte den Zündschlüssel, der Motor sprang an. Ich gab Gas.

Das Gefährt flitzte los, dieses Mal, ohne zu schlingern.

Wieder war es ein reichlich seltsames Gefühl, fünfzehn Jahre alt zu sein und auf einem Motorroller die Hauptstraße entlangzufahren, mitten im dichten Verkehr. Allerdings muss ich zugeben, es war auch ein cooles Gefühl. Kriminell cool.

Ich fuhr durch Surfers Paradise, durch das gleißende Lichtermeer. Ich warf einen Blick auf die Uhr. Eine Stunde und fünfzehn Minuten noch bis zur Earth Hour. Der Wagen hinter mir hupte.

Hau ab, dachte ich.

Ein weiteres Hupen. Ich blickte über die Schulter. Es war ein Polizeiwagen. Auf einen Schlag war das kriminell coole Gefühl verschwunden. Die Polizistin am Steuer hob eine Hand und klappte sie ein paarmal auf und zu.

Was sollte das heißen?

Ich erwog einen Fluchtversuch, eine wilde Verfolgungsjagd quer durch die Stadt. Doch als ich mir dieses Szenario ausmalte, endete es mit einem Crash, einem schrottreifen Motorroller, einem verstümmelten Teenager und zwei ziemlich verhunzten Pizzas.

Abermals sah ich nach hinten. Die gleiche Geste, die auf- und zuklappende Hand. Doch diesmal kapierte ich: Es war die Geste für ein blinkendes Licht. Ich hatte vergessen, die Scheinwerfer einzuschalten!

Ich knipste sie an. Die Polizistin lächelte mir zu, und ich zeigte ihr den erhobenen Daumen.

Bei der nächsten Ampel bog ich nach links von der Hauptstraße ab und folgte der Route, die ich mir auf Google Earth eingeprägt hatte. Sie führte mich über Nebenstraßen, durch kleinere Wohnviertel, bis ich die Autobahnauffahrt erreichte. Ich zögerte – der Verkehr da draußen wirkte mächtig furchterregend.

Doch mir blieb keine Wahl. Es gab einfach keinen anderen Weg nach Diablo Bay.

Ich rollte den Zubringer hinunter, dann auf die Autobahn und hinein in die Hölle des Samstagabendverkehrs.

Motoren und Auspuffrohre, zischende Druckluftbremsen und gellende Hupen lieferten sich einen Wettstreit, wer den unerträglichsten Lärm machen konnte, so eine Art »Autobahn sucht den Superstar«. Und die Luft war voller giftiger Abgase, als wäre um mich herum ein komplettes Chemielabor explodiert.

Völlig verängstigt hielt ich mich dicht am Fahrbahnrand, folgte der weißen Linie. Autos, Lastwagen, Busse rauschten an mir vorbei und machten sich nicht die Mühe, vorher die Spur zu wechseln, sodass ich von der verwirbelten Luft hin und her gezerrt wurde.

Aus irgendeinem Grund fiel mir plötzlich einer von Coach Sheeds Sprüchen ein, ein Zitat des ehemaligen finnischen Weltklasseläufers Paavo Nurmi: »Es kommt nur auf den Willen an. Muskeln – nicht mehr als ein paar Bänder Gummi. Alles, was ich bin, bin ich durch meinen Willen.«

Na schön, sagte ich mir, *mag ja sein, dass du bloß ein fünfzehnjähriger Typ auf einem 80-cm³-Pizzaboten-Roller bist, aber nun wird es Zeit, dass du denkst wie ein Truck.*

Du bist ein Mack, ein Kenworth, sagte ich mir und tastete mich, auf riesigen Truck-Rädern, in die Mitte der Fahrspur vor.

Es funktionierte: Die Fahrzeuge wechselten jetzt auf die Nachbarspur, um mich zu überholen.

Ausfahrt Diablo Bay 2 km, las ich auf einem Schild.

Neben mir fuhr mittlerweile ein ziemlich klappriger Wagen. Das Fenster war runtergedreht, und dahinter hockte der Red-Bull-Feuermelder.

Nein, kann nicht sein. Solche Zufälle gibt's nicht. Aber er war es trotzdem. Samt seinen widerlich backigen Pausbacken, seinen widerlich sprossigen Sommersprossen, seiner widerlich roten Mähne.

»Ist das die Spezial mit extra Anchovis, die wir bestellt haben?«, brüllte er.

Ich nickte, weil es mich nicht weiter störte, auf seinen wirklich hervorragenden Scherz einzugehen.

Ausfahrt Diablo Bay 1 km, las ich auf einem Schild.

»Willste 'ne Cola dazu?«, fragte er.

Das allerdings kapierte ich nicht – als Vertreter eines Pizza-Lieferservice-Unternehmens war es doch eigentlich meine Aufgabe, mich nach den Getränkewünschen meiner Abnehmer zu erkundigen.

Der Arm des Feuermelders, in der Hand eine Colaflasche, schob sich aus dem Fenster. Die Flasche zuckte, die Flüssigkeit flog auf mich zu.

Jetzt kapierte ich's.

Die Cola spritzte mir überallhin. In meinen Helm. In meine Augen.

Ich konnte nichts mehr sehen.

Ich nahm die Hand vom Gasgriff, um mir das klebrige Zeug aus dem Gesicht zu wischen. Sofort wurde der Roller langsamer.

Von hinten ertönte dröhnendes Hupen.

Ein Truck kam auf mich zugeschossen.

Ich legte die Hand zurück auf den Griff und gab Vollgas.

Der Roller beschleunigte, das Hupen verstummte.

Ich konnte wieder sehen, doch die Ausfahrt nach Diablo Bay hatte ich inzwischen verpasst.

Ich fuhr auf den Seitenstreifen, um meine Möglichkeiten zu überdenken.

Der Truck donnerte an mir vorbei.

Ich hätte die nächste Ausfahrt nehmen und dann zurückfahren können, aber ich hatte nicht die leiseste Ahnung, wie weit es bis dahin noch war, wie lange das Ganze dauern würde.

Mir blieb offenbar schlicht keine Wahl. Ich bugsierte den Roller herum, bis er entgegen der Fahrtrichtung stand. Dann gab ich Gas, hielt mich auf dem Seitenstreifen so weit rechts wie nur möglich.

Jetzt war ich kein Mack, kein Kenworth mehr. Nein, jetzt war ich ein winzig kleines Kind auf einem winzig kleinen Motorroller.

Die Wagen, die mir entgegenkamen, mit ihren Scheinwerfern und ihren Kühlergrills, wirkten wie Raubtiere, wie riesige metallene Haie.

Und unwillkürlich rechnete ich jede Sekunde damit, das Heulen einer Polizeisirene zu hören. Oder über mir plötzlich einen Hubschrauber auftauchen zu sehen, dessen Rotorblätter die Luft durchpflügten, so wie im Kino.

Doch schließlich erreichte ich die Ausfahrt, konnte die Autobahn hinter mir lassen, kam endlich weg von den gefräßigen Haien.

KEIN DRECKIGER KAMELTREIBER

Kurz vor dem Kontrollpunkt drosselte ich das Tempo. Allerdings nicht komplett. Ich hoffte, der Wachmann würde sofort erkennen, dass ich bloß ein harmloser Pizzabote und kein schwer bewaffneter irrer Bombenleger war, und mich einfach durchwinken. Die Schranke rührte sich jedoch nicht, sodass mir nichts anderes übrig blieb, als mit leicht zittrigen Beinen anzuhalten. Ein greller Scheinwerfer strahlte mir direkt ins Gesicht.

Ich stand da und fühlte mich schutzlos, beinahe nackt.

Irgendwann öffnete sich eine Tür, und ein Sicherheitstyp schlenderte auf mich zu. Wegen des grellen Lichts konnte ich ihn nicht richtig erkennen. Ich hatte bereits die Möglichkeit in Erwägung gezogen, auf Buzz Lightyear zu treffen, war aber zu dem Schluss gekommen, dass die Wahrscheinlichkeit minimal und das Risiko daher nicht allzu hoch war. Zuallererst deswegen, weil in dem Kraftwerk sicher Hunderte Sicherheitsleute beschäftigt waren. Außerdem war es ein anderer Wochentag als bei unserer Exkursion. Und eine andere Tageszeit.

Der Wachmann stellte sich vor den Lichtkegel. Jetzt konnte ich sein Gesicht sehen. Und da war er, das nicht allzu hohe Risiko, Woodys bester Kumpel, Buzz Lightyear.

In diesem Moment hasste ich Kenny McCann.

Wieso hatte er diesen dämlichen Witz gerissen?

Wieso hatte ich diesen dämlichen Witz auch noch lustig gefunden?

»Biste neu oder was, Pizzaboy?«, fragte Buzz.

Ich war mir nicht sicher, was ich darauf antworten sollte. War das so eine Art Fangfrage?

Schließlich sagte ich: »Ja, Sir.«

Und bereute das »Sir« auf der Stelle – der Kerl war ein Wachmann, kein Ritter der Kraftwerksrunde.

»Und keiner hat dir was gesagt?«, fragte Buzz.

»Nein, Sir«, erwiderte ich, weil ich mir dachte, dass ich die Sir-Nummer wohl besser beibehielt, nachdem ich schon mal damit angefangen hatte. »Mir was gesagt?«

»Dass du deinen verlausten Helm abnehmen sollst, Pizzaboy. Damit wir sehen können, dass du kein dreckiger Kameltreiber bist.«

Im selben Moment wusste ich, dass ich geliefert war.

Sobald ich meinen verlausten Helm abnahm, würde er mich als den lachenden Kerl aus dem Bus erkennen. Immerhin hatte er ein Foto von mir gemacht.

Aber was blieb mir für eine Wahl?

Ich hätte ihm auftischen können, die Gratisportion Knoblauchbrot vergessen zu haben, hätte anschließend kehrtmachen und die Flucht ergreifen können. Allerdings hätte Buzz mich dann vermutlich für einen dreckigen Kameltreiber gehalten und angenommen, er hätte jedes Recht – denn schließlich würde er seinem Land damit ja einen Dienst erweisen –, seine Knarre zu ziehen und mir ein paar Kugeln ins Kreuz zu jagen.

Ich streifte den Helm ab.

Buzz, einen Strahlenkranz aus Scheinwerferlicht um den Kopf, spähte mir ins Gesicht. Seine Stirn legte sich in Falten.

»Kenn ich dich nicht von irgendwoher?«, knurrte er.

»Ich komm ganz schön rum«, sagte ich.

Mehr Stirn. Mehr Falten.

Dann brummte Buzz: »Was für ’ne Pizza isses denn?«

»Bin kein Bäcker, bloß Fahrer«, erwiderte ich, weil ich fand, dass es langsam Zeit wurde, in die Offensive zu gehen. »Und wenn ich nicht bald wieder losdüse, kriegt irgendwer, wahrscheinlich Ihr Boss, kalte Pizza zu essen.«

»Na schön«, grunzte Buzz mit einem Wink seiner gewaltigen Pranke. »Aber denk dran, nächstes Mal den verlausten Helm runter, klar?«

Ich setzte den Helm wieder auf, drehte am Gasgriff, nahm die Füße vom Boden und schlingerte davon Richtung Kraftwerk.

Blick auf die Uhr: Viertel vor acht.

Ich lag hinter dem Zeitplan, also gab ich dem Roller die Sporen und jagte die Straße entlang.

In der Ferne sah ich die Kraftwerksgebäude, gleißend hell wie ein Jahrmarkt. Düstere Dampfwolken stiegen auf und verschwanden am sternlosen Himmel. Ich war jetzt definitiv schon in Reichweite, doch wegen der Maschendrahtzäune zu beiden Seiten der Straße konnte ich nirgendwo anhalten. Also fuhr ich weiter, bis ich den gut ausgeleuchteten Parkplatz erreichte. Ungefähr zwanzig Autos standen herum, doch er war menschenleer.

Ein kurzer Blick auf das Gebäude bestätigte meinen Verdacht: überall massenhaft Überwachungskameras. Sie hatten mich bereits auf dem Schirm, vermutlich auf mehr als einem. Bald gespeichert in einer Datei, auf einer Festplatte. Und fraglos noch heute

Nacht würde ich in einem Back-up landen, in einer Kopie, irgendwo außerhalb.

Ich parkte neben einem Toyota LandCruiser.

Als ich die Pizzakartons aus der Warmhaltebox des Rollers holte, bemerkte ich zum ersten Mal den Namen, der auf dem Kassenbon stand – Silvagni.

Eine Sekunde lang war ich starr vor Schreck, bis ich begriff, was passiert war: Miranda und ihre Nerdfreunde mussten Pizzas bestellt haben, und durch puren Zufall war ich es gewesen, der die Lieferung übernommen hatte. Oder, auch möglich, Toby war's: Vielleicht hatte er nach seinem Raubzug durch die Speisekammer einfach noch mal Kohldampf bekommen.

Den Helm immer noch auf dem Kopf, ging ich auf die Tür zu. Bei jedem Schritt rechnete ich damit, eine dröhnende Lautsprecherstimme zu hören: »Nehmen Sie den Helm ab! Nehmen Sie sofort den Helm ab!«

Das Problem war, wenn ich meinen Helm abnahm, handelte es sich bei der Person, die als Datenkopie auf einer Festplatte irgendwo außerhalb landete, nicht länger um irgendeinen beliebigen Pizzaboten, sondern um Dominic Silvagni, Staatsfeind Nummer eins.

Als ich der Wand nah genug war, machte ich ein paar schnelle Schritte und presste mich flach dagegen. Von dort aus konnte ich die Kameras nicht mehr sehen. Ich dachte mir, solange ich sie nicht sehen konnte, konnten sie mich auch nicht sehen. Vorsichtig schob ich mich an der Wand entlang, weg von der Tür, bis zur Gebäudeecke. Ich schlängelte mich herum und schlich weitere zehn Meter vorwärts. Obwohl es auf dieser Gebäudeseite wesentlich dunkler war und ich nirgendwo eine Kamera entdecken konnte, fühlte ich mich immer noch schutzlos. Ein kurzer Blick auf die

Uhr zeigte mir allerdings, dass ich keine Zeit hatte, mich nach einer etwas abgeschiedeneren Stelle umzusehen. Ich legte die Pizzakartons auf den Boden, nahm meinen Rucksack ab und zog den Klotztop heraus.

»Öffnen!«, sagte ich.

Er öffnete sich, zeigte sofort eine Liste der verfügbaren Drahtlosnetzwerke an.

Es gab nur ein einziges: DIABLONET. Ich tippte zweimal auf den Namen.

Ein Dialogfenster poppte auf, forderte ein Passwort. Wie zuvor machte der Passwortknacker des Klotztops sich unverzüglich ans Werk, und das rote Teufelchen tanzte sein teuflisches Tänzchen.

Dieses Mal dauerte es wesentlich länger, vielleicht sogar eine Minute, bis das Passwort geknackt war. Dann erschien eine Liste auf dem Bildschirm, mit immer mehr kleinen Boxen in immer mehr Zeilen. Bei einem so großen Unternehmen musste man natürlich ein komplexes Netzwerk erwarten, mit vielen angeschlossenen Computern. Aber der Anblick dieser Massen an Rechnern – es waren mindestens hundert! – verunsicherte mich, erschreckte mich. All diese Namen. All diese Buchstaben. Nach ein paar Sekunden wuselten sie durcheinander wie Würmer.

Das ist zu viel.

Ich kann das nicht.

»Anspannung ist das Entscheidende«, sagte Gus immer. »Die Grundlage. Wenn alles andere fehlschlägt, finde deine Anspannung.«

Also versuchte ich, meine Anspannung zu finden: Ich zwang meine Schultern nach unten, weg von meinen Ohren, zu denen sie sich heraufgekrümmt hatten; ich atmete tief durch, bis unters Zwerchfell. Dann richtete ich meinen Blick wieder auf den Bildschirm, auf die erste Box in der ersten Reihe. Sie hieß Reakt01.

Das ist nicht das, was du suchst, sagte ich mir.

Die Box daneben hieß Reakt02.

Das ist auch nicht das, was du suchst.

So arbeitete ich mich die nächsten Minuten lang Schritt für Schritt vorwärts, bis ich ungefähr bei der Hälfte der fünften Reihe auf drei Boxen stieß, die Transf01, Transf02 und Transf03 hießen.

Transf für Transformator, dachte ich.

Ich wählte diese drei Boxen aus.

Kurz darauf hatte ich drei geklonte Desktops auf meinem Bildschirm, einer neben dem anderen. Ich sah auf den ersten Blick, dass sie mit Windows 7 liefen, was eine Erleichterung war, weil ich schon halb befürchtet hatte, das Kraftwerk würde Linux oder sogar irgendein noch exotischeres Betriebssystem verwenden.

Auf dem mittleren Rechner schrieb jemand gerade eine Nachricht in Windows Mail.

Wir könnten uns gegen 9 vor dem Kino treffen, tippte der oder die Unbekannte.

Erneut beschlich mich jenes Gefühl, das ich bereits beim Klonen von Imogens Computer gehabt hatte – dass ich in jemandes Privatsphäre eindrang, dass ich mich an einem Ort herumtrieb, an dem ich nicht das Geringste zu suchen hatte.

Es hielt allerdings nicht lange.

Ich maximierte das mittlere Bildschirmfenster.

Was ich auf einem geklonten Desktop tat, wurde auf dem Originalcomputer nicht angezeigt, so viel wusste ich schon. Also minimierte ich Windows Mail.

Es waren mehrere Anzeigefenster mit digitalen Messdaten geöffnet.

Reaktor Ausgang.

Transformator Eingang.

Transformator Ausgang.

Sie alle erschienen mir sinnvoll, aber sie waren nicht das, wonach ich suchte.

Gabriels Satz fiel mir wieder ein: »Es gibt für alles 'ne Überbrückungsfunktion, das heißt, wir Techniker können eingreifen.«

Danach suchte ich.

Ich überflog die Desktop-Icons, warf einen Blick auf die Auswahlmenüs, doch ich konnte nichts entdecken, das mir auch nur entfernt nach einer Techniker-Überbrückungsfunktion aussah. Ich fragte mich, ob ich mich vielleicht getäuscht hatte, ob diese Überbrückung vielleicht etwas war, dass man mündlich anordnete, übers Telefon.

Dann aber rief ich mir einen weiteren Satz von Gabriel in Erinnerung: »Ich geb sie hier ein, und dann landen sie in der Anlage.«

Schon möglich, dass Gabriel sich nur hatte wichtiger machen wollen, als er tatsächlich war. Allerdings war er mir nicht wie diese Art Angeber vorgekommen.

Ich durchsuchte noch einmal die Icons, nahm mir noch einmal die Auswahlmenüs vor. Wieder stieß ich auf nichts, das nach einer Techniker-Überbrückungsfunktion aussah. Doch dann fiel mir ein, dass Windows 7 ja eine Funktion besaß, mit der man nach Programmen und Dateien suchen konnte. Ich gab *techniker überbrückung* ein und tippte auf Return. Es dauerte drei Sekunden, bis der Fund angezeigt wurde, ein verstecktes Icon. Nachdem ich es zweimal angetippt hatte, poppte ein Fenster auf mit drei Eingabefeldern.

Reaktorproduktivität, hieß das erste.

In das entsprechende Feld gab ich *0* ein.

Uhrzeit Beginn, hieß das zweite.

Ich gab *20:30* ein.

Uhrzeit Ende, hieß das letzte.

Kaum hatte ich *21:30* eingegeben, saß ich plötzlich in einem Meer aus Licht.

Erwischt!

Erwischt, wie ich mich in das Netzwerk eines Atomkraftwerks hackte.

Ich hatte mir bisher kaum Gedanken darüber gemacht, was wohl passieren würde, falls es so weit kam.

Es war mir einfach unnötig pessimistisch erschienen. Ich hatte mich für absolut unantastbar gehalten: Ich, erwischt? Keine Chance!

Aber jetzt, da ich doch erwischt worden war, machte ich mir sehr viele Gedanken in wirklich sehr kurzer Zeit. Ich würde auf Grundlage der neuen Antiterrorgesetze angeklagt werden. Würde lebenslang ins Gefängnis wandern. Und selbst mein Vater mit all seinem Geld, würde mich da nicht rausholen können. Verhörspezialisten würden mich fragen, warum ich es getan hatte, für wen ich gearbeitet hatte. Und wegen des Clans, wegen der *Omertà*, würde ich es ihnen nicht sagen können. Also würden sie es mit Folter versuchen. Natürlich nicht in Australien, denn hier ist Folter verboten. Also würden sie mich außer Landes fliegen, womöglich sogar nach Guantanamo Bay. Sie würden Céline-Dion-Platten in trommelfellzermürbender Lautstärke spielen, Tag und Nacht. Sie würden mich waterboarden. So lange, bis ich irgendwann nichts weiter sein würde als ein sabbernder Idiot. Ein Bein an den Clan zu verlieren erschien mir plötzlich gar nicht mehr so übel. Die weniger grausame von zwei grausamen Abscheulichkeiten.

Dann hörte ich, wie ein Auto beschleunigte, und das Licht verschwand, und ich saß wieder im Halbdunkel. Es war bloß der Scheinwerferkegel eines Wagens gewesen, der den Parkplatz verlassen hatte.

Ich bewegte den Cursor auf den Absenden-Button. Prüfte noch einmal die Zahlen und tippte dann auf den Bildschirm.

Ein Pop-up-Fenster erschien.

Passwort.

Kein Problem, dachte ich: Mein kleiner teuflischer Kumpel knackte jedes Passwort. Und wie erwartet erschien er kurz darauf, in der Hand seinen Dreizack, und machte sich mit seinem teuflischen Tänzchen ans Werk.

Nach ungefähr zwanzig Sekunden folgte jedoch kein triumphierendes Grinsen. Stattdessen wurde eine Meldung angezeigt: *Passwortknacker hat md5-crypt mit 24-Bit-Salt-Verschlüsselung erkannt. Brute-Force-Suche kann bis zu 24 Stunden in Anspruch nehmen. Bitte Vorberechnungs-String angeben.*

Glücklicherweise hatte ich bei meiner Recherche genug gelesen, um zu wissen, was damit gemeint war – wenn Leute sich ein Passwort ausdachten, verwendeten sie dafür normalerweise nicht einfach beliebige Zahlen und Buchstaben, sondern benutzten als Grundlage ein bestimmtes Wort, zu dem sie einen speziellen Bezug hatten: einen Vorberechnungs-String.

Ich begann mit der offensichtlichsten Variante und tippte *Gabriel* in das Feld.

Wieder das Tänzchen, doch kurz darauf dieselbe Meldung. Ich probierte es mit *Gabby*, abermals ohne Erfolg.

Was wusste ich noch über Gabriel?

Ich rief mir die Exkursion in Erinnerung, indem ich mein persönliches Kopfkino-YouTube aktivierte und noch einmal das Video unseres Besuchs beim Transformatöhr abspielte.

»... dass morgen Abend die Mariners gegen die mächtigen Tritons antreten ...«, hatte Gabriel gesagt.

Warum hatte er von den *mächtigen* Tritons gesprochen, nicht einfach von den Tritons? Weil er ein glühender Tritons-Fan war, darum.

Ich tippte *Tritons* ein.

Kein Glück.

Was wusste ich über die Tritons?

Nicht viel, denn mit Fußball hatte ich ziemlich wenig am Hut, um nicht zu sagen, absolut gar nichts. Doch dann erinnerte ich mich wieder an das Foto von Rocco Taverniti, auf das ich im Netz gestoßen war.

Er hatte den Arm um irgendeinen neuen Stareinkauf gelegt, einen Brasilianer.

Wie hieß der noch mal?

Zongaga?

Gonzaga, so hieß er!

Ich tippte *Gonzaga* ein.

Fünf Sekunden später grinste der kleine Teufel, und ich grinste zurück. md5-crypt mit 24-Bit-Salt-Verschlüsselung hin oder her, er hatte das Passwort geknackt wie eine morsche Walnuss.

Ein neues Pop-up-Fenster erschien: *Reaktor hat Nachricht erhalten.*

Ich klappte den Klotztop zu, verstaute ihn wieder in meinem Rucksack, verstaute den Rucksack auf meinem Rücken.

Als ich über die Pizzakartons steigen wollte, hielt ich inne. Plötzlich hatte ich einen irrsinnigen Hunger. Und in einem war sich alle Welt einig: Big Pete's Pizzas waren die besten der ganzen Stadt. Es wäre eine Schande, sie einfach verkommen zu lassen. Besonders weil die Bestellung ja von meiner Schwester kam –

oder womöglich sogar meinem Bruder. Ich öffnete einen Karton, schnappte mir eine vorgeschnittene Ecke, stopfte sie mir in den Mund und arbeitete mich wieder zu der Gebäudeecke vor.

Ein rascher Blick – es war niemand zu sehen. Ich wiederholte mein Rücken-flach-an-die-Wand-Manöver, dieses Mal zurück Richtung Tür. Nachdem ich die passende Stelle erreicht hatte, stieß ich mich von der Wand ab und marschierte schnurstracks zu meinem Roller. Ich spürte förmlich, wie die Überwachungskameras mich beobachteten, mich verfolgten, um ein Dutzend Blickwinkel-Versionen von mir auf einer Festplatte zu speichern.

Als ich beim Roller eintraf, startete einer der Wagen. Perfekt, sagte ich mir. Buzz war vielleicht dämlich, aber so dämlich war er nun auch wieder nicht. Bestimmt war er schon ganz versessen darauf, mir die eine oder andere Frage zu stellen, bevor ich das Gelände wieder verließ – etwa, warum ich ganze elf Minuten gebraucht hatte, um ein paar Pizzas abzuliefern. Ich musste einen anderen Weg nach draußen finden, einen, bei dem Buzz eine möglichst kleine Rolle spielte.

Ich startete den Motor und wartete. Als der Wagen an mir vorbeigerollt war, scherte ich hinter ihm ein, folgte seinen glutroten Heckleuchten, während er die Straße entlangglitt.

Abstand halten!, warnte ich mich im Stillen. Ich legte keinen gesteigerten Wert darauf, dass der Fahrer misstrauisch wurde.

Doch kaum sah ich das schimmernde Licht des Kontrollpunkts, beschleunigte ich, um die Lücke zu verkleinern. Der Wagen vor mir fuhr langsamer, dann öffnete sich die Schranke. Ich gab Vollgas. Der Roller war keine Rennmaschine: Er brauchte eine Weile, um Fahrt aufzunehmen. Der Wagen passierte die Ausfahrt, und die Schranke senkte sich bereits wieder, als ich sie endlich erreichte. Ich duckte mich flach auf den Lenker, die Nase fest auf den Tacho gepresst.

Die Schranke fiel die letzten Zentimeter nach unten und verpasste mir einen Karatehieb in den Nacken. Der Schmerz war stechend und heftig, und die Wucht des Schlags brachte den Roller in Schieflage, sodass er quer über den Asphalt schlitterte. Ich nahm einen Fuß vom Trittbrett und stieß mich kurz und mit aller Kraft von der Straße ab.

Es funktionierte: Der Roller richtete sich wieder auf.

Ich hielt den Atem an. Jede Sekunde musste eine Sirene losheulen. Doch nichts geschah – nichts störte die nächtliche Ruhe, abgesehen vom Lärm meines Auspuffs.

Ich gestattete mir einen kurzen Blick über die Schulter.

Und sah den Schattenriss eines Wachmanns mit quadratischen Schultern und noch quadratischerem Kinn, der vor seinem Wachhäuschen stand, der Schranke den Rücken zukehrte und den Reißverschluss seiner Hose hochzog.

Buzz, du hast echt Glück, dass ich nicht ein gewisser Mr bin Laden zurück aus dem Reich der Toten bin, denn wenn ich der wäre, wärst du jetzt Kebab.

KINDERSPIEL

Von da an hätte es im Grunde wirklich ein Kinderspiel sein können. Gemütlich nach Hause gondeln, den Roller loswerden, dann durch die Stadt schlendern und in aller Ruhe den Anfang der Earth Hour abwarten. Vielleicht sogar irgendwo einen Happen essen, anschließend ein kleiner Abstecher in den fantastischen neuen Styxx-Laden, der vor Kurzem in Surfers aufgemacht hatte ... Wäre da nicht dieses eine Problem gewesen, oder genauer gesagt, diese drei Probleme: die Geißeln der Erde.

Als ich zu dem alten Tomatenstand kam, dort wo die Straße dicht an dem Hochspannungsmast vorbeiführte, fuhr ich links ran.

Ich bugsierte den Roller hinter den Holzverschlag und erinnerte mich wieder daran, was Seb an dem Tag unserer Exkursion gesagt hatte: »Stellt euch bloß mal vor, der Mast kippt um.«

Ja, Seb, stell dir das bloß mal vor.

Die Earth-Hour-Leute hatten den idealen Abend gewählt: Es gab so gut wie kein Mondlicht, nur hier und da ein paar Sterne, sodass es ziemlich dunkel war und ich Mühe hatte, in der Ferne den massigen Umriss des Hochspannungsmasts zu erkennen.

Das war einerseits gut – ich würde nicht so leicht zu entdecken sein –, andererseits schlecht – es würde nicht einfach werden, den Mast zu erreichen.

Thor hatte recht, das Gelände hier draußen war rau.

Ich zückte mein iPhone und aktivierte die iTrack-App.

Zugegeben, es bestand eine gewisse Möglichkeit, dass sie ihr iPhone nicht bei sich hatte, dass sie es lieber zu Hause gelassen hatte, doch die Wahrscheinlichkeit hielt ich für ziemlich gering.

Ich hatte ihren liebevollen Blick gesehen, hatte die Zärtlichkeit bemerkt, mit der sie das Display berührte – Mandy litt an einer besonders schweren Form von tragischer iFan-itis, so schwer, dass die meiner Schwester dagegen einigermaßen harmlos wirkte.

Ich gab Mandys Nummer ein, die von der Broschüre aus Nimbin, und genau wie schon letzte Nacht, als ich das Ganze getestet hatte, nahm die iTrack-App sich kurz Zeit zum Nachdenken, bevor sie die GPS-Koordinaten ausspuckte. Ich tippte darauf, und der Link führte mich auf Google Maps.

Mandy und ihr iPhone befanden sich auf exakt dieser Straße, rund 5,3 Kilometer entfernt!

Ich wartete einen Moment und wiederholte die Suche.

Jetzt waren sie nur noch 5,1 Kilometer entfernt und bewegten sich weiter in meine Richtung. Und sie fuhren laut App mit einer Geschwindigkeit von 64,8 km/h.

Es würde kein Kinderspiel geben, keinen Happen zu essen, kein gemütliches Stöbern im Styxx-Laden. Es wurde Zeit für Plan Moneypenny.

Eilig machte ich mich auf den Weg zum Mast. Mein Gepäck hüpfte heftig auf meinem Rücken, und ich stolperte ein paarmal über Steine.

Als ich den Mast erreicht hatte, streifte ich den Rucksack ab und nahm behutsam die USBV heraus.

Und plötzlich überkam mich ein merkwürdiges Gefühl von ... Ich weiß nicht so recht, wie man es nennen soll. Macht? Befriedigung? Vielleicht sogar Hochmut?

Ich, Dominic Silvagni, ein fünfzehnjähriger Junge aus Halcyon Grove, hatte mit eigenen Händen dieses glatte, rundliche Etwas voller Bösartigkeit und Zerstörungskraft hergestellt.

Ich befestigte das Paket mit Gaffer-Tape an einem der Mastbeine und vergewisserte mich, dass die Zündschnur gut erreichbar war. Dann zückte ich mein iPhone, um erneut einen Blick auf die App zu werfen, aber das hätte ich mir auch sparen können, weil ich bereits kurz darauf die sich nähernden Scheinwerfer sehen konnte.

Ein Kastenwagen erschien, auf dessen Dach der Umriss eines zusammenklappbaren Rollstuhls zu erkennen war. Er fuhr vorbei, und augenblicklich war mein fein ausgetüftelter Plan vollkommen wertlos. Doch dann tauchte der Wagen erneut auf, dieses Mal aus der anderen Richtung, und hielt direkt neben dem alten Verkaufsstand.

Ich sah zu, wie zwei Männer ausstiegen – Thor und Alpha –, beide in schwarzen Klamotten, die Gesichter geschwärzt, beide barfuß. Sie hievten zwei große Pakete aus dem Laderaum und machten sich auf den Weg Richtung Mast. Sie bewegten sich geschmeidig, glitten beinahe über den Boden.

Jeglicher Zweifel, den ich hinsichtlich ihrer Fähigkeiten vielleicht noch gehegt hatte, löste sich sofort in Luft auf. Diese Typen waren Öko-Ninjas, und sie waren zu allem fähig: sämtliches KFC-Federvieh in Australien zu befreien, hundert Langleinenfischereischiffe zu versenken, jede einzelne Holzerntemaschine in den Urwäldern dieses Planeten in die Luft zu jagen.

Und mit einem Mal war ich wütend – wütend darüber, dass der Clan diese beiden zu meinen Gegnern gemacht hatte.

Denn irgendwie beneidete ich sie.

Und jetzt musste ich sie aus dem Weg räumen.

Während sie näher kamen und dabei weiter über den Boden zu gleiten schienen, machte ich mich bereit.

Der nun folgende Teil des Plans Moneypenny war von Anfang an derjenige, den ich am unbefriedigendsten fand. Wäre ich ein Taliban gewesen oder ein irakischer Aufständischer oder vielleicht irgendein Soldat, dessen Vater ebenfalls Soldat gewesen war und der ein über Generationen gewachsenes Wissen mit sich herumschleppte, hätte ich jetzt hundertprozentig mit gezücktem Handy hinter dem alten Tomatenstand gehockt, bereit, meine USBV fernzuzünden.

Ein Druck auf die Rautetaste und *kaboom*!

War ich aber nicht, und ich hatte schlicht nicht herausfinden können, wie so was funktioniert, also kauerte ich hier mit gezücktem Feuerzeug, so unfernzünderisch, wie es nur ging.

Ich wartete noch ein paar Sekunden, bis ich die Gesichter der beiden Öko-Ninjas erkennen konnte, dann gab ich mir das Kommando *Jetzt!* und hielt das Feuerzeug an die Zündschnur.

Sie glühte rot, aber brannte nicht, und für einen Augenblick dachte ich, dass ich reingelegt worden war, dass das, was ich mir Dutzende Male auf YouTube angeschaut hatte, nichts weiter als ein dämlicher Scherz war. Doch dann zischte es urplötzlich laut – die Zündschnur brannte! –, und ich musste zur Hölle noch mal zusehen, dass ich wegkam.

Der Erfolg des Plans Moneypenny hing jetzt ausschließlich von einer Sache ab: von schnellen Beinen, davon, dass ich es in so kurzer Zeit wie nur möglich wieder zurück zum Roller schaffte.

Als Wettkampf-Läufer hatte ich geglaubt, diesen Punkt ziemlich locker im Griff zu haben.

Doch inzwischen war ich da nicht mehr so sicher – selbst beim Gehen und auf jeden Schritt achtend war ich vorhin zweimal gestolpert.

Ich sprintete los.

Allerdings nicht auf direktem Weg, weil ich den beiden Öko-Ninjas nicht begegnen wollte.

Also lief ich so eine Art Bogen, in Crosslauf-Technik: Fußballen aufsetzen, Knie weit nach oben, Arme mit kräftigem Schwung.

Wie durch ein Wunder vermied ich sämtliche Stolpersteine und schaffte es, mich auf den Beinen zu halten.

Kurz vor der Straße ging mir auf, dass der beschriebene Bogen mich ziemlich dicht an den Kastenwagen der Geißeln der Erde herangeführt hatte.

Das beunruhigte mich jedoch nicht weiter: Mandy saß schließlich im Rollstuhl, was konnte sie da schon tun?

Na ja, sie konnte zum Beispiel das Fernlicht einschalten.

Und genau das tat sie.

Was mich höllisch blendete.

Sie konnte den Arm auf die Hupe stemmen.

Und genau das tat sie.

Was mich höllisch erschreckte.

Außerdem konnte sie versuchen, mich zu überfahren.

Und noch mal, genau das tat sie.

Der Motor heulte auf, dann ließ sie die Kupplung kommen. Dieser geh-handicapte Freak!

Und ich, höllisch geblendet und höllisch erschreckt, stand einfach bloß da, während der Wagen Tempo aufnahm und auf mich zuraste.

Aus Richtung des Hochspannungsmasts war plötzlich ein Geräusch zu hören, eigentlich mehr als ein Geräusch, eher ein Megageräusch, ein allmächtiges *Kaboom*! Was genügte, um mich schlagartig in Aktion zu versetzen.

Ich hechtete auf die Seite, und der Wagen, mit immer noch blendenden Scheinwerfern und immer noch plärrender Hupe, donnerte an mir vorbei.

Zwei elitekommandomäßige Hechtrollen und ich stand wieder auf meinen Füßen.

Der Hochspannungsmast war jetzt gleißend hell, wie ein gigantischer kahler Weihnachtsbaum, der unzählige Funken gen Himmel spuckte.

Eine Sekunde lang glaubte ich, dass ich es übertrieben und den Mast tatsächlich gefällt hatte, doch dann rief ich mir wieder in Erinnerung, dass meine USBV ja gar keine richtige USBV war. Klar, sie war definitiv U wie unkonventionell, und sie war definitiv eine V wie Vorrichtung, aber SB wie Spreng-und-Brand war sie nicht. Sie war nicht mehr als ein dickes Bündel von in verschiedenen Läden gekauften Wunderkerzen, mit mehreren Lagen Isolierband verschnürt. Im Grunde war sie bloß eine UV.

Ich hatte mich kaum auf den Roller geschwungen, da heulten auch schon die Sirenen los.

ABSTIEG VOM EVEREST

Es ist nicht der Aufstieg auf den Mount Everest, der die Leute das Leben kostet, es ist der Abstieg. Was ich damit sagen will? Genau das. Ich war auf den Everest geklettert – bildlich gesprochen –, und jetzt musste ich heil wieder runter.

In den vergangenen Tagen hatte ich stundenlang vor dem Computer gehockt und auf Google Earth ein- und ausgezoomt, um eine Fluchtroute auszutüfteln und mir den sichersten Abstieg vom Everest einzuprägen. Damals hatte der Weg ziemlich unkompliziert ausgesehen, doch jetzt, wo es dunkel war und von allen Seiten Sirenen heulten, kam das Ganze mir nicht mehr so simpel vor.

Halt dich an den Plan!, sagte ich mir immer wieder, vor allem dem Teil von mir, der einfach nur stur geradeaus und mit Vollgas die Straße entlangbrettern wollte, auf der ich fuhr.

Ich überquerte die Brücke, und da war er: der Feldweg, der nach rechts ins Gelände führte. Beim Abbiegen schaltete ich den Scheinwerfer aus. Von jetzt an musste ich um einiges langsamer fahren, aber dafür entfernte ich mich immerhin von der Straße.

Das Sirenengeheul wurde leiser, und ich wurde immer zuversichtlicher, dass meine Flucht gelingen würde.

Kurz darauf näherte ich mich einer weiteren Brücke – doch sie war nicht mehr da!

Ich hatte noch deutlich das Google-Earth-Bild vor Augen: eine normale, stinklangweilige Brücke, keine Besonderheiten, kein Schnickschnack. Aber sie hatte – auf Google Earth jedenfalls – haargenau das gemacht, was Brücken eben so machen: nämlich den Weg vom einen Flussufer zum andern zu bringen.

Doch stattdessen sah ich vor mir nur Berge von Sand und Berge von Schotter und riesige Betonblöcke und jede Menge Bagger und außerdem ein Schild, auf dem stand: *Wir bauen für Sie eine bessere Gold Coast! Folgen Sie bitte der Umleitung.*

In diesem Moment hasste ich Google Earth, hasste sämtlichen Google-Kram. Aber mir blieb keine Wahl, also nahm ich die Umleitung. Ich wusste genau, wohin sie mich führen würde. Und ich wusste es deshalb so genau, weil ich alles dafür getan hatte, um den Ort zu vermeiden.

Ich roch ihn bereits, noch ehe ich ankam.

Den Geruch endlicher Existenz.

Und als ich dann ankam, bei der steinernen Mauer und den düsteren Schemen dahinter, zwang ich mich dazu, auf keinen Fall hinzusehen. Es galt, zwei Kilometer Nekropolis hinter mich zu bringen, zwei Kilometer galoppierende Koimetrophobie im Zaum zu halten.

Zuerst hörte ich sie – ein dröhnendes *Flapp-flapp-flapp-flapp* in der Ferne –, dann erst sah ich die Lichtkegel ihrer Suchscheinwerfer.

Hubschrauber!

Sofort bekam ich eine Stinkwut auf mich selbst: Ich hatte schon dermaßen viele Actionfilme gesehen, wieso hatte ich keine Hubschrauber einkalkuliert?

Kurz darauf allerdings verwandelte die Wut sich in Sorge, denn die Scheinwerfer kamen rasend schnell näher. Ich musste unbedingt irgendwo Deckung finden. Rechts von mir lag nichts außer offenen Feldern. Zähneknirschend wandte ich den Blick nach links. Auf die absolut lückenlos steinerne Steinmauer. Fast fühlte ich mich erleichtert: Es gab sowieso keinen Weg hinein.

Flapp-flapp-flapp-flapp!

Plötzlich ein Eingang. Ich bremste, rollte auf das Gittertor zu. Stieß dagegen.

Ist bestimmt abgeschlossen, dachte ich. Hoffte ich.

War es nicht.

Flapp-flapp-flapp-flapp!

Ich war im Inneren von Nekropolis.

»Hey, hat irgendwer von euch Typen 'ne Pizza bestellt?«, rief ich.

Niemand lachte.

Nicht einmal ich.

Ich rollte einen Weg entlang, zu dessen beiden Seiten Reihen über Reihen von Grabsteinen standen.

Keinerlei Deckung in Sicht.

Flapp-flapp-flapp-flapp!

Die Hubschrauber und ihre umherschwenkenden Suchscheinwerfer rückten näher.

Ich rollte weiter, hielt Ausschau nach irgendeinem Versteck.

Doch als ich es fand, wünschte ich mir, ich hätte es nicht gefunden.

Die Familiengruft der Taboris.

Es gab zwei Taboris an meiner Schule, Zwillinge. Sie spielten in unserem Schulorchester, der eine Cello, der andere Violine.

Während ich mit dem Vorderreifen des Rollers gegen die Tür drückte, fragte ich mich, ob das wohl ihre Familiengruft war, ob die beiden wohl eines Tages, wenn ihre letzten Noten verklungen waren, in diesem Gemäuer endeten. Die Tür öffnete sich quietschend nach innen, und der Roller und ich verschwanden in dem stickigen Raum.

Wenn man jemanden fertigmachen wollte, der an Arachnophobie leidet, was würde man dann tun?

Man würde ihn in einen Käfig voller Spinnen sperren.

Und jemanden mit Akrophobie?

Ihn auf den Gipfel des Everest stellen.

Und jemanden mit Koimetrophobie?

Haargenau das hier. Ihn mitten in der Nacht in eine Gruft stecken.

Der Druck war unerträglich – und er wuchs, in meinem Kopf, in meinem ganzen Körper. Ich musste hier raus.

Ich versuchte, vernünftig mit mir zu reden. Was war Koimetrophobie überhaupt? Eigentlich doch bloß ein Wort, dass irgendein Minzbonbons lutschender Psychofritze mit einem sündhaft teuren Füllfederhalter auf einen Zettel gekritzelt hatte, nichts weiter.

Aber es nützte nichts. Der Druck wurde immer heftiger, die Angst immer stärker. Jede Faser, jedes Atom in mir schrie mich an: *Bring uns hier raus!*

Das *Flapp-flapp-flapp-flapp* war jetzt allerdings direkt über mir. Ich konnte geradezu spüren, wie die schwirrenden Rotorblätter durch den Nachthimmel pflügten.

Plötzlich fiel grelles Licht durch ein Fenster hoch oben, und im Innern der Gruft wurde es hell. Tafeln hingen rings an den Wänden mit Fotografien von den Bewohnern, den Verstorbenen. Eins der Gesichter kam mir seltsam bekannt vor. Aber woher? Dann fiel es mir wieder ein: Es gehörte einem der Zwillinge auf dem Foto, das ich damals in der untersten Schublade von Gus' Schreibtisch gefunden hatte.

Das ist bloß die Koimetrophobie, redete ich mir ein. *Die spielt deinem Hirn einen Streich.*

Dann sah ich die Ratte.

Miranda hatte früher mal eine Ratte namens Madonna gehabt, mit weißem Fell und hellroten Augen und einem exklusiven Heißhunger auf ungesalzene Cashewkerne. Diese Ratte hier hatte schwarzes Fell und schwarze Augen und starrte mir furchtlos entgegen, mit einem fragenden Ausdruck in ihrem Rattengesicht, so als hätte sie niemals zuvor einen Menschen gesehen. Und vielleicht hatte sie das ja auch nicht. Keinen stehenden jedenfalls.

Der grelle Lichtschein verschwand, und die Ratte wurde wieder von der Dunkelheit verschluckt.

Das *Flapp-flapp-flapp-flapp* entfernte sich langsam.

Mir war klar, dass ich eigentlich hierbleiben musste, dass die Hubschrauber vermutlich einem ausgeklügelten Suchmuster folgten, bei dem sie mehrere Male dieselben Punkte abflogen. Aber ich konnte nicht. Koimetrophobie war eben nicht bloß ein hingekritzeltes Wort auf einem Zettel.

Ich bugsierte den Roller rückwärts nach draußen, und dann gab ich Gas, raste den Weg entlang, durch das Tor und zurück auf die Straße.

Glücklicherweise ließen die Hubschrauber sich nicht mehr blicken, sodass ich am Ende der Umleitung wieder auf meiner geplanten Fluchtstrecke war, einer Reihe von schmalen Nebenstraßen, die sich im Zickzack zwischen Farmhäusern und Melkschuppen hindurchwanden.

Kurz bevor ich erneut auf die Hauptstraße einbog, hielt ich

bei einer kleineren Baumgruppe an. Dort schlüpfte ich wieder in meine normalen Klamotten und verstaute die Big-Pete's-Uniform in einer Plastiktüte.

Mein Instinkt drängte mich, sie gleich hier und jetzt loszuwerden, indem ich die Tüte unter einem Haufen Steine begrub oder auf einen Baum kletterte und sie in eine Astgabel stopfte. Aber das alles hatte ich mir zuvor bereits gründlich durch den Kopf gehen lassen. Wenn ich das tat, wäre sie trotzdem noch ein Beweisstück, und zwar eines randvoll mit DNA, eines, das irgendwann irgendwer finden konnte. Nein, ich musste die Uniform mitnehmen.

Ich zog eine Dose schwarzes Lackspray aus meinem Rucksack und verpasste dem Roller eilig eine oberflächliche Neulackierung, indem ich sämtliche Big-Pete's-Schriftzüge übersprühte. Anschließend machte ich dasselbe mit meinem Helm. Zufrieden damit, jetzt deutlich weniger wie ein Pizzabote auszusehen, nach dem vielleicht eine Großfahndung lief, schwang ich mich wieder auf meinen fahrbaren Untersatz.

Ich bildete mir ein, schon das Dröhnen der Autobahnhölle zu hören. Ihn fast schon zu sehen, diesen Strom aus Geräuschen und Licht. Freiheit, dachte ich, denn sobald ich darin erst einmal mitschwamm, wäre ich wieder vollkommen anonym.

Im nächsten Moment tauchte aus Richtung Diablo Bay ein Paar Scheinwerfer auf, dann zuckelte langsam ein Kastenwagen an mir vorbei. Festgeschnallt auf dem Dachgepäckträger ein zusammenklappbarer Rollstuhl.

Sie waren entkommen!

Unmöglich, schoss es mir durch den Kopf. Denn eigentlich war ich mir absolut sicher, ihnen jede Menge Schwierigkeiten aufgehalst zu haben, einen gewaltigen Haufen Probleme in Form von Straßenblockaden, schwirrenden Hubschraubern und schießwütigen Antiterror-Kommandos. Dennoch, da sie es ja nun offenbar trotzdem geschafft hatten, sich aus dem Staub zu machen, hielt ich es für das Beste, es einfach dabei zu belassen. Immerhin bestand mittlerweile keinerlei Chance mehr, dass diese rücksichtslosen Fanatiker den Hochspannungsmast sprengten.

Aber dann dachte ich an Mandy.

Dachte daran, wie sie mir über die Füße gerollt war, meine empfindlichen Läuferfüße, mit ihrem Rollstuhl. Dachte daran, wie sie um ein Haar über alles an mir gerollt wäre, das empfindliche Alles-an-mir, mit ihrem Kastenwagen.

Und nicht nur das, es kam mir auch plötzlich so vor, als hätte ich meinen Job nicht erledigt. Als würde ich dem Plan Moneypenny nicht so gerecht werden, wie er – oder seine Namensgeberin? – es verdiente.

Also ließ ich meinen Scheinwerfer aus und machte mich an die Verfolgung.

Zu meinem Glück fuhren sie ziemlich langsam, vermutlich weil sie sich für den Wir-sind-nicht-vor-irgendwas-auf-der-Flucht-Look entschieden hatten, den Wir-machen-bloß-'ne-nächtliche-Spritztour-übers-Land-Look. Daher dauerte es nicht lange, bis ich sie eingeholt hatte, und währenddessen heckte ich rasch einen Plan aus, schon den dritten des Abends.

Nur gab es dabei ein Problem – eine klassische Zwickmühle. Um den Plan auszuführen, musste ich die Geißeln überholen, aber sobald ich sie überholte, würden sie sich an meine Fersen heften.

Doch kaum war die Zwickmühle aufgetaucht, zeigte sich auch schon ihre Lösung.

Rastplatz 100 m, stand auf dem Schild, und mir fiel wieder ein, dass wir am Tag unserer Exkursion dort haltgemacht hatten, damit meine allzu kaffeehaltigen Klassenkameraden sich erleichtern konnten.

Der Kastenwagen fuhr geradeaus weiter, und ich scherte nach links aus auf den Schotterweg.

Im selben Moment riss ich den Gasgriff bis zum Anschlag nach unten.

Sicher, mit diesem Roller wäre ich auf gar keinen Fall hinter dem großen Valentino Rossi Zweiter beim Italien-Grand-Prix geworden. Der große Valentino Rossi hätte sich mit diesem albernen Teil wahrscheinlich nicht mal 'ne Pizza Hawaii liefern lassen. Aber es war trotzdem erstaunlich kraftvoll, und als es so über den losen Schotter flog und ich mich mit Händen und Oberschenkeln festklammerte, überwältigte mich das Gefühl, dass ich nichts mehr unter Kontrolle hatte.

Dass ich vorwärtsgeschleudert wurde von Kräften, die weit mächtiger waren als ich.

Und dass ich nichts anderes tun konnte als das, was ich sowieso schon tat: mich festzuklammern.

Und dass womöglich jeden Moment alles zu Ende wäre – die Reifen würden die Haftung verlieren und der Roller würde unter mir ausbrechen und wir beide würden gegen einen Baum krachen. Aber womöglich auch nicht.

Plötzlich war der Schotter verschwunden, ich fuhr wieder auf der Hauptstraße.

Sofort blickte ich über die Schulter und sah ein gutes Stück hinter mir ein Paar Scheinwerfer glänzen.

Geschafft!

Ich hielt den Gasgriff weiter am Anschlag, bis ich zu der Stelle kam, wo der Bus damals hatte stoppen müssen, um die Kühe vorbeizulassen.

Ich machte den Motor aus, bugsierte den Roller so weit an den Straßenrand wie nur möglich und lehnte ihn gegen den Weidezaun.

In der Dunkelheit sah ich keine von ihnen, aber ich hörte sie jetzt: Muh, Muh und noch mal Muh. Sie klangen ziemlich nervös, und ich konnte es ihnen nicht verübeln. All das Sirenengeheul und die flapp-flappenden Hubschrauber hätten vermutlich jeden kirre gemacht.

Ich lief zu ihnen zurück. Jetzt konnte ich sie auch riechen mitsamt ihren Fladen, spürte den warmen Dunst ihrer miefigen Atemwolken.

»Hi, Mädels«, sagte ich und öffnete das Gatter. »Zeit für 'n bisschen Bewegung.«

Sie standen einfach nur da.

»Kommt schon!«

Wie angewurzelt.

Ich hastete über die Straße und stieß das andere Gatter auf. Es quietschte laut. Beinahe wie auf Kommando setzten die Kühe sich in Bewegung und trotteten über die Straße zu mir herüber.

Ich ließ zwei durch das Gatter, doch dann tat ich etwas ziemlich Fieses: Ich schloss es wieder. Anschließend rannte ich auf die andere Seite und tat noch etwas ziemlich Fieses: Ich schloss auch dort das Gatter, stieß es hinter mir zu.

Gut dreißig Kühe drängten sich jetzt auf der Fahrbahn – eine Straßenblockade aus Rindviechern.

Ein Stück weiter am Rand der Weide fand ich ein gutes Versteck hinter einem Baum.

Kurz darauf gingen im Farmhaus auf der anderen Seite die Lichter an. Und auf der Straße näherte sich ein Scheinwerferpaar.

Der Kastenwagen traf zuerst ein.

Vielleicht hätte ein anderer Typ Terrorist, zum Beispiel ein Mitglied der Taliban, ganz einfach versucht, durch die Herde hindurchzubrettern, um die Kühe beiseitezufegen wie Kegel. Nicht so die drei Hennenbefreier.

Sie hielten an, blendeten ihre Scheinwerfer ab, und Thor lehnte sich aus dem Fenster und sagte: »Dann tasten wir uns hier mal durch, Leute.«

Da erschien der Lichtkegel einer Taschenlampe – die zwei Milchbäuerinnen waren angekommen.

Beide waren klein und rundlich, beide in Morgenmantel und Gummistiefeln, und eine von ihnen hielt eine doppelläufige Schrotflinte in der Hand.

»Was zur Hölle ist hier los?«, knurrte sie, indem sie die Waffe direkt auf Thor richtete.

»Sieht mir schwer danach aus, als wär uns 'n Trupp Terroristen ins Netz gegangen, Ducks«, antwortete die andere Bäuerin und zückte ihr Handy. »Ich ruf wohl mal besser die Nummer an, die sie durchgesagt haben.«

»Meine Damen, Sie sehen das völlig falsch –«, setzte Thor an.

»Erstens, wir sind keine Damen«, unterbrach ihn die Bäuerin namens Ducks. »Und zweitens, überlassen Sie das ruhig uns, ob wir irgendwas falsch sehn oder nicht.«

»Ja, ganz genau«, sagte die telefonierende Bäuerin zu der oder dem Unbekannten am anderen Ende der Leitung. »Wir warten auf Sie.«

»Die sind in zehn Minuten hier«, verkündete sie, nachdem sie aufgelegt hatte.

»Fahr los!«, brüllte Thor zu Mandy hinüber, aber sie war schon dabei.

Das Getriebe kreischte kurz auf, dann schoss der Wagen mit heulendem Motor rückwärts auf mein Versteck zu.

Ducks legte die Schrotflinte an, zielte sorgfältig und zerschoss einen der Vorderreifen.

Der Kastenwagen brach jäh nach rechts aus, fuhr aber weiter.

Ducks zielte ein zweites Mal und zerschoss den anderen Vorderreifen.

Der Wagen kam schlingernd zum Stehen.

Zeit, mich aus dem Staub zu machen, dachte ich.

Vorsichtig pirschte ich über die Weide zurück zu meinem fahrbaren Untersatz, doch nach wenigen Schritten hatte ich eine Idee.

Ich griff in den Rucksack und zog die Plastiktüte heraus, in der die Big-Pete's-Uniform steckte.

Ich zielte sorgfältig und schleuderte die Tüte über den Zaun. Sie beschrieb einen hohen Bogen, dann landete sie auf dem Dach des Kastenwagens, unmittelbar neben dem Rollstuhl. Ich hörte leises Sirenengeheul, und im nächsten Moment tauchten in der Ferne Scheinwerfer auf, die sich von Diablo Bay her näherten. Geduckt hastete ich am Rand der Weide entlang, kletterte über den Zaun und schwang mich auf meinen Roller, und eine Viertelstunde später war ich im Strom der Autobahnbenutzer untergetaucht.

Während ich meine Flucht geplant hatte, meinen Abstieg vom Everest, hatte ich lange gezögert, den Preacher's Forest mit einzubeziehen, aber er war einfach zu perfekt – als eine Art Pufferzone zwischen Land und Stadt, der ideale Weg, um möglichst unauffällig wieder in die hell erleuchteten Straßen hineinzufinden.

Und er bot noch einen anderen Vorteil.

Ich nahm einen der breiteren Pfade, die zum See führten, und schob den Roller bis kurz vor das Steilufer. Das Wasser war tintenschwarz, finster.

Perfekt.

Ich startete den Motor, wendete den Roller Richtung See und spurtete neben ihm her, bis ich die Uferböschung fast erreicht hatte.

Auf einmal überfiel mich ein schlechtes Gewissen: Mein fahrbarer Untersatz war mir ein treuer Gefährte gewesen, das hier hatte er nicht verdient.

Doch mir blieb keine Wahl.

Ich riss den Gasgriff nach unten und ließ den Lenker los. Der Roller schlingerte leicht hin und her, dann segelte er über die Kante und schlug hart auf dem Wasser auf.

Tintenschwarz. Finster. Perfekt.

»Diese Männer sind Brunnen ohne Wasser und Nebelschwaden, vom Sturmwind getrieben. Ihr Los ist die schwärzeste Finsternis!«, gellte jäh eine Stimme.

Der Prediger!

Antwortete er auf das, was ich soeben getan hatte, oder war das bloß einer seiner allabendlichen Wahnsinnsanfälle?

Ich hatte nicht die Absicht, noch länger zu bleiben und es herauszufinden. Ich rannte los. Weg von dem See, weg von dem Prediger und weg von allen Verfolgern. Und auf die Stadt zu, mit ihren hellen Lichtern, die immer noch funkelten. *Aber nicht mehr lange,* sagte ich mir, während ich einen Blick auf die Uhr warf. *Aber nicht mehr lange.*

Als ich den Park verließ, hallten die Worte des Predigers wieder und wieder durch meinen Kopf: »Ihr Los ist die schwärzeste Finsternis!«

EARTH-HOUR-FEHLANZEIGE

Als ich zehn Minuten später ganz in der Nähe des Taverniti's aus dem Bus stieg und zu dem Platz hinüberging, wo die Earth-Hour-Bühne stand, war die Adrenalinflut, die mir zuvor durch die Adern gerauscht war, einigermaßen verebbt, und mein Puls war wieder auf so was Ähnliches wie Normalmaß gesunken.

Eine Band spielte – rein akustisch natürlich – vor einer spärlichen Zuschauermenge, und ein paar Leute verteilten Flugblätter, auf denen die Auswirkungen des Klimawandels erklärt wurden. Doch um all das herum glommen Glühfäden, leuchtete Neongas, floss elektrischer Strom – ein einziges funkelndes Lichtermeer. Die Bürogebäude wirkten wie Schachbrettmuster aus in zahllosen Stockwerken beleuchteten Fenstern. Die Restaurants strahlten wie Leuchttürme, während die Gäste wie Motten hineinflatterten. Jedes Kino war eine Kathedrale aus Licht. Und die Leuchtreklame von Manny Hans blinkte weiter ihr MANNY HANS MAKES LIGHTS WORK.

Earth Hour? Ziemliche Fehlanzeige. Kaum einer machte mit. Kaum einer hatte Interesse.

Andererseits, laut meiner Uhr blieb ja noch eine Minute Zeit.

Sei nicht so pessimistisch, sagte ich mir.

Auf der Bühne hatte sich inzwischen ein Sprechchor versammelt.

Zehn. Neun. Acht. Sieben. Sechs. Fünf. Vier. Drei. Zwei. Eins!

Ein Bürofenster nach dem anderen wurde dunkel. Manche der Restaurants drehten die Lampen herunter. Drüben im Taverniti's sah ich brennende Kerzen auf den Tischen. Hier und da begannen einige Neonreklamen zu flackern, ehe sie schließlich ganz ausgingen. Die Kinofassaden schienen weniger grell zu leuchten.

Sämtliche Earth-Hour-Leute applaudierten und jubelten, aber ich hatte versagt.

Trotz aller Mühe, trotz aller Planung, ich hatte versagt.

Wahrscheinlich hatten sie meine Überbrückung erneut überbrückt. Oder vielleicht hatte ich das Ganze auch einfach von vornherein komplett verbockt.

Die Manny-Hans-Reklame wirkte auf einmal sogar noch heller, noch trotziger, so als wollte sie sich über meinen Misserfolg lustig machen.

Ich hatte versagt, und der Clan würde kommen, um mich zu holen. Um sich mein Bein zu holen. Man legte sich nicht ungestraft mit dem Clan an. Siehe Gus.

Plötzlich wurde der Jubel der Earth-Hour-Leute lauter, begeisterter. Als ich den Blick hob, konnte ich sehen, warum.

Die Bürogebäude waren jetzt komplett dunkel. Sämtliche Stockwerke, sämtliche Fenster.

Dasselbe galt für die Kinos.

Die Restaurants.

Die Straßenlaternen.

Nur Manny Hans blinkte weiter.

Doch dann fing das Schild an zu flackern.

Es flackerte, knisterte, dann ging es aus.

Nach siebenundsechzig Jahren waren Manny Hans' Lichter erloschen.

Eine zähe, klebrige Dunkelheit schien sich über die Stadt zu legen. Leute jubelten. Manche brüllten. Andere schrien.

»Daddy, ich hab Angst«, quengelte ein Kind irgendwo. »Nimm mich an die Hand, Daddy.«

Ich checkte die Uhrzeit – 20:33.

Aber klar, die Verzögerung, wieso hatte ich daran nicht gedacht? Elektrischer Strom braucht Zeit, um durch Leitungen zu fließen.

Ich rief Imogen an.

»Hab ich dir doch gesagt, dass ich's tun würde!«, wollte ich sagen, wollte ich prahlen, aber ich wusste, ich konnte es nicht.

»Hab ich dir doch gesagt, dass es passieren würde«, sagte ich stattdessen.

»Dass was passieren würde?«, fragte Imogen.

»Dass die Lichter ausgehen würden.«

»Hier sind keine Lichter aus«, erwiderte sie.

»Aber in der Stadt ist alles stockdunkel. Ist ziemlich gruselig.«

»Hier sind keine Lichter aus«, wiederholte Imogen.

Und im nächsten Moment dämmerte mir, was der Grund dafür war. Halcyon Grove verfügte ganz offensichtlich über einen eigenen Generator, so wie manche wichtigen Einrichtungen ihre eigenen Generatoren besaßen, zum Beispiel Krankenhäuser. Und ich hatte auch schon einen ziemlich genauen Verdacht, wo er sich befand.

»Nächstes Jahr zieh ich das mit der Petition garantiert durch«, sagte Imogen, und ich hörte die Enttäuschung in ihrer Stimme.

»Nächstes Jahr zwinge ich diese Mistkerle dazu, die Lichter auszuschalten.«

Mein Kopf lief schon wieder auf Hochtouren, ich hatte schon wieder einen neuen Plan. Doch bevor ich den in die Tat umsetzen konnte, musste ich erst mal nach Hause.

GENERATOR Y

Die Taxifahrerin war nicht glücklich. Sie fand, dass diese Hippie-Schwachmaten, die dafür verantwortlich waren, dass kein einziges Licht mehr brannte, die Todesstrafe bekommen sollten.

»Elektrischer Stuhl?«, erkundigte ich mich.

»Aufhängen an ihren dürren Hälsen«, knurrte die Fahrerin.

Als wir schließlich in Halcyon Grove ankamen und ich bezahlt hatte, war es fast zehn nach neun.

Imogen hatte recht: Hier waren sämtliche Lichter noch an, und weil überall sonst an der Gold Coast Dunkelheit herrschte, erschienen die Lampen heller, irgendwie fluoreszierender, so ähnlich wie in einem 7-Eleven-Laden.

Das Fahrrad von Tristans Schwester lag haargenau da, wo es immer lag: halb auf dem Gehsteig, halb auf dem Vorgartenrasen.

Na bitte! Darauf hatte ich spekuliert.

Rasch blickte ich mich um: Wie gewöhnlich war nirgends ein Mensch auf der Straße.

Ich richtete das Fahrrad auf, dann trat ich mit der Ferse wuchtig auf die Kette.

Sie riss.

»'tschuldige, Tristans Schwester«, flüsterte ich, hob die Kette auf und hetzte an den Tennisplätzen vorüber, auf das unscheinbare graue Gebäude zu.

Schon merkwürdig: Tausende Male war ich an diesem Gebäude vorbeigekommen und hatte doch keine Ahnung gehabt, was sich darin verbarg. Aber jetzt, als frisch gebackener Experte in allem, was mit elektrischem Strom zu tun hatte, war ich mir ziemlich sicher, dass es sich um einen Notstromgenerator handelte. Wenn das normale Netz ausfiel, trat dieses Ding in Aktion.

Die Leitungen, die zum Dach des Gebäudes führten, und das Motorengeräusch, das aus dem Inneren drang, bestätigten meinen Verdacht.

Ich versuchte, die Tür zu öffnen. Wie erwartet, war sie verschlossen.

Den Generator selbst konnte ich also nicht lahmlegen. Es gab allerdings noch einen anderen Weg. Ich stellte mich unter die Leitungen, zielte und warf die Fahrradkette. Sie segelte durch die Luft und verfehlte ihr Ziel nur um Haaresbreite. Ich hob sie vom Boden auf und startete einen neuen Versuch. Dieses Mal zielte ich besser: Die Kette schlang sich um eine der beiden Leitungen, und ihre Enden baumelten wild hin und her.

»Na los!«, brüllte ich. »Mach schon!«

Die Kette musste mich wohl gehört haben, denn im nächsten Moment berührte eines ihrer Enden die zweite Leitung. Es war kaum mehr als ein Streicheln, doch es genügte, um sozusagen eine Kettenreaktion auszulösen, einen Kurzschluss. Ein jäher Funkenregen, ein Knall, dann beißender Brandgeruch. Und die Lichter in Halcyon Grove gingen aus.

Ich hatte das Rennen gewonnen, ich kannte das Gefühl des

Triumphs. Doch das war gar nichts verglichen mit dem, was ich jetzt fühlte.

Es war, als würde all die Elektrizität, die ich der Gold Coast verwehrt hatte, durch meinen Körper strömen. Ich glühte. Ich leuchtete. Ich strahlte.

Doch dann erinnerte ich mich wieder an Tristans E-Mail: *treffen uns dort wenns dunkel ist!*

Und das Licht in meinem Innern erlosch.

*

Genau wie alle anderen Häuser in Halcyon Grove war auch Imogens von der Dunkelheit verschluckt worden, doch im Unterschied zu allen anderen Häusern in Halcyon Grove gab es dort kein flackerndes Licht, kein aufgeregtes Geschnatter der Bewohner, die mit Taschenlampen bewaffnet so taten, als könnten sie irgendwas gegen die Situation unternehmen. Nein, ihr Haus lag sehr ruhig und sehr dunkel da, beinahe ein bisschen unheimlich. Und es regte sich überhaupt nichts, nachdem ich an die Tür geklopft hatte.

»Ich bin's, Dom!«, brüllte ich versuchsweise durchs Schlüsselloch.

»Dom?«, antwortete eine schwache Stimme von der anderen Seite der Tür.

»Ja, Mrs Havilland, ich bin's!«, rief ich.

Es klickte, als der Riegel zurücksprang. Ich drückte die Tür auf.

Mrs Havilland trug einen Morgenmantel und flauschige Hausschuhe, und in der Hand hielt sie eine Kerze, die einen zittrigen Lichtschein auf ihr verquollenes bleiches Gesicht warf.

»Was ist passiert?«, fragte sie. »Wieso funktioniert der Fernseher auf einmal nicht mehr?«

»Ein Blackout, Mrs Havilland«, antwortete ich und sah auf die Uhr. »In dreizehn Minuten wird der Strom wieder da sein.«

Na ja, jedenfalls hoffte ich inständig, dass in dreizehn Minuten der Strom wieder da sein würde.

»Wo ist Imogen?«, fragte ich.

»Ich weiß es nicht«, sagte Mrs Havilland.

»Sie wissen es nicht?«

»Ich meine, sie war hier, aber dann ging das Licht aus, und ich konnte sie nicht mehr finden. Es geht ihr doch gut, oder?«

»Ich bin sicher, es geht ihr gut«, beruhigte ich sie. »Haben sie versucht, sie anzurufen?«

»Sie geht nicht ran.«

Ich zog mein Handy aus der Tasche und wählte ihre Nummer. Es klingelte, aber sie ging nicht ran.

»Du glaubst doch nicht, dass ihr was zugestoßen ist, oder?«, fragte Mrs Havilland mit einer Stimme, die zunehmend schrill klang.

»Ich bin sicher, es geht ihr gut«, wiederholte ich.

Und ich war mir tatsächlich sicher, dass es ihr gut ging, sie war nur bei Tristan, mehr nicht.

Und es war ihre Entscheidung, sagte ich mir.

Aber sie kannte Tristan nicht so, wie ich ihn kannte. Für ihn war sie nichts weiter als eine Eroberung, eine Kerbe an seinem Bettpfosten, eine Trophäe, mit der er vor seinen Kumpels angeben konnte. Und ich durfte nicht zulassen, dass irgendwer das aus ihr machte. Nicht aus Imogen. Ich näherte mich Mrs Havilland, und augenblicklich stieg mir heftiger Alkoholgeruch in die Nase.

»Möchten Sie, dass ich sie suchen gehe?«, fragte ich.

»Bitte«, antwortete sie.

»Und falls sie danach fragt, würden Sie ihr sagen, dass sie mich gebeten haben, nach ihr zu suchen?«

»Ja, natürlich.«

»Okay«, sagte ich. »Ich werde tun, worum Sie mich gebeten haben. Machen Sie sich keine Sorgen, Mrs Havilland, das Licht wird schon bald wieder angehen.«

Aus dem Haus der Jazys drang jede Menge Geschrei. Zuerst dachte ich, sie wären da drin komplett durchgedreht, und ich fühlte mich ein bisschen schuldig – ein Blackout ist eben nicht für jeden ein großer Spaß. Doch als ich näher kam, konnte ich hören, wie mehrere Leute Gespenstergeräusche machten, gefolgt von Kreischen und schrillem Gelächter.

Ich wollte gerade den Gehsteig verlassen und den Vorgartenrasen der Jazys betreten, als mich irgendwas zögern ließ. Es dauerte nicht lange, bis ich kapierte, was dieses Irgendwas war. Bis jetzt hatte ich all die verrückten Dinge, die ich an diesem Abend getan hatte, aus einem einzigen Grund getan: wegen des Clans. Mir war einfach keine Wahl geblieben – entweder ich tat es, oder sie holten sich ihr Stück Fleisch, mein Bein. Wie gesagt, keine Wahl. Aber diese Sache hier hatte nicht mal entfernt mit dem Clan zu tun. Bei dieser Sache hatte ich eine Wahl. Ich zögerte, doch dann überschritt ich die Grenze und trat vom Gehsteig auf den dunklen Rasen.

Und im selben Moment überkam mich dieses Gefühl, dass ich etwas zurückgelassen hatte.

Etwas Unbestimmtes und doch Unwiederbringliches.

Ich schlich weiter, dachte daran, wie Alpha und Thor sich bewegt hatten, wie sie scheinbar über den Boden geglitten waren.

Bei dem großen Doppelfenster auf der Vorderseite blieb ich stehen und versuchte herauszufinden, ob irgendeins der Gespenstergeräusche oder irgendwelches Gelächter von Imogen stammte, aber das war nicht der Fall, also setzte ich meinen Weg fort und pirschte ninjamäßig um das Haus herum.

Auf der Rückseite erstreckte sich eine Rasenfläche, auf der eine ganze Armada von Rattanmöbeln herumstand, bis zu einem riesigen, blau gekachelten Swimmingpool.

Okay, womöglich war er nicht ganz so riesig wie unser Pool, aber mächtig groß war er trotzdem.

Ein Stückchen dahinter befand sich ein weiteres, einzeln stehendes Gebäude. Es war dunkel von außen, und es war dunkel von innen.

Ich hatte bereits einige Male gehört, wie Tristan mit seiner »Männerhöhle« herumprotzte, wie er von ihrer abgeschiedenen Lage erzählte und davon, dass er dort anstellen konnte, was immer er wollte.

Das musste es sein.

War sie dort drin?

Ich zückte mein Handy, rief ihre Nummer an. Im Innern der Männerhöhle plärrte ein Lady-Gaga-Song.

Ich wollte loslaufen und gegen die gläserne Schiebetür hämmern.

»Imogen«, wollte ich rufen. »Du musst da jetzt rauskommen, sofort.«

Doch mir war klar, sobald ich das tat, würde Imogen wissen, dass ich ihre E-Mails ausspioniert hatte. Wie hätte ich sonst darauf kommen sollen, dass sie genau jetzt hier bei Tristan war?

Und wenn sie das erst einmal wusste, dann würde sie mich bis in alle Ewigkeit hassen. Und ich könnte es ihr nicht mal übel nehmen. Also musste ich einen anderen Weg finden, um sie da rauszuholen.

Bloß wie?

Wieder beschlich mich dieses Gefühl, dass ich eine Wahl hatte. Dass ich mich jetzt einfach umdrehen und weggehen konnte.

Und wieder setzte ich meinen Weg fort.

Ich huschte seitlich an Tristans Bude vorbei und überquerte eine weitere Rasenfläche, bis ich zu einem Schuppen kam. Die Tür war nicht verschlossen, also stieß ich sie auf. Mit der Taschenlampen-App meines Smartphones verschaffte ich mir einen Überblick.

Ich sah einen riesigen Aufsitzmäher, eine Batterie von Elektrosensen, ein ganzes Arsenal von blitzblanken Gartengeräten.

Aber es war der unscheinbare Benzinkanister, an dem mein Brandstifterblick hängen blieb.

Ich schnappte ihn mir, inklusive eines Päckchens Streichhölzer, und schlich auf Ninja-Art wieder zurück zum Pool.

Dort drehte ich die Verschlusskappe ab und machte Anstalten, den Inhalt ins Wasser zu schütten, doch dann zögerte ich.

Konnte das Feuer womöglich auch auf das Haus übergreifen?

Nein, es war eindeutig zu weit weg.

Ziemlich beruhigt, dass ich nicht den kompletten Jazy-Clan grillen würde, kippte ich den Kanisterinhalt in den Pool.

Im nächsten Moment allerdings fielen mir all die Polizeiserien wieder ein, die ich gesehen hatte: Auf dem Kanister wimmelte es jetzt zweifellos nur so von meinen Fingerabdrücken.

Zur Hölle damit, dachte ich und schleuderte das Ding ins Wasser.

Ich wartete, bis das Benzin sich einigermaßen auf der Wasseroberfläche verteilt hatte, dann trat ich ein paar Schritte zurück, nahm ein Streichholz aus der Schachtel, zündete es an und warf es in den Pool.

Die Flamme ging aus, bevor sie die Oberfläche erreichte.

Ich startete einen zweiten Versuch, und dieses Mal klappte es. Und zwar richtig. *Wuuschsch!* Zwei Meter hohe Flammen tänzelten urplötzlich über das Wasser, düstere Rauchschwaden stiegen auf.

In Sachen Vernichtung forensischer Beweise war es ein glänzender Einfall gewesen, den Kanister in den Pool zu werfen. In Sachen Arbeitssicherheit und Gesundheitsvorsorge vielleicht kein ganz so glänzender.

Denn im selben Moment, als ich mich hinter einem buschigen Hortensienstrauch verstecken wollte, gab es eine Explosion, das zweite große *Kaboom!* des Abends. Und eine urgewaltige Wasserfontäne stieg in die Luft.

Durch eine sonderbare optische Täuschung konnte ich in der Fontäne mein Spiegelbild sehen. Ich grinste, seltsam verzerrt, wie ein irrer Kobold.

Dann zerfiel die Fontäne, und mein Spiegelbild verschwand in den Flammen.

Die gläserne Schiebetür von Tristans Männerhöhle öffnete sich, und Tristan erschien. Blitzende Bizepse, sixpackiges Sixpack. Er trug kein T-Shirt. Shorts, aber kein T-Shirt.

In diesem Moment wünschte ich mir eine weitere Bombe, eine, mit der ich ihn und sein Sixpack ins Jenseits befördern konnte.

Hinter ihm tauchte Imogen auf.

Dem Himmel sei Dank war sie vollständig angezogen. Zerzaust, aber vollständig angezogen.

Pfft! Neue Geräusche.

Ich drehte mich um – die Rattanmöbel hatten Feuer gefangen, eine lodernde Kette aus Brandbomben, die die Flammen unweigerlich Richtung Haus trug.

Tristans jüngere Schwester war die Erste, die aus der Terrassentür trat, dicht gefolgt von ihren Eltern.

Ich rannte hinüber zum Gartenschlauch und drehte die Düse voll auf. Der Wasserdruck war ziemlich gut, sodass ich es schaffte, die rattanbefeuerten Flammen zu löschen.

Danach entstand eine Pause, in der wir alle bloß einfach so dastanden, geschockt auf den halb leeren Pool starrten und nichts zu sagen wussten.

Schließlich murmelte Tristans Schwester: »Der arme Kreepy Krauly.«

Ich konnte sehen, was sie damit meinte – das völlig verkohlte Gerippe des preisgekrönten Poolreinigungsgeräts dümpelte auf dem Wasser.

»Fast hätt's ›die armen wir‹ geheißen«, antwortete Mr Jazy und blickte lächelnd zu mir herüber.

»Was zum Donnerwetter machst du eigentlich hier?«, wandte sich Tristan an mich.

Der Kalauer war keine Absicht, da bin ich mir sicher.

»Ich hab drüben auf der Straße die Explosion gehört«, erwiderte ich. »Also bin ich hierhergerannt.«

»Zum Glück«, sagte Mr Jazy.

Aber Tristan wollte davon nichts hören. »So schnell?«, fragte er.

Inzwischen trafen noch andere Leute ein, die meisten von ihnen Nachbarn. Doch dann entdeckte ich unter ihnen Roberto, der merkwürdig fehl am Platz wirkte zwischen all diesen Hausbesitzern.

»Ich hab ein paar Teenager weglaufen sehen«, verkündete er laut. »Sahen nach Straßenkids drüben aus Surfers aus.«

»Dann werden sie ja auf den Überwachungsbildern sein«, antwortete jemand anders.

»Es gibt keinen Strom«, sagte ein Dritter. »Die Kameras laufen nicht.«

Und dann plötzlich redeten alle drauflos, und der Schock und die Unsicherheit, die sie miteinander teilten, waren nicht zu übersehen.

Ich konnte sie gut verstehen, denn ich hatte erst vor Kurzem das Gleiche empfunden, als ein paar Männer mit Sturmhauben den Schutzwall durchbrochen hatten – Halcyon Grove, der »Friedliche Hain«, war von nun an nicht mehr ganz so friedlich.

Ich wollte gerade den Rückzug antreten, als mir auffiel, dass Tristan Imogens Hand hielt.

Ihre Hand hielt!

Rückzug, von wegen.

Ich ging zu Imogen hinüber und sagte: »Deine Mum hat dich gesucht.«

»Hast du sie getroffen?«, erwiderte sie.

»Japp, sie hat Angst bekommen, so ganz allein in dem stockdunklen Haus.«

Imogen ließ Tristans Hand los.

»Ich kann dich nach Hause bringen, wenn du möchtest«, sagte ich.

»Danke«, sagte Imogen.

Wir standen gerade vor Imogens Haus, als das Licht wieder anging. Ich warf einen Blick auf die Uhr: 21:33.

QUEENSLAND-MEISTERSCHAFT

Alle wollten beim Rennen dabei sein, selbst Toby.

»Ich find's einfach super, meinen Big Bro laufen zu sehen«, sagte er.

Doch während wir vor dem Haus standen und auf Dad warteten, hörte ich, wie er Mom fragte: »Laziko's liegt doch auf dem Weg, oder?«

Jetzt kapierte ich, wieso Toby unbedingt zu diesem Rennen wollte: Laziko's machte die besten Kebabs an der gesamten Gold Coast.

Aber was war mit mir? Wollte ich eigentlich zu diesem Rennen?

Wenn mich das irgendwer in den vergangenen Tagen gefragt hätte, wäre meine Antwort ein lautstarkes Nein gewesen.

Verglichen mit dem Clan war es mir völlig banal, geradezu albern vorgekommen, eine Runde nach der andern im Kreis zu laufen.

Besonders am Montag, nachdem Dad dem *P*-Brandmal auf der Innenseite meines Oberschenkels ein *A*-Brandmal hinzugefügt hatte und der Schmerz der Wunde die ganze Nacht unerträglich gewesen war.

Doch beim Aufwachen heute Morgen hatte ich festgestellt, dass ich meine Meinung geändert hatte.

Der Clan würde mich nicht davon abhalten, das zu tun, was ich auf der Welt am meisten liebte. Ich würde es einfach nicht zulassen.

Ein Kleinbus hielt vor uns am Straßenrand und kam ruckartig zum Stehen, Dad auf dem Fahrersitz, Dad grinsend.

Weil er sich eigentlich überallhin von Marcus kutschieren ließ, fuhr Dad nicht sonderlich oft und wenn doch, war er immer ein bisschen nervös.

»Der böse Junge hier hat ordentlich Dampf«, sagte er, als wir auf unsere Plätze kletterten.

»Der böse Junge?«, fragte Gus.

»Japp, leb damit, Pops«, erwiderte Dad. »Heutzutage dreht sich alles um böse Jungs, stimmt's, Kinder?«

Miranda und Toby nickten. »Klar, Dad, es dreht sich alles um böse Jungs.«

Aber ich war mir nicht so sicher. Was die bösen Jungs betraf. Und was meinen Dad betraf, meinen Kalabrisch sprechenden Dad.

Während der Tage, in denen der Clan mich auf Trab gehalten hatte, war ich gar nicht dazu gekommen, in Ruhe über das nachzudenken, was ich in Nimbin gehört und gesehen hatte. Doch jetzt, nachdem ich es tatsächlich geschafft hatte, die zweite Rate der Schuld zu begleichen, ging es mir nicht mehr aus dem Kopf. Wann immer ich meinem Dad ins Gesicht sah und er sein albernes Grinsen aufsetzte, hatte er sich kein bisschen verändert. Wann immer ich allerdings an ihn dachte, wie er Kalabrisch sprach, hatte er sich sehr verändert. Und wie auch nicht?

Das Radio war auf Classic Rock FM eingestellt, es lief gerade »(I Can't Get No) Satisfaction« von den Rolling Stones.

»Und hört euch bloß mal den bösen Jungen hier an«, sagte Dad und drehte die Lautstärke auf.

Noch mehr »(I Can't Get No) Satisfaction« von den Rolling Stones.

Wir hielten vor Imogens Haus.

Sie wartete schon auf uns in einem geblümten Kleid, in hochhackigen Schuhen, so als ginge sie ins Theater, nicht zu einem Rennen, aber ich nehme an, wenn man dermaßen selten ausgeht wie Imogen, macht man eben immer das Beste draus.

Ich konnte Mrs Havilland sehen, wie sie an einem der oberen Fenster stand und zum Abschied winkte. Bei dem hoffnungslosen Ausdruck in ihrem Gesicht, das noch blasser war als sonst, hätte man meinen können, ihre Tochter käme erst in mehreren Monaten oder gar Jahren zurück, nicht in ein paar Stunden.

»Arme Beth«, sagte Mom zu Dad. »Es wird immer schlimmer mit ihr.«

»Arme Beth«, wiederholte Dad.

Wie würdest du das wohl auf Kalabrisch sagen, Dad?, schoss es mir durch den Kopf.

»Das ist so cool«, sagte Imogen, als sie sich neben mich setzte.

Ich konnte allerdings deutlich erkennen, wie Gus dachte, dass es überhaupt nicht cool war, dass dieser Zirkus hier ganz und gar nicht die Art war, wie ein ernsthafter Läufer sich auf ein Rennen vorbereitete. Wenn es nach ihm gegangen wäre, hätten nur er und ich seinen alten Pick-up genommen, aber Mom hatte darauf bestanden, dass wir alle gemeinsam hinfuhren, dass wir »als eine Familie« hinfuhren.

Aber Gus' Sorge war unbegründet, denn ich fühlte mich großartig. Besser als großartig. Was waren schon ein paar läppische Stadionrunden für jemanden, der der kompletten Gold Coast den Saft abgedreht hatte – und dann sogar wieder angedreht?

Es war eine einstündige Fahrt bis zum Austragungsort, quer durchs Hinterland, der schon untergehenden Sonne entgegen. Dieser böse Junge mochte zwar ordentlich Dampf haben, aber das meiste davon ließ Dad ungenutzt. Er fuhr ziemlich langsam, manövrierte vorsichtig durch die zahlreichen Kurven.

»Ich kann dich ablösen, wenn du willst, Liebling«, schlug Mom vor, doch Dad wollte davon nichts hören.

»Hab alles im Griff«, erwiderte er.

Im Radio sprachen sie über den Blackout. Wegen des seltsam exakten Timings – von zwanzig Uhr dreiunddreißig bis einundzwanzig Uhr dreiunddreißig – war der Verdacht natürlich sofort auf die Organisatoren der Earth Hour gefallen. Ein investigativer Journalist namens Phil Cher war allerdings davon überzeugt, dass eine genauere Untersuchung der Umstände sie von jeder Verwicklung in den Vorfall freisprechen werde. Stattdessen lenkte er die Aufmerksamkeit auf das Diablo Bay Kernkraftwerk. Zunächst hätten die Betreiber jede Verantwortung von sich gewiesen, doch inzwischen würden sie eine »umfassende interne Ermittlung« durchführen, um zu klären, ob es womöglich eine »unvorhergesehene technische Panne« gegeben hatte. Ein Vertreter einer Vereinigung, die sich Anti-Atomkraft-Kampagne nannte, erklärte, dies zeige, wie verwundbar das Kraftwerk sei und dass es unverzüglich »für alle Zeit stillgelegt« werden müsse.

»Ich wette mit euch, dass sich irgendein Black-Hat in deren Netzwerk gehackt hat«, sagte Miranda.

»Jemand von Earth Hour?«, fragte ich.

»Nein, keiner von denen, die Typen sind komplette Musterknaben«, erwiderte Miranda und sah mir dabei fest in die Augen. »Wenn du mich fragst, das war eher 'n einsamer Wolf.«

Im Radio sprachen sie jetzt von dem Feuer in Halcyon Grove und diskutierten darüber, ob beides vielleicht miteinander zusammenhing, ob der Brand des Pools wohl so eine Art Ablenkungsmanöver gewesen war.

»Worüber grinst du so?«, fragte Imogen mich.

»Grinsen? Ich?«

»Grinsen. Du.«

»Ich hab gerade an was anderes gedacht«, tischte ich ihr die Urmutter aller Lügen auf.

»Hunderttausend heulende Höllenhunde!«, polterte Gus. »Kannst du das Ding nicht mal abdrehen? Dom kann echt 'n Portiönchen Ruhe gebrauchen vor seinem Rennen.«

Dad stellte das Radio aus, und ich bekam mein Portiönchen Ruhe.

Als wir eintrafen, war es dunkel, doch das Stadion war hell erleuchtet. Ich war überrascht über die vielen Autos, die auf dem Parkplatz standen, über die vielen Menschen, die herumschlenderten. Das Laufen auf einer Tartanbahn galt in Australien nicht gerade als großer Zuschauermagnet. Nicht wie in Finnland oder in Schweden, wo sich auch schon mal hunderttausend Leute versammeln, um zwölf Athleten vier Stadionrunden drehen zu sehen.

»Da drüben gibt's 'nen Gözleme-Stand!«, jubelte Toby, an dessen Leidenschaft für Laziko's-Kebab allenfalls seine Vorliebe für herzhaft gefülltes türkisches Fladenbrot heranreichte.

»Das ist so cool!«, sagte Imogen.

Man hätte glatt meinen können, wir wären soeben in Disneyland angekommen, nicht vor einem unspektakulären Leichtathletikstadion.

Trotz der Eiertanz-Fahrweise von Dad waren wir früh dran, sodass mir noch zwanzig Minuten blieben, bis ich zu meinem Team stoßen sollte. Gus und ich fanden ein ruhiges Plätzchen und besprachen die Taktik. Er wollte, dass ich das Rennen zurückhaltend anging, in der Meute blieb, aber Kontakt zu den Führenden hielt und dann zweihundert Meter vor dem Ziel meinen Spurt anzog.

»Klar will man so 'n Rennen wie das hier gewinnen«, sagte er, »aber wichtiger ist, dass du unter den ersten sechs landest und dich für die australische Meisterschaft qualifizierst.«

Nichts drastisch Neues also: Lauern-und-Spurten war meine übliche Renntaktik. Eigentlich war es sogar die übliche Renntaktik der meisten Mittelstreckler.

Von vorn zu laufen sei was für Dummköpfe, behauptete Gus immer, für Typen wie Rashid, die wahrscheinlich aus psychologischen Gründen jedes Mal sofort an die Spitze drängten. Vorn-Läufer vergeudeten zu viel Kraft, meinte er. Vorn-Läufer gewännen niemals.

Dabei erwähnte Gus allerdings mit keinem Wort die Commonwealth Games 1974, bei denen der große tansanische Läufer Filbert Bayi von der Spitze weg Gold gewonnen und dabei auch noch einen neuen 1500-Meter-Weltrekord aufgestellt hatte. Und mittlerweile war ich es reichlich satt, in der Meute zu lauern, inmitten all dieser wirbelnden Spikes, all dieser spitzen Ellbogen und dieser wabernden Wolke aus Körpergerüchen.

Von mir aus konnte Gus noch so viel über Vorn-Läufer-Dummköpfe lästern, denn ich hatte mich längst entschieden. Ich hatte der Gold Coast den Saft abgedreht – und heute würde ich es wie Filbert Bayi machen. Heute würde ich der Meute die ganze Zeit nur meine Hacken zeigen, vom Start bis zum Ziel.

»Alles klar«, sagte ich zu Gus. »In der Meute bleiben, Kontakt zu den Führenden halten, zweihundert Meter vorm Ziel den Spurt anziehen.«

»Das ist die Ansage«, nickte er.

Coach Sheeds und Gus waren nicht oft einer Meinung, aber in einem waren sie sich hundertprozentig einig: Ich gehörte zu den Lauern-und-Spurten-Läufern.

»In der Meute bleiben, Kontakt zu den Führenden halten«, erklärte Coach Sheeds mir im Umkleideraum. »Und –«

»Ich weiß, ist schon klar«, unterbrach ich sie ungeduldig. »Zweihundert Meter vorm Ziel den Spurt anziehen.«

Draußen, während Rashid, Charles, Gabby und ich neben der Tartanbahn unsere Aufwärmübungen machten, tauchten schließlich die vier Kenianer der Brisbane Boys auf. Unter den übrigen Läufern herrschte plötzlich so eine Art kollektives Atemanhalten. Und zugegeben, mit ihrem geschmeidigen, schlanken Körperbau, ihrer im Flutlicht schwarz glänzenden Haut und ihren lockeren, selbstbewussten Bewegungen wirkten sie tatsächlich ein bisschen einschüchternd.

Aber als Rashid mir zuflüsterte: »Wir sind geliefert«, wollte ich ihm antworten: *Das sind bloß Kenianer. Gemacht aus dem gleichen Stoff, aus dem wir gemacht sind: Muskeln, Sehnen, Blut.*

Wir atmen die gleiche Luft.

Essen das gleiche Essen (na ja, ich jedenfalls).

Und sag mir, Rashid, hat irgendeiner von diesen Kenianern, vor denen du so ehrfürchtig zitterst, jemals einen Swimmingpool in die Luft gejagt?

Nein, ich denke nicht.

Dann legt mal los, ihr Kenianer.

»Auf die Plätze«, rief der Starter, und ich trat an meine Position an der Linie, leicht vornübergebeugt.

Die Pistole knallte, wir liefen los.

Jubel unter den Zuschauern, als ich mich an Rashid vorbeidrängte.

»Dom, was soll das werden?«, fragte er, aber ich hatte keine Zeit, ihm zu antworten.

Ich setzte mich an die Spitze, sprintete fast durch die erste Runde.

»Los, Dom!«, hörte ich im Vorbeilaufen Imogen brüllen.

Ich sah mich kurz um. Die Kenianer, wie eine Welle, wie eine Wand, waren gut zwanzig Meter zurück. Kurzer Blick auf die Anzeigetafel: 59,16 Sekunden. Im Moment hielt ich Kurs auf eine Zeit unter vier Minuten, ein Australienrekord für einen Fünfzehnjährigen. Und warum auch nicht – ich hatte der Gold Coast den Saft abgedreht.

Aus dem Augenwinkel sah ich Coach Sheeds wild gestikulieren: *langsamer, langsamer, langsamer!*

Ich hörte Gus' Stimme: »Dom, zieh die Handbremse an!«

Aber ich lief nicht langsamer. Ich zog die Handbremse nicht an.

Es war 1974. Es waren die Commonwealth Games. Und ich war Filbert Bayi.

Allmählich setzte der Schmerz ein, doch ich hielt das Tempo.

Als ich die zweite Runde hinter mir hatte und die dritte in Angriff nahm, sah ich mich wieder kurz um.

Die Kenianer waren inzwischen sogar noch weiter zurück.

Wieder ein Blick auf die Anzeigetafel. Eine Minute und achtundfünfzig Sekunden.

Ich war nach wie vor auf Rekordkurs.

»Los, Dom!«, brüllte Dad.

»Los, Dom!«, brüllte Mom.

»Los, Dom!«, brüllte Miranda.

»Los, Dom!«, brüllte Toby.

Toby?

Ich hatte die dritte Runde beinahe geschafft, als es passierte, als ich gegen eine dermaßen große Wand lief, dass man sie mit Sicherheit vom Weltraum aus sehen konnte, so ähnlich wie die Chinesische Mauer.

Die Tartanbahn war jetzt eine Marzipanbahn, und ich bekam meine Beine kaum noch aus der klebrigen Masse heraus.

Die Kenianer schwärmten an mir vorbei.

Gus' Worte schossen mir erneut durch den Kopf: *Vorn-Läufer sind Dummköpfe.*

»Komm schon, Dom!«, drängte Rashid, als er sich neben mich setzte. »Nur noch dreihundert Meter.«

Dreihundert? Es hätten ebenso gut dreitausend sein können oder drei Millionen.

Ich blickte nach hinten: Die Meute rückte näher.

Sah wieder nach vorn: Die Kenianer zogen den Spurt an, jagten über die Zielgerade.

Dieses Mal würde mich niemand retten.

»Lauf!«, sagte ich zu Rashid.

Mit einem Satz war er weg, ließ mich hinter sich. Dann überholte mich Charles.

Wenigstens die beiden würden es zur Australien-Meisterschaft schaffen, dachte ich und sah zu, wie sich die Kenianer der Ziellinie näherten.

Und dann ging im ganzen Stadion das Licht aus.

HAUT AN HAUT

Mom fuhr, und sie bretterte durch die Haarnadelkurven, wobei sie die Gangschaltung bearbeitete wie eine Formel-1-Pilotin.

»Sie werden das Rennen wiederholen müssen«, sagte Gus zu Dad.

»Vielleicht bleibt Dom ja dann wenigstens bei der Wiederholung nicht einfach stehen«, knurrte Toby und schaute zu mir herüber.

»Ich bin nicht stehen geblieben, du Fettqualle«, blaffte ich, beugte mich vor und boxte ihn gegen den Arm.

»Dom!«, rief Mom.

Obwohl es im Bus stockdunkel war, ahnte ich, dass Gus mir einen Blick zuwarf, der bedeutete, dass er in diesem Punkt Toby Recht gab: Ich war vielleicht nicht wirklich stehen geblieben, aber ich war ein sehr, sehr dämliches Rennen gelaufen.

Und da konnte ich ihm nicht widersprechen. Das dämlichste Rennen, das ich in meinem Läuferleben gelaufen war.

»Ich frage mich, ob das derselbe Hacker gewesen ist, der zur Earth Hour den Strom abgedreht hat«, sagte Miranda.

Auf diese Frage hatte ich eine Antwort parat – nein, es war nicht derselbe, Miranda –, aber die konnte ich ihr ja leider schlecht geben.

Allerdings fragte ich mich auch selbst etwas: Ich hatte für den Clan sämtliche Lichter ausgeschaltet – hatte der Clan den Gefallen womöglich erwidert und die Lichter für mich ausgeschaltet?

»Was macht dieser Idiot hinter uns da eigentlich?«, schimpfte Mom.

Ich spähte durchs Heckfenster.

Unmittelbar hinter uns hing ein weißer Transporter. Er war stromlinienförmig, sah irgendwie futuristisch aus.

Beim Herausbeschleunigen aus einer weiteren Haarnadelkurve scherte er plötzlich aus, als wollte er uns überholen.

»Was macht der denn?«, rief Mom.

Ich verstand sofort, was sie meinte: Die Straße vor uns war überhaupt nicht einzusehen – an so einer Stelle zu überholen war selbstmörderisch.

Der Transporter zog langsam an uns vorbei, und am Beifahrerfenster erschien ein Gesicht, das im Schatten lag.

Mom trat auf die Bremse, um dem fremden Wagen genügend Platz zu geben, vor uns wieder einzuscheren.

Im selben Moment fiel das Licht unserer Scheinwerfer auf den Transporter, und für den Bruchteil einer Sekunde war das Gesicht zu erkennen.

Seb!

Nein, das konnte nicht sein.

Ein Truck näherte sich auf der Gegenfahrbahn, mit aufblendenden Scheinwerfern und dröhnender Hupe.

Als der Unfall bereits unvermeidlich schien, beschleunigte der

Transporter kurz und setzte sich vor uns, und der Truck rauschte an uns vorbei.

»So ein Idiot!«, fauchte Mom, als die Heckleuchten vor uns um die nächste Kurve verschwanden.

Doch Dad sagte seltsamerweise kein Wort.

Wir verließen die Hügelkette und erreichten die Ebenen der Küstenregion, und der erdige Duft des Hinterlands verwandelte sich in den sauberen salzigen Duft des Meeres.

In der Dunkelheit hatte Imogens Hand nach meiner Hand gegriffen. Ihre Schulter lehnte an meiner Schulter. Ihr Gesicht war zu meinem Gesicht gewandt.

Der Clan, mein zungenredender Vater, das gerade gelaufene Rennen und all die Dinge der vergangenen Wochen rückten schlagartig in den Hintergrund, und das Einzige, was noch übrig blieb, war dieses Gefühl, ihre Haut an meiner Haut, ihr Atem, der sich mit meinem vermischte.

Und Imogen, die während der ganzen Fahrt geschwiegen hatte, flüsterte: »Hey, Dom, ich wollte dir damit nicht vor dem Rennen kommen, aber kann ich dir eine Frage stellen?«

»Sicher«, sagte ich.

»Hast du den Pool bei den Jazys angezündet?«

Es gab jede Menge Gründe zu lügen, aber nur einen wirklich guten, es nicht zu tun: Imogen war die beste Freundin, die ich je hatte.

»Ja, hab ich«, flüsterte ich.

»Warum?«

»Weil ich nicht wollte, dass du mit Tristan da drin allein bist.«

Vermutlich dauerte es nur etwa zehn Sekunden, aber es kam mir wie eine Ewigkeit vor, eine Ewigkeit, in der mir klar wurde, wie wichtig Imogen für mich war, wie verzweifelt ich wäre, wenn die

Tatsache, dass ich den Pool der Jazys angezündet hatte, irgendwie das Ende unserer Freundschaft bedeuten würde.

Und dann war Imogens Haut nicht länger an meiner Haut, vermischte ihr Atem sich nicht länger mit meinem Atem.

»Imogen?«, flüsterte ich, doch sie hatte sich schon von mir abgewandt.

AUSPACKEN

Mr Travers war einer von diesen Lehrern, die mit ihrer Stimme sämtlichen Sauerstoff aus dem Klassenzimmer zu saugen schienen. Wie alle Sportler – und vermutlich die meisten Nicht-Sportler – wissen, benötigt der Körper Sauerstoff, und zwar viel davon, um ordentlich zu funktionieren. Ohne die ausreichende Menge Sauerstoff schaltet der Körper auf Sparflamme. Man schläft dann zwar eigentlich nicht, aber wach ist man eigentlich auch nicht. Man befindet sich in einer Art Zwischenstadium, einem Zombie-Stadium, in dem man sich einfach nur wünscht, dass etwas passieren möge, irgendwas, um Mr Travers aus seinem nicht enden wollenden sauerstoffzehrenden Gebrummel zu reißen.

Doch als es dann wirklich passierte, als es an der Tür klopfte und dieser Junge mit Halskrause Mr Travers ein amtlich aussehendes Blatt Papier überreichte, fragte ich mich, ob ich es mit der Wünscherei nicht vielleicht übertrieben hatte. Und als Mr Travers anschließend sagte: »Dominic Silvagni möchte sich bitte unverzüglich im Büro des Direktors melden«, wusste ich, dass ich es mit der Wünscherei eindeutig übertrieben hatte.

Schlagartig war alles hellwach, aufmerksam, und das Gewisper ging los.

»Ob Silvagni irgendwas ausgefressen hat?«

»Aber Silvagni kriegt doch nie Schwierigkeiten.«

Als ich an Tristans leerem Tisch vorbeiging, stellte ich mir vor, wie er mir einen scherzhaften Hieb auf den Arm verpasste. Scherzhaft für ihn, schmerzhaft für mich.

Ich stellte mir vor, wie er sagte: »Du bist so was von aufgeflogen.«

Und sofort musste ich an die wütenden Flammen denken, die über seinen Swimmingpool getänzelt waren, und ich fragte mich, ob sie wohl schließlich doch noch herausgefunden hatten, wer dafür verantwortlich war, ob dieser Tristan meiner Vorstellung recht hatte und ich tatsächlich »so was von aufgeflogen« war.

Merkwürdigerweise war ich allerdings gleichzeitig ziemlich froh, dass ich es geschafft hatte, aus diesem Klassenzimmer zu kommen, vor dem Gebrummel zu fliehen. Doch als ich im Büro des Direktors stand und er mir mit seiner akkuraten, überbetonenden Art zu sprechen erklärte, dass irgendwelche Detectives – Detec-tives – hier seien, um sich mit mir über die kürzliche Exkursion – Ex-kur-sion – zum Diablo Bay Atomkraftwerk zu unterhalten, verpuffte meine Freude sofort wieder.

»Bedauerlicherweise habe ich jetzt eine Sitzung, sodass ich nicht dabei sein kann«, sagte er. »Aber Mr Ryan wird anwesend sein.«

Während ich neben meinem Sozialkundelehrer an einem Tisch hockte und zwei Detectives, der eine männlich, der andere weiblich, uns gegenübersaßen und mich mit einer Frage nach der anderen bombardierten, wurde mir klar, dass ich lieber in Zombie-Land hätte bleiben sollen.

»Aber Sie haben doch bereits Ihre Schuldigen, oder nicht?«,

fragte Mr Ryan irgendwann. »Jedenfalls stand es so in der Zeitung – drei Mitglieder einer radikalen Öko-Truppe.«

»Richtig, sie passen definitiv ins Raster«, antwortete der weibliche Detective.

»Passen ins Raster?«, erwiderte Mr Ryan. »Nach allem, was ich gelesen habe, sitzen sie im Gefängnis!«

Der männliche Detective deutete ein Schulterzucken an, wie um zu sagen, es sei nicht seine Idee gewesen, die drei in den Knast zu stecken.

Seine Kollegin machte sich anscheinend nicht die geringsten Sorgen darum, ob sie die Schuldigen bereits hatten oder nicht.

»Nur damit ich das richtig verstehe – diese ganze Exkursionssache war also deine Idee, ja?«, fragte sie.

Nach wie vor wirkte sie überaus nett, überaus freundlich, aber ich hatte den starken Verdacht, dass nett und freundlich bestimmt nicht die Gründe waren, aus denen irgendwer zum Detective befördert wurde.

Meine Magengegend, die sich bereits einigermaßen flau angefühlt hatte, fühlte sich noch ein Stück flauer an. Und meine Hände, die bereits einigermaßen schwitzig gewesen waren, wurden noch ein Stück schwitziger.

Am liebsten hätte ich kein einziges Wort gesagt, denn ich hatte den Eindruck, als wäre alles, was mir über die Lippen käme, auf irgendeine Weise belastend, doch als ich kurz zu Mr Ryan hinübersah, nickte er mir aufmunternd zu.

Also ließ ich ein paar Wörter über meine Lippen kommen, nämlich genau zwei: »Das stimmt.«

Die beiden Detectives wechselten einen Blick, und ich dachte, das war's – nur zwei kleine Wörter und doch genug, um mich lebenslang hinter Gitter zu bringen.

Mehr flaues Gefühl.

Mehr Handschweiß.

Aber wieso lächelte Mr Ryan mich immer noch dermaßen zuversichtlich an und richtete dieses Lächeln dann auf die Detectives? Denn mal ehrlich, er war mein Sozialkundelehrer, kein Spitzenanwalt aus einer von diesen Anwaltsserien. Ich rechnete schon halb damit, dass er verkünden würde: »Mein Klient wird ab sofort auf keine weiteren Fragen mehr antworten«, genau wie diese Typen es immer im Fernsehen machten, doch stattdessen sagte er: »Dominic ist mit seiner Idee zu dieser Exkursion in mein Büro gekommen, und ich habe in seinem Vorschlag eine ausgezeichnete Lern-Gelegenheit für meine Schüler erkannt.«

Der männliche Detective, der bisher ebenfalls nett und freundlich gewesen war, wenn auch nicht ganz so sehr wie seine Kollegin, warf kurz einen prüfenden Blick auf ein Blatt Papier, ehe er fragte: »Und die Kosten für diesen ganzen Zirkus hat Dominics Vater übernommen?«

»Das ist vollkommen richtig«, antwortete Mr Ryan.

»Ist das nicht ein bisschen ungewöhnlich?«

»Nein, ganz und gar nicht. Wir sind eine Privatschule, und als solche sind wir in durchaus erheblichem Maße auf die Largesse unserer Elternschaft angewiesen.«

Die beiden Detectives tauschten erneut einen Blick, und ich überlegte, ob sie womöglich auch nicht wussten, was »Largesse« bedeutete.

»Wäre das dann erst einmal alles?«, fuhr Mr Ryan fort. »Sowohl auf Dominic als auch auf mich wartet nämlich der Unterricht.«

Mr Ryan mochte nur ein Sozialkundelehrer sein, aber als Darsteller eines Spitzenanwalts aus einer von diesen Anwaltsserien machte er eine wirklich beeindruckend gute Figur.

Der weibliche Detective zog etwas aus einer Aktenmappe und legte es auf den Tisch.

Es war ein grobkörniges DIN-A4-Foto. Offensichtlich ein Standbild aus den Aufzeichnungen einer Überwachungskamera. Jemand in einer Big-Pete's-Uniform. Der einen Helm trug.

»Weiß einer von Ihnen beiden, wer das hier ist?«, fragte sie.

Ich blickte zu ihr hinüber, sah ihre Augen, die zwischen mir und der Gestalt auf dem Bild hin- und herzuckten. Und ich war sicher, sie wusste genau, dass es sich um ein und dieselbe Person handelte.

Schlagartig war das flaue Gefühl überall, und ich schwitzte auch überall.

Das Spiel war aus und vorbei.

Ich konnte genauso gut auspacken.

Und plötzlich spürte ich diese unbändige Vorfreude auf eine bevorstehende Erleichterung, denn endlich würde ich jemandem die ganze verrückte Geschichte erzählen können.

Diese Geschichte, die an dem Tag begonnen hatte, an dem ich fünfzehn geworden war.

Der weibliche Detective wiederholte die Frage: »Weiß einer von Ihnen beiden, wer das hier ist?«

Der Satz »Das bin ich« lag mir schon auf der Zunge, bereit, sich seinen Weg in die Welt zu bahnen.

Mach's gut, Freiheit. Mach's gut, Bein. Wenn die Cops mich nicht schnappten, dann schnappte mich eben der Clan.

»Hören Sie, das ist doch lächerlich«, sagte Mr Ryan. »Wir haben Ihnen gestattet, sich mit unserem Schüler zu unterhalten, aber die Unterhaltung verwandelt sich gerade in etwas anderes. Was Sie hier tun, nennt man Belästigung.«

Die beiden Detectives tauschten erneut einen Blick, dann rafften sie ihre Papiere zusammen.

»Dom, wir sehen uns wieder«, sagte der männliche Detective.

Der weibliche Detective sah mir fest in die Augen und fügte hinzu: »Und zwar schon sehr bald.«

Sie dankten uns, dass wir uns die Zeit genommen hatten, und verließen den Raum.

Ich dachte daran, was die Polizistin gesagt hatte – *Und zwar schon sehr bald* –, und ein eiskalter Schauer lief mir über den Rücken.

Inzwischen waren nicht einmal mehr die guten Jungs auf meiner Seite.

Erst dann ging mir auf, dass Mr Ryan immer noch neben mir saß.

»Wow«, sagte ich. »Sie hätten echt Anwalt werden sollen, Mr Ryan.«

»Dom«, antwortete Mr Ryan. »Ich bin Anwalt.«

Auf dem Rückweg erklärte er mir das Ganze. Er war tatsächlich Rechtsanwalt gewesen, unten in Sydney, aber der Job hatte ihm nicht die Erfüllung gebracht, die er sich davon erwartet hatte. Also hatte er sich zum Lehrer umschulen lassen und war an die Gold Coast zurückgekehrt, um an derselben Schule zu unterrichten, an der er schon als Schüler gewesen war. Und an der er immer noch einen der Crosslauf-Rekorde hielt.

»Das ist klasse«, sagte ich, auch wenn ich nicht so recht wusste, ob ich ihm all das wirklich abnahm. Wieso sollte jemand unbedingt Lehrer werden wollen, noch dazu ein Anwalt? Trotzdem, ich war unglaublich froh darüber, dass er in diesem Raum an meiner Seite gewesen war.

Kurz vor dem Klassenzimmer entschuldigte ich mich kurz und ging zur Toilette.

Dort tummelten sich bereits fünf andere Jungs, die genau das taten, was ich auch tun wollte: Sie checkten ihre Handys.

Als ich meins einschaltete, fing es wie wild an zu piepsen. Ich hatte siebenundfünfzig neue Nachrichten! Doch es stellte sich schnell heraus, dass es nur siebenundfünfzigmal ein und dieselbe Nachricht war.

Sie lautete: *Discipule, caro mortua es.*

Phillip Gwynne, geboren 1958 in Melbourne, war professioneller Football-Spieler, bis eine Verletzung seine sportliche Karriere beendete. Anschließend studierte er Meeresbiologie und begann nach mehreren Reisen und Auslandsaufenthalten zu schreiben. Viele seiner Romane sind preisgekrönt, einige wurden verfilmt. Er war u.a. für den Deutschen Jugendliteraturpreis nominiert.